会社
社内の不正、お調べします
九条睦月［著］
Mutsuki Kujyo
ヤマウチシズ［Illustration］
Shizu Yamauchi
宝島社
JN072396

[目次]

CASE 1 秘めた思いと二つの顔

1

日差しの強さに、カーテンを半分閉じた。

うす暗い部屋で大きな溜息が一つ。静まりかえった部屋にかろうじて聞こえるのは、エアコンの稼働音だけ。その中で、その溜息は思いのほか大きく響いた。

「もういい。嫌だ」

見つめていたパソコンの画面から目を離し、立ち上がるやいなやベッドにダイブする。もふっとした柔らかな枕に顔を埋め、杉原菜花(すぎはらなのか)は小さく唸った。

パソコン画面に映っているのは、メールの受信ボックスだ。そこには大量のメールが受信されており、全て既読になっている。送信元はどれも企業からのものだった。

菜花は仰向けになり、再び溜息をつく。

「ここまで拒否られれば、さすがに心折れるって」

企業の名前はバラバラだが、メールの内容はどれも同じだ。書類選考や面接の結果であり、その中に採用を知らせるものは一つもない。

「どこにも必要とされてないとか、本気で凹(へこ)むんですけど」

昨年から始めた就職活動だが、挫けそうになることばかりだった。

書類選考にもなかなか通らず、やっと通って面接にこぎつけたと思ったら、緊張のしすぎで本来の自分を出せずにしどろもどろの回答で落とされる。ようやく慣れたと思っても、最終で弾かれるなどザラだった。

周りの友人たちは次々と採用を勝ち取り、残る大学生活を楽しんでいたり、卒論の準備を始めている。菜花は自分があまり要領のいいタイプではないことをよく知っているので、卒論だけは早めに取りかかってはいるのだが、卒業できても就職先が決まっていなければどうしようもない。卒業した途端、ニートだ。

「そんなの、ダメに決まってるし！」

菜花は実家暮らしだが、両親はすでに他界していた。今は一流企業に勤める兄と、親代わりである祖母と一緒に暮らしている。

実家は、祖母の持ち家なので家賃などは必要なく、日々の生活費は兄が出してくれている。菜花の学費も両親の残してくれたお金やら諸々で支払いは全て終えているので、就職できなくても路頭に迷うわけではない。だが、いつまでも兄や祖母に頼っているのは心苦しい。

もちろん、菜花だってアルバイトを掛け持ちしたりして、できるだけ家にお金を入れるようにしている。しかし、アルバイトではたかがしれているのだ。

「正社員にこだわってる場合じゃないか……」

正社員として雇ってもらうための就職活動には惨敗している。それならば、正社員にこだわらなければいい。収入は落ちるだろうが、アルバイトよりマシだろう。

「よし！　この際、契約社員でも派遣社員でもいい。……探そう」

そう思って起き上がった時、電話を知らせる軽やかな音が響いた。机の上に置いてあるスマートフォンの画面を見ると、そこにはいとこの名前が表示されている。

「結翔(ゆいと)君？　なんだろう？」

母方のいとこである吉良(きら)結翔とは二つ違いで、昔はよく一緒に遊んでいた。

結翔は女の子のような可愛らしい見た目で、実際によく女の子と間違えられていた。幼い頃の結翔は人形遊びやままごとが好きで、菜花の兄より菜花と遊ぶことの方が多かったのだ。とはいえ、思春期になるとそういったこともなくなり、一時は疎遠(そえん)になったこともあった。しかし、結翔は一人っ子のせいか、お人好しな菜花を妹のように思っている節があり、大人になってからはマメに連絡をしてくる。

「あー……きっと、おばあちゃんが結翔君に話したんだぁ」

それは当たっていた。いつまでも内定を勝ち取れない菜花を心配し、結翔は連絡してきたのだ。だが、それだけではなかった。

『菜花、うちの会社でアルバイトしなよ。時給はそこらへんの会社よりもよっぽどいいよ？』

その言葉を聞いた途端、菜花は四の五の言わずに飛びついた。普通の会社でアルバイトをしてみれば、何か就活のヒントになるかもしれないと思ったのだ。

「ほんとっ⁉　する！　したい！」

そして、顔合わせの日取りを決め、菜花は再び戦闘服（リクルートスーツ）に袖を通し、その会社へと向かったのだった。

2

とても暑い日だった。

会社で面接するということで、カジュアルな格好でいいと言われたにもかかわらず、スーツを着て出かけたのが間違いだった。いや、違う。十分な水分を取らずに出かけたことがいけなかったのだ。あの日は少し寝坊してしまい、出かけるのがギリギリになってしまった。慌てていて、朝一に水を少し飲んだだけで炎天下の中に飛び出してしまったのだ。

大量の汗をかき、フラフラとよろめき、身体はしきりに危険信号を出していた。だが、菜花はそれらを一切無視して先を急ぎ――結局、会社に辿り着く前に倒れてしまった。

「菜花、ボーッとしてんなよ」

その声に、ふと現実に引き戻される。回想を打ち切るため、小さく頭を振った。

菜花は隣にいる結翔に頷き、意識を集中させた。少し離れたその場所には、挙動不審な動きをする、ある一人の男の姿がある。

ここは、とあるオフィスビルの二フロアをぶち抜きで使用している会社、株式会社ディライト食品。菜花と結翔が監視しているのは、システム課という部署だ。ただし、今は真夜中である。オフィス内は真っ暗で、もちろん誰もいない。いや、男が一人だけいる。

その男は暗闇の中、一つだけ離れた席に腰掛け、デスクに置いてあったノートパソコンを開けて何か作業をしていた。

一つだけ離れているデスクは、課長の席だ。そして、パソコンも課長のもの。しかし、作業をしている男は課長本人ではなかった。

菜花と結翔は給湯室に隠れ、その様子を窺っていた。結翔の手には、小型で高性能なビデオカメラが握られており、一部始終を録画している。これが昼間ならスマートフォンで済ませただろうが、暗闇の中では上手(うま)く撮影できないということで、超高感度撮影が可能なビデオカメラの登場と相成った。結翔は、録画を続けながら呆(あき)れたように呟く。

「システム課の課長のくせに、セキュリティー甘々」

「……田川(たがわ)課長、面倒くさがりだから」

「そんな問題じゃないだろ。簡単にロック解除されるとか、ＩＴのプロとして普通にありえない」

結翔の言うとおりだ。菜花も男を見つめながら、システム課の課長、田川の杜撰(ずさん)さに溜息をつく。

菜花と結翔は、ここひと月ほどこの会社で働いていた。派遣社員としてだ。結翔は元々システムなどには明るので、システムの保守管理などの仕事を任され、菜花は部署内の庶務業務を手伝っていた。

　田川は社内でも人使いが荒いことで有名で、菜花が入ってきたのをこれ幸いと様々な雑用を押し付けてきた。そのせいで、菜花は毎日残業していたほどだ。従順な菜花を気に入ったのか、田川は何かと菜花を頼るようになっていった。

　また、田川は部署内で嫌われていることもあり、誰も相手にしない。菜花は社内をよく知らない派遣社員ということで、田川の雑談にしょっちゅう付き合わされてもいた。

『俺のパスワードはわかりやすいものにしているんだ。大体、八桁のパスワードなんて覚えていられるか！　付箋を貼るのは禁止されているし、携帯にメモしておくのも面倒でな、俺と娘の誕生日にしている。それなら忘れないだろう？』

　なんて得意げに話していた。しかも、かなり大きな声で。

　そして、田川と娘の誕生日は、システム課の人間なら皆の知るところだった。田川は、誕生日だ記念日だと、やたらと騒いで自己主張する人種だったのだ。

　他のシステム課社員からその話を聞いていたものだから、菜花でさえ不用心だと眉を顰めた。システム課の課長の割に、田川は危機感がなさすぎる。

　田川が菜花とパスワードの話をしていた時、社内にはもうあまり人はいなかったが、今二人の目の前で何やら作業している男は、その場にいた。菜花ははっきりと覚えている。

「課長のパソコンを触って、何してるんだろう？」

「さて、な。重要なデータを盗んでるとか？」

「それ、このまま見てていいの？」

「俺たちの仕事は、そういう現場を証拠として残すこと。とりあえず、完全にやっちゃったところを押さえないと」

結翔の言うことはわかるが、菜花としてはもやもやしてしまう。悪事を働くことがわかっているのに、それを事前に阻止できないなんて。そうこうしているうちに、男はポケットからUSBを取り出し、パソコンに差し込んだ。そしてまた手を動かす。

「ん？　あいつ……」

「どうしたの？　結翔君」

「もしかして……ヤバイ！」

そう言うなり、結翔はビデオカメラを菜花に押し付け、給湯室を飛び出して行った。置いてけぼりにされた菜花は、なにがなんだかわからない。だが、結翔の後を追う。

「待て！　小山（こやま）さんっ！」

「な、なんだっ！　どうしてお前がここにっ……」

小山と呼ばれた男は、暗闇の中からいきなり何者かが現れたことに驚き、手を止める。そして、パソコンの液晶画面の光で結翔の顔を確認し、更に驚いた。だがすぐに我に返り、エンターキーを押そうとする。が、結翔がそれを止め、二人はその場でもみ合いになった。菜花は暗がりの中、ほうほうの体でようやく二人の元へ行くが、どうしていいのかわからない。

何が起こっているのかよく見えないし、ここはもう非常事態だということで、すぐ側にあった照明スイッチを押した。

「うっ！」

いきなり明るくなり、結翔と小山は目を細める。だが、ここでも小山の反応は早かった。

「どけっ！」

「結翔君！」

小山は結翔を殴りつけ、パソコンへと走り寄る。が、あと一歩というところで、そのパソコンは何者かの手に奪い去られた。

「誰だ⁉」

小山が叫ぶ。

小山は、普段はとてもおとなしく、声も小さい。ただ黙々と仕事をこなしている目立たない男だった。そんな男が目をギラつかせて大声で怒鳴るものだから、菜花は竦（すく）み上がってしまう。結翔は殴られた頬を押さえながら立ち上がり、チッと舌打ちをした。

「ちょっと待ってよ、しゃちょー。なんであんたがここにいるかなぁ？」

「うわー、結翔君が怒ってる！　社長とか、普段絶対言わないのに！」

「あったりまえでしょうが！　そんなことより、来るなら来るって先に言ってよ！」

「いやいや、僕だって想定外だよ。出番なんてないと思ってたんだけどねぇ」

彼はパソコンを片手で持ち、もう片方の手でいろいろ操作をしながら、小山に向かって説教を始めた。

「システム課の小山さん、これはダメだなぁ。田川さんがいくら憎いからって、田川さんのパソコンにウイルスを仕込んで感染させようとするなんて。彼のパソコンだけがパァになるならまだいいけど、ここで繋がってるパソコン、全部パァになっちゃうよ？」

「……こんなクソな会社、何もかもダメになって、めちゃくちゃになればいいんだよ！　っていうか、誰だよお前！」

「あー、小山さん、この人温厚そうに見えるけど、怒らせたら怖いよ？　おとなしくしとけって」

結翔はそう言いながら、小山の身体を拘束する。先ほど殴られたのがまるで嘘のような鮮やかさだ。もしかすると、さっきは少し油断していたのかもしれない。そんな風に考えていると、それを読んだかのように結翔は菜花をジロリと睨み、小さく呟く。

「違う。小山さんに怪我させたくなかっただけだよ」

「……ふぅーん」

結翔の性格からすると強がりのようにも聞こえるが。菜花はそう思いながらも、一応頷いておく。そんな二人のやり取りにクスクスと笑いながらようやく操作し終えた男は、パソコンを安全にシャットダウンさせた。そして、小山に向かって名刺を見せる。

「どうもはじめまして。私、S.P.Yours（エス・ピー・ユアーズ）株式会社、代表取締役をしております、金桝惇（かねますじゅん）と申します」

「はぁ!?」

結翔に拘束されながらも、小山はまだ興奮状態だ。だが、彼の方はそんなことは一切お構いなし、マイペースに自己紹介を続けた。

「S.P.Yoursを略してS.P.Y.（エス・ピー・ワイ）、あるいは、SPY（スパイ）とも言いまして。ご依頼のあった会社様の社内監察を行う会社なんですよ」

「社内監察……だと？」

金桝惇は、この場にそぐわないような艶やかな微笑みを浮かべる。この男の見目といえば、芸能人かモデルかというほどに華やかで、とんでもなく整った容姿の持ち主だ。そんな男がこれ見よがしに微笑んでみせたので、小山もうっかり見惚れてしまっていた。

「社内で密かに行われている不正などの証拠を集め、依頼主に報告する、それが私どもの仕事です。社内の人間では、情やしがらみなどがあり、なかなか難しいですからねぇ。で、何の関係もない第三者の立場である我々が、その仕事を代わりに請け負っているというわけなんです。調査員を派遣してね」

「調査員？　派遣!?　ってことは……」

小山が、結翔と菜花に視線を向ける。

結翔はそれに対し、首を前に突き出して「はーい」などとおどけて返事をするが、菜花はすかさず背を向けてしまう。目を合わせるなどとてもできない。

「なるほど……。お前らが派遣された調査員、つまり……スパイってわけか」

そう言って、小山はガクリと項垂れた。

＊

次の日、菜花と結翔は、依頼完了ということでお役御免となった。

ディライト食品システム課についての社内監察は終了、最終報告書は、社長の金桝から依頼主にすでに提出してある。監察対象にどういった処分が下るのかは、その会社次第だ。S.P.Y.株式会社としての仕事は、あくまで監察対象を調査するだけ。その後の処分に口を出すことはない。

「さて、二人ともお疲れ様！　君たちの報告に依頼主も満足されていたよ。しかるべき処分を下すと言っていた。おそらくは部署異動、降格だろうね。彼の扱いについてはなかなか厄介だったようだし、昨日の件は渡りに船だったみたいだ」

金桝の話を聞きながら、菜花は複雑な気持ちになった。

そんな顔をしていたのだろう、金桝が菜花の方を向き、僅かに首を傾げた。

「菜花君、何か言いたそうだね」

「いえ……」

「消化不良は身体にも心にもよくない。言いたいことはきちんと言うべきだ。君のいとこを見習いなさい。いや、結翔君は言い過ぎだから、ちょっと抑えた方がいいかな……」

「言っちゃいなよ、菜花」

金桝と結翔に促され、菜花はおずおずと口を開く。

「田川課長は、降格でも異動でも会社に残れるんですよね？　じゃあ、小山さんはどうなるんでしょう……」

実は、依頼のあった社内監察の対象者は小山ではない。課長の田川の方だったのだ。

システム課では、ここ二年ほど社員の定着率が著しくよくなかった。体調を崩したり心を病んでしまったりと、休職や退職をする人間が相次いでいる。新しく人を入れてもなかなか居着かない。仕事の質もどんどん低下しており、会社側としても見過ごせなくなってきた。

人事課はシステム課の社員に聞き取りを行ったが、皆が一様にわからないと答える。トップである田川も、首を傾げるばかりで話にならない。それなら、他の部署ならどうかと同様に聞き取りを行ってみたが、結果は同じだった。

ディライト食品はまだ歴史の浅い会社で、ほとんどの社員が中途採用だ。その中で、田川は古参であり、社長とも親しい。そういった事情もあり、皆は本音を明かせないのではないかと考えた人事課は、社内監察代行を請け負うS.P.Y.に依頼をしてきたのだった。

「小山君は残念だけど、解雇ということになるんじゃないかな。でも、会社側は訴えたり、警察に突き出したりはしないって言ってたよ」

「そうですか……」

小山は、田川が原因で心に鬱憤を溜め、それを爆発させてしまった。パソコンやデータを破壊することは立派な犯罪行為だ。いくら田川に非があるとはいえ、かばうことはできない。

そしてそれは、小山自身もわかっていたはずだ。

「こうなってしまう前に、誰かに相談できればよかったのに」

「まぁね。他の奴らは、仕事終わりに飲み屋で散々愚痴ってたけどさ。小山さんにもそういう仲間がいればね……でもあの人、人付き合いが苦手だったしなぁ」

結翔は他のシステム課社員の中に入り込み、愚痴の聞き役になっていた。そこで、田川の悪行をこれでもかというほど聞かされ、いつか大きな問題が起こるのではないかと危惧していたらしい。小山の破壊行動は、その矢先の出来事だった。

小山の起こした事件が決定的となり、田川の人事措置はすぐにとられたわけだが、システム課の社員が一丸となって人事に訴えるなどしていれば、小山がああなってしまう前に、田川を排除できたかもしれないのに。

「菜花君の考えもわかるけど、他の社員だって立ち位置はバラバラで、例えば人事に訴えようと誰かが言ったところで、全員が賛同するとは限らない」

菜花の気持ちを読み取ったかのような金桝の言葉に、顔を俯ける。確かにそうだ。学生よりも、会社の中の人間関係の方がずっと複雑で、好き嫌いで割り切れない。嫌いな人間とも上手くやっていかなくてはいけないし、忖度しなければならないことも多いだろう。

そう考えると、あと半年もすれば学生でなくなってしまう自分に、一抹の不安と寂しさを感じてしまう。そして、社会人になる煩わしさも。

「菜花、社会人って面倒くさいって思ってるでしょ？　そうでもないよ。学生も社会人も一緒、変わらない。人間関係なんて情やしがらみだらけで、どんな環境にいても面倒くさい」

「……まぁ、それもわかるんだけど。でもさ、そんな風に思ってる結翔君が、実際には人付き合いがすごく上手なんて、なんかずるい」

「自分の見せ方を知ってるからね。内心何考えてようが、ニコニコしとけば大概上手くいく」

「ほんっと、結翔君ってそれでいろいろ乗り切ってるし、得してるよね」

結翔は自分の容姿をよくわかっている。そしてそれを、存分に活用している。

茶色のふわふわしたくせ毛、大きな丸い瞳はくっきりとした二重、成人男性にしては線が細く、小柄だ。はっきり言って可愛い。愛想よく笑っていれば、誰にでも可愛がられるし、大抵のことは許される。

そういえば、結翔は高校時代に学園祭のミスコンで優勝した経験があった。

そのコンテストは、何故か男が女装して参加するものだったが、結翔は女装させても違和感なく、ぶっちぎりでの優勝だった。菜花はそのコンテストを友だちと一緒に見に行っていたのだが、友人共々あんぐりと口を開けて呆けてしまったものだ。

そんなどうでもいいことを思い出していると、金桝がデスクの引き出しから一冊のファイルを取り出し、菜花と結翔が座っているデスクの方へやって来た。

事務所の中では、金桝のデスクだけが他と離れている。社長だからということで、それっぽく見せるためらしい。

それっぽく、というだけあって、金桝は社長ではあるが、普段それらしくは振舞わない。事務所にじっとしていることも少ない。営業もするし、独自で調査も行う。社員たちと同じように、いや、それ以上に働いている。

それに、金桝自身が社長という肩書で区別されることを嫌がるのだ。だから、社員には名前の方で呼ばせているし、社員のことも名前で呼ぶ。だがそれは、事務所内だけの話。外部に対しては、社長らしく振舞う必要がある。

依頼はメールや電話で受け、金桝が相手側に出向くことがほとんどだが、ここに客が来ることもなくはない。なので、社長席は少し離れていて、他と比べて立派なのだった。

「で、早速次の依頼なんだけど」

そう言って、金桝がファイルを結翔に手渡す。

「最近、休みなしだなぁ」

「まぁまぁ。この依頼が終わったら少し落ち着くし、長めのお休みも取れると思うよ」

「はーい、わかりましたぁ」

結翔は口を尖らせながらもファイルを開き、熟読し始める。

すると、金桝は菜花の方を向いた。

「菜花君、今回も結翔君とコンビでお願いできるかな？」

「えっ」

ディライト食品の案件が、菜花の初仕事だった。この仕事の契約期間は、大学の夏休みとちょうど重なるいうことで、融通（ゆうずう）もきかせられるし引き受けた。しかし、もうすぐ学校が始まる。そうなると、週五日きっちり働くことはできないのだが……。

「あの、もうすぐ学校が始まるので難しいと思うんです……」

「あ、そっか！　菜花君は大学生だったよね。じゃあ、これからは毎日出勤できないか」

「そうなんです、すみません」

そう答えながら、菜花は内心ドキドキしていた。

アルバイトとして入社する際、ここでの仕事内容を聞いた時は仰天してしまい、自分に務まるのだろうかと不安になった。しかし、何事も経験だ、やってみようということになり、ディライト食品の案件に加わった。それが、無事に終わった。だから、これでアルバイト自体も終わりだと思っていたのだ。

だが、金桝からはそのような空気を一切感じない。しかも、菜花がこの仕事を続けるつもりだと、確信しているかのような口調だ。

金桝の次の言葉を待っていると、結翔が顔を上げ、菜花を呼んだ。

「菜花」

「え？」

結翔は、持っていたファイルを菜花に押し付けてくる。

「結翔君？」

「読んで。今回の仕事、菜花も入ってて」

「え……」

菜花は、結翔にも事情を説明してほしいと、金桝をじっと見つめる。だが、金桝は優しい微笑みを浮かべながら背を向け、そして何を思ったか、パン！　と勢いよく手を叩いた。

「よし！　じゃあ、週三にしよう！」

「へ？」

くるりと振り返った金桝は、それはそれは美しく、艶やかな笑みでこう言った。

「派遣だから、そういう契約にもできるし！　週三ならいいよね？　入れるよね？　単位はもう足りてるって言ってたよね？」

「えっと……」

「い・い・よ・ねっ？」

そう言いながら、これでもかと整った顔を近づけてくる。

菜花は別にイケメンに弱いわけではない。だが、イケメンに迫られるとどうすればいいのかわからなくなる。いや、それはイケメンに限らずだ。グイグイこられると弱い。簡単に折れてしまう。菜花は思い切り眉を下げ、結翔の方を見た。結翔はさりげなく横を向き、知らん顔をする。

間違いない。強引に出れば、菜花は折れる、そう金桝に入れ知恵をしたのは、結翔だ。

「な・の・か・君！」

「ひっ！」

菜花はけ仰け反る。どこまで近づいてくるつもりだ、この超絶イケメンは！

どうしよう。受けるべきか、断るべきか。しかしこれはもう、受ける前提で話が進んでいるような……。迷いに迷い、あれこれと考え、菜花は結局こう答えた。

「わかり……ました」

「やったー！」

「よし、菜花！　急いでファイルの内容を頭に叩き込め！」

金桝と結翔は嬉々としている。それを横目で見ながら、菜花はやれやれとファイルに目を落とす。しかし、心の中では密かにニヤついていた。

「実は、もうちょっとやってみたいかなって気持ちも、ほんの少しあったんだよね……」

二人には聞こえないように小さく呟き、菜花はファイルに集中していった。

＊

「本日からお世話になります、杉原菜花です。月、水、金の週三日勤務ですが、少しでも皆さんのお役に立てるよう、頑張ります。よろしくお願いします」

そう言って頭を下げると、部署内に拍手が起こった。

今日は派遣初日。菜花は監察依頼のあった「此花(このはな)電機株式会社」のオフィスに来ている。菜花に拍手を送っているのは、経理部の社員たちだ。

『結翔君は監察対象が所属する、営業部一課に配属ね。菜花君は経理部だよ』

金桝からそう言われた時は、頭の中が真っ白になった。前回のように、同じ部署に配属されるものだと思っていたからだ。

『結翔君と一緒じゃないんですか？』

『営業部には庶務担当の女性が何人かいるし、派遣は必要ないらしいんだ。それに、中に入ったらなかなか苦労しそうな感じもあってね、ここは避けておいた方が無難かなと思った』

『苦労？』

『まぁそれは入ってからわかるんじゃないかな。ここもオフィスビルのワンフロアぶち抜きで使ってるから、部署は違っても同じフロア内に結翔君はいるわけだし、大丈夫でしょ』

『はぁ……』

『俺は営業として潜り込むから、あんまりオフィス内にいないと思うけどね』

『えええええーーーっ！』

入社を迎える今日まで不安な気持ちは拭えなかったが、やると決めたからにはやるしかない。それに、金桝が菜花を経理部に配属したことにもちゃんと理由があるのだ。

「杉原さんには主に書類の整理をお願いするので、書庫で仕事をしてもらうことになります。他の仕事をお願いするのは構わないけど、あの大量の書類をお願いすることもあるし、あまり無理はさせないように。社内のあれこれは……そうだな、高橋さんにお願いしようかな。高橋さん、杉原さんにいろいろ教えてあげてもらえるかな？」

菜花の直属の上司となる経理部長補佐の横山が、すぐ近くにいたおとなしそうな女性に声をかけた。彼女はわかりましたと頷き、菜花に軽く会釈してくる。それを受け、菜花も慌ててお辞儀した。

「それじゃ、皆仕事に戻って。杉原さん、書庫はこっち」

「はい」

菜花は経理部長の小金沢（こがねざわ）に頭を下げ、横山の後を追う。

経理部のトップは、いわずもがな、部長である小金沢である。しかし彼は、大きな案件や新規案件で手がいっぱいということもあり、月々に発生する定期的な経理案件は横山に任せているそうだ。最終決裁も彼に委ねている。つまり、臨時案件に携わっていない経理部の人間にとっては、横山が部長のようなものである。

それだけ横山が信頼されているということなのだろうが、自分のあずかり知らぬところで何かあったらどうするのだと、菜花などはつい心配になる。

「ＩＤカードをここにかざして……」

横山が扉の横にあるカードリーダーに自分のＩＤカードをかざすと、ピッと音が鳴ってロックが解除された。

「ちょっと狭くて申し訳ないんだけど、中にデスクを用意したから、いちいち外に出なくてもここで作業できるよ。でも、ずっとここだと息も詰まるだろうし、社内には休憩スペースもあるから、いつでも利用していいからね。紙資料が汚れると困るから、飲み物を持ち込む時は、コップじゃなくてペットボトルか蓋のついたタンブラーなんかにしてもらえるかな」

「はい」

「で、杉原さんにお願いしたい書類の整理は……」

ラックがずらりと並ぶ書庫を案内しながら、横山は書類整理のやり方を菜花に教えていく。

菜花はメモを取りながらそれを聞き、頭に入れていく。

最近では諸々が電子化されているが、それ以前は紙で処理されている。保管義務のある書類も多く、それらが雑多に段ボールに詰められ、棚に乗せられた状態だという。それを整頓し、ファイリングした後、リスト化する、というのが菜花に与えられた仕事だった。

経理知識の欠片もないのに、経理部に配属など大丈夫かと思っていたのだが、これならなんとかなりそうだ。説明を終えた横山が、何かあったら声をかけるように、と優しい笑みを残して、書庫を出て行く。

上司が優しそうな人でよかったと心から安堵し、菜花は早速仕事に取り掛かろうと、一番奥にある古い書類の棚へと向かった。

＊

菜花が仕事を始めて一時間ほど経った頃、壁の向こう側から数人の声が聞こえてきた。

この書庫は、間仕切りをして簡易的に作られた部屋ということもあり、壁が薄い。

「水無瀬(みなせ)さん、今日もかっこいいよね！」

「ねぇ、知ってる？　水無瀬さん、また新規案件を取ってきたんだって」

「知ってる知ってる！　本当は、二課の担当だったんだよね。でも、誰も契約が取れなくて困っててさ、水無瀬さんが間に入ったらしいわよ？」

「え？　じゃあ、水無瀬さんは一番大変な部分をやって、美味(おい)しいところは二課が持っていったってこと？」

「優しいよね」

「そうそう」

「一課の水無瀬さんにはなんの得もないのに、進んで引き受けたんだって。優しいよね」

「さすが水無瀬さん！」

　菜花は書類を仕分け、ファイリングしながら、小さく吐息する。

　ここの壁が薄いこと、そしてすぐ隣に休憩スペースがあることは事前に聞いていたが、ここまではっきりと声が聞き取れるとは思わなかった。

　会議室などは重要機密を扱うこともあるのでそんなことはないだろうが、こういった書庫や休憩スペースなどは費用を抑え、簡素にしたのだろう。

「あー、水無瀬さんと付き合いたい！」

「無理無理！　水無瀬さんに釣り合う女って、相当レベル高くなきゃ！」

「だよねー。でもさ、水無瀬さんってイケメンだし仕事もできるのに、いつも笑顔で皆に優しいじゃん。こんな人が彼氏だったらなぁって夢見ちゃうよねぇ」

「わかるー！」

　その後も、しばらく水無瀬の話題で持ち切りだったが、やがて彼女たちは休憩スペースから出て行く。仕事の合間の休憩なので、それほどのんびりはできない。時間にして、約十分ほどだった。だがその間、ほとんど水無瀬の話だったように思う。

「のんびり一人で仕事できるし、気を遣わなくて楽そうだと思ったけど……。盗み聞きなんて、ほんとにいいのかなぁ」

菜花は再び溜息をつく。

菜花がこの場所で仕事をすることには意味がある。それが、この「盗み聞き」だ。できるだけ多くの社員と関わり、監察対象の情報を集めることが第一なのだが、菜花は初対面の人間の輪の中に、グイグイ入っていけるタイプではない。どれほどの社員と関われるかは期待しないでほしいと言ったところ、

『菜花はお人好しだし、人に警戒されないよね。だから、自分から頑張ってどんどんコミュニケーション取っていけば大丈夫だって』

と、結翔が励ましつつも暗にやれと言い、

『そうか。それじゃ、菜花君には隠密行動をお願いしよう！』

と、金桝は突拍子もないことを言い出した。

隠密行動なんて、忍者でもあるまいし。

訝しげな顔をする菜花に、金桝は社内のフロアマップを広げ、書庫と休憩スペースの話をした。ちなみに、休憩スペースの反対側は、営業部のフロアだ。

休憩スペースは、フロアの北と南に一ヶ所ずつある。だが、北側の休憩スペースは奥に喫煙ルームもあることから、役員を含む男性が集まっていることが多い。女性はなんとなく入りづらい雰囲気があるので、南側を使うことがほとんどなのだという。

『噂話、内緒話の類は意外と侮れない。女性の情報をキャッチする能力はすごいからね。ただ、正誤の精査は必要だと思う。それも合わせてよろしく頼むよ、菜花君！』

隠密行動、すなわちそれは、「噂話、内緒話に聞き耳を立てろ」というなんともゲスい、もとい、はしたないことなのだった。

「でも、これなら水無瀬さんの情報は取り放題だな」

パチンとファイルを閉じ、菜花は呟く。

此花電機から依頼を受けた監察対象、それは、営業部一課の水無瀬遼だった。

*

監察対象：水無瀬遼、三十三歳。

此花電機株式会社営業部一課の主任で、営業成績は常にトップを誇っている。容姿の整った所謂イケメンで、性格も明るく気遣いができ、社内でも老若男女に受けがいい。

同期内では出世頭で、主任になったのも最年少の二十代。そして今、水面下で営業部一課長補佐への昇進が打診されている。三十代前半でこの役職に就くことは異例らしい。

それとは別に、専務取締役の娘との縁談も進んでいる。この話がまとまれば、彼はもっと上を目指すことも容易になるだろう。

しかし、どこからどう見ても完璧な水無瀬が、監察対象となったのは何故なのか。

『うわー、こいつ、人生順風満帆！　典型的な勝ち組じゃん！　負け知らずって感じ！』

『ちょっと、結翔君。その言い方、なんか僻みっぽい！』

『僻んでないけど、嫌味の一つや二つ言いたくなるじゃん。でも、そんな完璧な人間なんてそうそういないって！　ね、惇さん！』

同意を求めてくる結翔に、金桝は面白くなさそうに頷いた。

『まぁね。彼は出世頭で将来有望、おまけにイケメンで優しい。ってことは、女性にモテる。ものすごくモテる。どーーーしようもなくモテる。でも、それが彼の弱点でもあるんだよっ！　ふんっ！　……くぅ〜〜っ、腹立つっ！』

『惇さん、惇さん、落ち着いて！　惇さんもイケメンじゃん！　モテないけど』

『うるさいな、結翔君！』

結翔曰く、金桝も非の打ちどころのない美形ではあるが、その割にモテないらしい。最初は金桝の上辺だけを見て寄ってきても、中身を知るやいなや、潮が引くようにいなくなってしまうのだという。少し怖い。

それはおいておいて、金桝の言うように、水無瀬は常に女性に囲まれている。専務の娘との縁談の前には、社内の女性とも何人か関係があったらしい。もちろん、今はきちんと清算しているとの話だが。

ただ、水無瀬は学生の頃には複数人と同時に付き合っていたこともあり、はっきり言ってしまえば「女好き」もしくは「女癖が悪い」。なので、現在本当に清廉潔白な身であるかどうかを調査してほしい、とのことだった。

仕事についても会社側で把握はできているが、そちらの方も問題がないか、調べることになっている。昇進した後で不正などが発覚すれば、上層部や人事部の沽券に関わる。

『要は、素行調査って感じですか？』

『そうそう。だから、社内はもちろん、その後も』

『えええええっ!?　それって、探偵とかにお願いした方がよくないですか？』

その後もということは、仕事が終わった後も調査を続行しなくてはいけないということだ。水無瀬を尾行して、全ての行動を把握しなくてはいけないなど、全く想像していなかった。

『あー、それは大丈夫。仕事後の調査は俺がやるから』

『結翔君が？』

『むしろ俺はそっちメイン。だから、菜花には社内で目を光らせといてほしいんだよね』

社内だけでいいと聞いて菜花はホッとするが、それにしてもなかなかハードな仕事だ。面倒事を嫌がる結翔が、こういった仕事を続けていることに驚いてしまう。

『探偵に別に依頼するよりも、うちに全部頼んだ方が会社も費用を抑えられるし、あちこちに情報を渡さなくて済むしで、都合がいいんだよ』

金桝の言葉に、そんなものかと納得する。それはそうとして、一社員の素行調査に随分な念の入れようだ。だが、それにも理由はあった。

『専務さん、社内でもかなり力のある人でさ、次期社長の呼び声も高いんだって。そんな人の娘さんと結婚でしょ？　それに、専務さんは娘にべた惚れで甘々なんだってさ。大事な娘の相手が浮気男じゃ、目も当てられないからね。絶対にそんなことがあってはならないって、ものすごく慎重になってるらしい』

『ちょうど昇進の話も持ち上がったことだし、社内監察代行の話をどっかから聞きつけて、うちに依頼してきたらしいよ。会社の金で娘婿の素行調査なんて、せこいよね』
結翔の言葉は身も蓋もないが、菜花も同意してしまう。だが、これくらいでないと上には行けないのかもしれない。
というわけで、菜花と結翔は本日付けで、S.P.Yours株式会社からの派遣社員として、此花電機へ潜入したのだった。

＊

辺りはすっかり静かになり、菜花も仕事に集中する。

書類を仕分け、パンチで穴を開けてファイリング。単純作業ではあるが、つまらないとは思わない。そもそも、菜花は単純作業が嫌いではない。

それに、書類の決裁欄などを見ていると、今は経理部長である小金沢がこの時期は補佐だったとか、横山は主任だったとか、そういったことがわかってなんとなく面白い。

へぇ、ほぉ、ふーん、などと感心しながらファイリングしていると、あっという間に時間は過ぎていった。

「お腹すいた……」

ふと時計を見ると、十一時半。もうすぐ昼である。

昼休憩は十二時から一時間で、外に食べに行ってもいいし、このビルの中にレストランが集まった階があるので、そこへ行ってもいい。ビル一階にはコンビニも入っており、そこで何かを買ってきて休憩スペースで食べるのも構わないとのことだ。

菜花は初日ということもあり、何も持ってきていなかった。同じ部署の人たちがどうするのか、様子を見て合わせようと思ったのだ。

するとその時、電子ロックの解除音が鳴った。誰だろうと、菜花は少し緊張する。

「杉原さん……」

小さな声がしたので、菜花は慌てて立ち上がり、出入口から見えるように顔を出す。そこには、先ほど横山から菜花のことを頼まれていた女性が立っていた。

「あ、あのっ、はい！」

「杉原さん、今お時間ありますか？」

「はい、大丈夫です」

「それでは、今から社内を案内しますね。ついでに、各部署の人たちにも、杉原さんのことを紹介しますので」

「はい、ありがとうございます！　あの……」

名前を呼びたかったが、IDカードが裏返しになっていて見えない。横山が名前を呼んでいた気もするが、菜花もあれこれと頭の中がいっぱいになっていて、覚えていなかった。

女性は少し不思議そうな顔をした後、すぐに気付いたようで、IDカードを見せながら自己紹介をする。

「はじめまして。経理部で支払い処理を担当しています、高橋仁奈と申します。よろしくお願いします」

「あのっ、こちらこそ！　杉原菜花です。よろしくお願いします」

仁奈は微かに微笑み、菜花の少し前を歩き出す。菜花は彼女の後をついて行きながら、彼女の様々な部分を観察していく。

スラリとした細身で、背も高い。ローヒールなのに、菜花よりも十センチ以上は高いだろう。モデル体型でかっこいい。

さっき顔を合わせた時の印象は、とにかくおとなしくて控えめ、少し悪い言い方になってしまうが、地味だと感じた。目や鼻、口、一つ一つのパーツは形が整っているけれど、強い主張はなく、のっぺりとした感じとでも言えばいいのだろうか。

化粧も薄く、アイシャドウは控えめだし、口紅の色もナチュラルだ。パッと見は、ノーメイクにも見えなくもない。それでもがさつな感じはしないし、品の良さも感じられるので、彼女自身の性格や人格が顔に現れているのかもしれない。

菜花は、社内施設やビル全体について仁奈から案内と説明を受け、その後で各部署に挨拶回りをしていった。

どこの部署にも必ず女性はいるのだが、全体的な印象としては、華やかの一言。男性陣も若手は垢抜けていて、どことなくキラキラしているように見える。

年配の人間はというとそれぞれになってくるが、不潔でだらしがなく、女性社員から目の敵にされるようなタイプは見かけなかった。社員全員が優秀で、仕事ができそうである。

創業時は町の電器店だった会社がここまで大きくなるのだから、歴代の社長は相当のやり手だ。業績は順調で右肩上がり。そういったこともあって、若手社員も多く、活気に満ちており、華やかで派手。菜花の第一印象はそれに尽きた。

その中で、仁奈は周りとは馴染まないほど控えめで、経理部内でも、特に仲のいい女性はいないようだった。いじめられていたり、除け者にされているというのではなく、彼女が他と一歩距離を置いているように見えた。

「あぁ、もうお昼ですね。杉原さんは、お弁当とか持ってきていますか？」

「いいえ。皆さんどうされるのかなと……」

「経理部の女性の皆さんは、五階のレストランに行かれることが多いみたいです。声をかけましょうか？」

「え、いや、あの……」

「ちょっと待っててくださいね」

「あ……はい……」

菜花がまごついている間に、仁奈は他の女性に声をかけに行ってしまった。

こうして案内してくれたのだから、そのまま一緒にお昼を食べると思っていたのに。今日は、個人的に何か予定が入っていたのだろうか。

仁奈はすぐに戻ってきて、他の女性たちに話をつけてきたと言う。

彼女たちはすぐに菜花のところへやって来て、それぞれに声をかけてくれた。

「杉原さん！　私、同じ部署の寺崎です。お昼、五階でいい？」

「はい」

「それじゃ、一緒に行きましょうね」

「あ、私は今宮でーす！　よろしくね」

「はい、よろしくお願いします！」

寺崎は、経理部女性陣のまとめ役という話を聞いたが、貫禄のある姉御肌な雰囲気で、頼りがいがありそうだ。そして今宮の方は、菜花とさほど年が変わらない感じで、あっけらかんとした明るい女性だった。

「あの！　高橋さん、ありがとうございました！」

菜花がぺこりとお辞儀すると、彼女はまた微かに微笑み、静かに頭を下げる。

どう見ても菜花の方が年下だし、新米ぺーぺーであるにもかかわらず、仁奈は常に敬語で、態度も上司に対するのと同じように丁寧だった。

こんな人もいるんだなぁ、と思いながら、菜花は寺崎と今宮とともにオフィスを後にした。

＊

エレベーターで五階まで下りると、様々な飲食店が軒を連ね、このビルで働いているであろう人々でごった返していた。このビルのテナントの関係者は割引がきくということもあり、ここで昼食を済ませる者は多いという。

「和食でもいい？　お蕎麦なんだけど」

「はい、大好きです！」

「定食についてくるおいなりさんが美味しいの！」

寺崎と今宮は、少し奥に入ったところにある蕎麦屋に向かって歩き出す。店によっては行列ができているところもあるが、蕎麦屋にはなんとかすぐに入れそうだ。

「もうちょっと出るのが遅かったら、待たないといけないところだったわね」

「すぐ入れてよかったですね！」

席に通され、一息つく。周りを見渡すともう席は全部埋まっていて、店員は忙しく動き回っていた。

寺崎と今宮はもう決まっているらしく、菜花は慌ててメニューを眺めるが、結局二人と同じものを頼む。オーダーを済ませると、三人は改めて顔を見合わせた。

「では改めまして。はじめまして、杉原さん。此花電機へようこそ！」

「はい、よろしくお願いします！」

そんな挨拶を皮切りに、女子トークが始まる。

二人はとにかくおしゃべり好きで、話題も豊富なものだから話は尽きない。経理部内についてはもちろん、他部署の内情にまで詳しいようで、菜花はずっと聞き役に回っていた。

初日ということもあり、名前を出されても誰なのかよくわからないが、寺崎はその人物の特徴も合わせて話してくれるものだから、思ったよりも早く社内の人間を把握できそうだ。

メモするわけにもいかないので、菜花は二人の話を聞き漏らすまいと神経を集中させる。

「そうだ！　営業に入った派遣の吉良(きら)さんって、すごく可愛くないですか？」

今宮が突然そんなことを言い出し、ちょうどお茶を飲んでいた菜花は噴き出しそうになる。ゲホゴホとむせていると、寺崎が背中をさすってくれた。すみません、と言いながらなんとか落ち着くと、再び今宮が話を再開させる。

「イケメンはイケメンだけど、可愛いって感じ！　営業部の女性陣が目を輝かせてましたよね！」

「一課でしょ？　あそこは水無瀬君もいるし、ほんとキラキラしてるわよね」

「ですよねー！」

キラキラしていると思っていたのは、菜花だけではなかったらしい。寺崎の言うように、営業部一課は特に目立つ集団だった。

あそこで挨拶をしている時は、なんとなく居たたまれないというか、菜花にとっては居心地が悪く、あんな場所にすぐに溶け込んでいる結翔を尊敬したほどだ。

「杉原さんと吉良さんって、同じ派遣会社だよね？　でもそれだけじゃなくて、なんとなく知り合いっぽいというか。杉原さんが挨拶してた時の吉良さん、ちょっと心配そうな顔してたし。ね、二人って知り合い？　もしかして、付き合っちゃったりなんてしてるの？」

今宮が興味津々といった様子で聞いてくる。

結翔が心配そうに見ていたなど全く気付かなかったが、それを周りに気取られるなんて結翔らしくない。それほど菜花が頼りなく見えたのだろうか。……たぶん、そうだ。

あのキラキラ感に圧倒されすぎて、完全に腰が引けていたしなぁ、と項垂れる。だが、すぐに顔を上げて、今宮の話を否定した。

「違いますよ！　全然！　全く！　付き合ったりなんてありえないです！」

あまりに力いっぱい否定したものだから、寺崎も今宮も呆気に取られてポカンとしている。そして、すぐに声をあげて笑い出した。

「いやいやいや、そんな全力で否定しなくても！」

「だ、だって……」

「もう、今宮の悪い癖！　知ってるくせにからかうんじゃないの！」

「え……？」

知っている？

菜花が目をぱちくりさせていると、今宮が笑いながら種を明かした。

「遠目からこっそり眺めてた私らがわかるんだよ？　営業部の女性陣がわからないはずないって。すぐに吉良さんに突撃だよ。『あの子、彼女ですか？』って」

「えええっ！」

「で、吉良さんはサクッと否定。でも、心配そうな顔で杉原さんを見てたことを問い詰められて、ようやく吐いたわけですよ」

「何を……？」

今宮がニッと笑い、得意げな顔をする。寺崎もやれやれといったように笑っているので、彼女もそれがなんなのか知っているのだと思った。

「いとこ、なんだって？」

「！」

目を大きく見開く。まさか、そこまでバラしているとは思わなかった。

だが、彼女などと誤解される方がよほど厄介だ。いとこなら、妹を心配するようなものだと言い訳もつく。そしてそれは、事実なのだから。

それにしても、皆たいした観察眼だと思った。怖いくらいだ。ほんの些細なことでもすぐに噂になってしまいそうで、下手なことはできないと冷や汗が流れてくる。昼前のちょっとした出来事がもう経理部の二人にまで回っているなんて、とんでもない情報網だ。

しかし、結翔がそういうつもりなら、このことで嘘をつかなくてもいいわけで、菜花は少し気が楽になった。

「そ、そうなんですよ。ゆ……吉良君には小さい頃から面倒を見てもらってて、お兄ちゃんみたいな存在なんです」

いつものように「結翔君」と言おうとしたが、それはやめておいた。言えば、今宮が大騒ぎしそうな気がしたし、社の女性全員に回るのも怖いと思ったからだ。

うっかり下手なことを言えないが、これほどの情報網が確立されているなら、水無瀬の特ダネもどんどん入ってきそうだ。

寺崎と今宮、この二人とは仲良くしておいた方がいい。打算だけでなく、二人とも人が好いと感じたこともある。

菜花は、これからも一緒にランチをしたいと伝えると、二人は満面の笑みで頷いた。

「それにしてもさ、案内までしたんだから、高橋さんも今日くらいは一緒にお昼食べればいいのにね」

寺崎がそう言うと、今宮が何度も頷く。菜花もそう思っていたのだが、二人もやはり同じことを考えていたのだ。

そこでふと、仁奈のことを聞いてみたくなった。

彼女は他の女性社員とあまり交流せず、孤高の存在のようだ。皆と一歩距離を置くのは何故なのだろう？

聞いていいことなのかわからないが、この二人なら何か知っているかもしれない。そう思い、菜花はその疑問を口にした。

「高橋さんって、お昼はどうされてるんですか？」

「あぁ、休憩室で一人お弁当を食べてるわよ」

「お弁当！　なるほど、そうだったんですね」

そうか。弁当持参だから、昼食は一緒にできないということだったのか。

菜花はそう思ったが、それはすぐさま今宮に否定された。

「一人でいるのが好きみたい。何回も誘って、やっと一回来るかどうかなんだよね。だから、今ではもう誰も誘わないかな」

「え……」

「仕事のことでも最低限しかしゃべらないし、プライベートなんて全く。部で参加必須の飲み会には来るけど、そうでなければ絶対に来ないわね」

「上の人の奢りでも来ないですよねー」

やはり、菜花の抱いていた印象は正しかったのだ。

仁奈は、他の社員と距離を置いている。

人見知りなのだろうか。いや、そんな感じでもないような気がする。

会社の人間とは必要以上に関わりたくないというのもわからなくはない。しかし、ここまで避けるものだろうか。

飲み会はさておき、昼ご飯も断ってしまうというのが信じられない。しかも何度も。

苦手だと思っても、たった一時間のことではないか。同性同士のネットワークは重要だ。

いや、でもせっかくの休憩を自由に過ごせないのもきついかもしれない。

あれこれ考えてはみるが、菜花にはよくわからない。だが、こんな風に距離を置いても、女性社員たちとそこそこ上手くやっているのはすごいと思う。

「仲のいい人って……」

「仲のいい人？　うーん、どうだろう？　社内にはいないんじゃないかしらね。ひたすら仕事ばっかりだし。誰かと仲良さそうにしてるところなんて、見たことないわ」

「ですよね。もう仕事の鬼って感じで。だから、部内でも一番大変な仕事を任されてるし」

「支払い処理の担当っておっしゃってました」

「うん。最終のところね。いろんなところから集まった請求を、彼女が取りまとめてるから。彼女のところに行くまでにもチェックはされてるけど、彼女が最後の砦みたいなものなのよ。それに、量が尋常ないほどあってね……」

そんな大変なことを任されているのだから、かなり信頼されているのだろうし、仕事もできるのだろう。

「でもさ、高橋さんって、なんでもかんでも機械的というか、融通がきかないのよね」

「そもそも、支払い関係は融通がきかないの。今宮みたいに甘い顔してたら、皆がいいんだって思っちゃうからダメよ！」

「はーい」

二人の話を聞きながら、様々な考えが脳裏に浮かぶ。

会社には仕事をしに来ているのであって、友だちを作ったり、遊びに来ているわけではない。それは菜花にだってわかっている。

だが、人間関係をそっちのけにして、たった一人で黙々と仕事をこなしているだけというのもどうなのか。人それぞれだが、仁奈はそれで淋しくないのか。

「あ、もう休憩が終わっちゃう！　そろそろ出ましょうか」

「あーあ、お昼休憩ってあっという間！」

寺崎と今宮の後を追い、菜花も席を立つ。

オフィスに戻るまで彼女たちといろいろな話をしながらも、菜花は仁奈のことが気にかかった。監察対象は水無瀬だというのに。

「しっかりしなきゃ」

菜花は小さく頭を振り、気持ちを切り替え、午後の仕事に戻っていった。

＊

「お疲れ～！　初日、どうだった？」

「お疲れ～っす。惇さん、無駄にテンション高い……」

「結翔君は相変わらず毒舌だなぁ！」

此花電機での初出勤を終えた菜花と結翔は、S.P.Y.の事務所に顔を出していた。

新しい職場での初日は必ず、そして週一度は情報共有のためにここに集まることになっている。社長である金桝のデスクと結翔たち一般社員のデスクとの間には、ミーティング用の円形デスクがある。そこで、報告と情報共有を行うのだ。

「皆、お疲れ様。はい、どうぞ」

主に事務全般を請け負っている早乙女美沙央が、菜花たちにコーヒーを淹れてきた。

彼女はパートであり、週に二、三回のペースで顔を出している。どうしても手が足りない場合は、金桝の補助的な仕事も手伝っていると聞いている。

菜花は自分以外の面々を眺め、ふぅと溜息を漏らす。

金桝はどこからどう見ても完璧で隙のない美青年、結翔はいまだ女装も通じるアイドル的容姿の持ち主、そして美沙央も、これまたハッと目を引くような美女なのだ。

S.P.Y.は小さな会社で、メンバーはこれで全員なのだが、この顔面偏差値の高さは異常である。顔で雇ったのかと言われても反論できまい。

その中で、平々凡々である菜花は、自分が一種特殊な存在なように思えてならない。どちらかというと、彼らが特殊だと思うのだが。

「菜花ちゃん？　緊張して疲れちゃった？」

美沙央が心配そうに菜花の顔を覗き込んでくる。

長い睫毛は綺麗に上向きにカールされ、形のいい瞳はキリリと凛々(りり)しくもあり、スッと通った鼻筋も美しく、少し厚い唇は熟れた女性の色香を漂わせている。品のよいピンクベージュのマニキュアに彩られた細く長い指が、菜花の目の前でヒラヒラと揺れる。それはさながら、甘い蜜を求めて彷徨う蝶々のような……。

「なーのーかーちゃんっ」

「ふぁいっ！」

つい見惚れてしまった。美沙央の涼やかな声が耳元に飛び込んできて、菜花は我に返った。

「大丈夫？」

「は、はいっ、大丈夫です！　ちょっとぼんやりしてました！」

「ごめんね、美沙央さん。菜花、時々意識がどっかに行くんだよね。っていうか、今のは単に、美沙央さんに見惚れてただけだと思うけど」

「結翔君！」

図星である。顔を赤くしながら結翔を軽く睨むと、彼はひょいと肩を竦めて笑った。

「あら、そうなの？　ありがとう、菜花ちゃん。菜花ちゃんだって可愛いわよ。いつか私の手で、がっつり全身コーディネートしてみたいわぁ。髪もめちゃくちゃ凝ったヘアスタイルにして、メイクもガラリと雰囲気変えて……楽しそう！」

「美沙央さーん、今日はこれからデートでしょ？　貴久さんが待ってるよ」

ヒートアップしそうな美沙央にストップをかけるのは金桝だ。

「あ、もうこんな時間なのね！　うちの旦那は拗ねると面倒だから、お臍曲げないうちに早く帰らなくちゃ。それじゃ皆、お疲れ様！　頑張ってね！」

「はーい！　貴久さんによろしくー」

「お疲れ様でした！」

美沙央は、口調とは裏腹に、幸せそうに微笑み、皆に手を振り事務所を出て行く。その姿を見送りながら、菜花は無意識に「いいなぁ」と呟いた。

手のかかる夫に苦労をしているといった風だが、そんな夫を心から愛しているという惚気た表情、それが羨ましい。

美沙央の夫、早乙女貴久は投資家であり、金桝のビジネスセンスと実力を高く買っている。そういうこともあり、この会社を設立する際には、多額の投資をしてくれたのだという。

金桝と貴久は元々繋がりがあり、その関係で美沙央とも顔見知りだった。美沙央の子育てが一段落したのをきっかけに、彼女はここで働くようになったというわけだ。

「さて！　それじゃ始めようか」

金桝のこの一声で、場の空気が引き締まる。

そして、本日の成果報告と、情報共有のミーティングが始まった。

「惇さんが手を回してくれたおかげで、俺の教育係は無事、水無瀬になったよ。で、今日一日ずっと彼に張りついていたわけだけど……」

率先して結翔から報告を始めた。今回の監察対象である水無瀬遼には、今後も結翔がべったり張りつく予定だ。報告としては、一番メインとなる。

初日なのでそれほどたいした情報はないだろうと思いきや、結翔は次から次へと水無瀬の情報を放り込んでくる。

「成績トップなだけあって、担当してる取引先も一番多いよね。ただ、少しずつ他の人間に振り分けていってる。昇進に向けて、上からそうするよう指示が出てるみたいだ。でも、大手の取引先も手放してて、びっくりだよ。普通は手元に残しておきたいだろうに、可愛がってる後輩たちに譲ってるみたいで、彼らはみーんな水無瀬シンパだね。かといって、先輩も蔑(ないがし)ろにしない。自分の手に余る、みたいな謙虚な態度で、やっぱりいい取引先を譲ってる」

「へぇ。たった一日張りついていただけで、よくそんなことまでわかったね」

「水無瀬ほどの有名人だと、あちこちから情報が入ってくるからかえって楽だよ。業績はトップ、専務の娘との縁談も進んでて、昇進も控えてるっていったら敵も多そうなのに、悪口はほとんどなし。よほど周りに気を遣ってるんだろうと思ってたら、やっぱりねって感じ」

「なるほど。なかなか抜け目がないね」

自分の取引先を手放すということは、自分の月々の売上が落ちるということ。補填するには、新規を開拓するしかない。成績トップを誇っているのだから、その辺りはシビアだろうに、太っ腹というかなんというか。

「大手の取引先を譲っちゃったら、自分の売上がその分大幅に減っちゃうよね？」

菜花が尋ねると、当然というように結翔が頷く。

「そりゃそうだよ。でも、水無瀬は新規開拓を得意としてて、割と頻繁に新規で契約を取ってくるんだよね。天然の人たらしというか……飛び込みで営業をかけても、大抵は話を聞いてもらえるらしいよ。普通は門前払いだろうにね。まぁ、あの顔を存分に活用してるってのはあると思う。話術にも長けてるしさ。真面目さとチャラさを上手く使い分けてるよ」

「へぇ……」

「というわけで、誰かに取引先を譲っても、トップはそうそう揺るがない。元々ぶっちぎりでトップだし、何社か手放しても、水無瀬には痛手にならないってこと」

「たいした男だねぇ」

金桝が楽しそうに笑う。だが、裏に何かを含んでいそうな気がして、菜花は金桝からそっと視線を外した。この何を考えているのかわからない金桝の笑顔は、少し苦手だ。

「社内、取引先ともに、仕事や人間関係に問題なし。むしろめちゃくちゃ上手くやってる。社内の女性社員のほとんどと仲良しっていうのもすごいよね。その中には、かつて関係のあった子もいるんだけど、別れた後も普通に付き合えてるみたい。拗れた、なんて話も聞かなかったな。あちこちの女性グループに入って聞いてみたけど、水無瀬の評判は上々だった。まぁ……まだ初日だし、俺相手に猫被ってただけかもしれないけどね」

「それはあるだろうね。そのうち、ダークな話が聞けると面白いね」

ニコニコしながらそんなことを言わないでほしい。

菜花は思わず、金桝と距離を取ってしまった。

「とりあえず、今日のところは、水無瀬の身辺は完璧だったってことだね。了解。でも……そこまで完璧っていうのも、違和感があるねぇ」

「おおあり！　かえって、怪しい匂いがプンプンするよねーっ」

「え？　そうですか？」

確かに完璧すぎるとは思うが、だからこそ、専務は自分の娘婿に迎えたいと思ったのではないだろうか。

会話が途切れたので、ふと二人を見てみると、金桝も結翔も菜花をじっと見つめていた。

「え……なんですか？」

「菜花君は純真無垢だね！」

「菜花はほんっと単純！」

菜花の問いに返ってきた答えは、見事真っ二つに割れていた。

金桝はまるでペットを見るような慈愛のこもった目で、今にもイイコ、イイコと頭を撫でてきそうな勢いだし、結翔は救いようがない奴といった呆れた視線を容赦なくぶつけてくる。

どちらの視線にも耐えられず、菜花は机の下に潜り込みたい衝動をなんとか抑えながら、二人の視線を避けつつ言った。

「わ、私、書庫で仕事してる間、何度も水無瀬さんの噂話を聞いたんですけどっ……」

「お！　何か面白い話でもあった？」

結翔の顔が、途端にワクワクしたものに変わる。話題を変えられたことにホッとし、菜花は首を横に振った。

「残念ながら、期待するようなものは何も。水無瀬さんはすごい、かっこいい、優しいって、そんな話ばかり。目立つ人だし、何かあるだろうって私も思ってたんだけど、全然なくて、逆に驚いちゃった。だから、本当に仕事ができて、いい人なんだろうなって……」

途中から声が小さくなっていく。それは、結翔の顔がさっきのようなものに変わっていったからだ。心底呆れている。

いくら監察を依頼されたからといって、その人間が黒であるとは限らない。白ということもあるし、それならそれで、めでたしめでたしではないか。

そんな菜花の気持ちを読んだように、金桝は笑みを絶やさないまま、菜花を窘める。

「まぁまぁ。菜花君、彼をいい人と決めつけるのはまだ早いよ。でも、僕や結翔君みたいに、何かあると決めつけるのもよくないね。でもね、こんなにいい話ばかり出てくるのもおかしいって、僕らは思っちゃうんだよね。普通、人の評価って、プラスもあればマイナスもあるのに極端に偏って（かたよ）いれば、疑ってしまうのは、もう職業病ってところかな。ただ、菜花君は見たものをそのまま受け入れる素直さがある。それは、ずっと持っていてほしいなって思うよ。でも、思い込みは捨ててもらいたい。それは、結翔君も同じだよ」

「はーい、了解っす」

「はい、わかりました」

二人の返事を聞き、金桝は満足そうに何度も頷く。

いつもへらへらと軽い調子の金桝だが、こういう時の説得力はすごいと感心する。相手を決して否定しないが、言うべきことは言う。そして最終的には納得させてしまうのだ。

こんな風に言ってもらえると、自信を失わず、また頑張ろうと前向きになれる。

菜花がよし、と密かに気合を入れていると、結翔がふと思い出したように言った。

「そういや、菜花を紹介して回ってたのって、高橋さんだよね？　彼女ってどんな人？」

「え？　どうして？」

何故そんなことを聞くのだろう？　彼女に何かおかしな点でもあったのだろうか。

それに、直接関わりのない人物の名前もすでに把握している結翔に、さすがだとこっそり舌を巻く。表に出すと調子に乗るので、口には出さないけれど。

菜花が不思議に思って尋ねると、結翔は僅かに眉を顰め、両腕を組んだ。

「うーん……なんていうかさ、彼女って、社内に友だちいなくない？」

「あ、それは私もちょっと思った」

「だよね」

「ちょっと待って、二人とも。勝手に話を進めないで、僕にもわかるように説明してよ」

金桝の言葉に、結翔が高橋仁奈についてざっと説明をする。

経理部所属で仕事のできる社員、おとなしく控えめな印象、そういったことは菜花もすでに把握していることだが、一点、結翔からの新情報があった。

「社内の女性と気さくに話をする水無瀬が、何故か高橋さんとはそれほど親しくない感じなんだよね。過去になんかあったのかな、とか、現在進行中なのかな、とか考えちゃってさ」

「現在進行中⁉」

菜花は素っ頓狂（すっとんきょう）な声をあげる。現在進行中というのは、水無瀬と仁奈が、現在付き合っているということだ。仁奈の様子を思い出し、菜花はブンブンと何度も首を横に振る。

「それはないよ！　高橋さんって仕事一筋で、他の社員さんともあまり交流がないほどだよ？　同じ経理部の女の人たちも、彼女のことはよく知らないみたいだし」

「あーやっぱりね。それは、営業部の方も一緒。今日一日で、社内の女性社員のことはあらかた聞いて把握したんだけど、彼女だけは謎が多くてさ。ってことは、彼女はあえて他と距離を取っている。で、そうしなきゃいけない理由は……」

「何か秘密を抱えている」

「ちょっと惇さんっ！　いいとこ持ってかないでよっ！」

わーわーと喚（わめ）く結翔に構わず、金桝が指を顎に当てて考え込む。だが、すぐににこやかな表情に戻ると、菜花の方を向き、ポンと肩を叩いた。

「女たらし、もとい、女性に大人気で皆と仲良しな水無瀬さんも、高橋さんとは距離がある。結翔君じゃないけど、二人が現在進行中って線もなくはない。菜花君、その辺りを探ってみてよ。社内の案内をしてもらったってことは、高橋さんが菜花君の教育係なんでしょ？」

「いえ、そういうわけでは……」

「うん、だったら、他の人よりは距離が詰められるよね。よろしく！」

「え、でも、あの……」

強引に話をまとめる金桝に狼狽えていると、結翔が更に追い打ちをかけてくる。

「だーいじょうぶだって！　菜花は人畜無害だし、おまけに派遣。のほほんと『せんぱーい、ここわからないんですけどぉ』なんて甘えれば、警戒せずに素を見せてくれるって！」

簡単に言ってくれる。だが、結翔の言うことも一理ある。

同じ社員なら、今後長い付き合いになるのでうっかりボロは出せないと警戒しても、派遣社員には期間満了があり、その後はいなくなるのだ。菜花は週三日勤務で、毎日顔を合わせるわけでもないし、警戒心は薄れるかもしれない。

「菜花君は口も堅そうだし、いろいろ話を聞いてくれそうな雰囲気もある。彼女と仲良くなれるんじゃないかな」

「ま、お人好しってことだけど」

「結翔君っ！」

結翔は茶化すが、金桝に同意している。

二人がそう言うなら、自分なりに頑張ってみようか。ただ、仁奈を騙すようで少し気が咎める。が、しかし――

「私にできることならやってみたいと思います！　私は今、S.P.Y.の一員ですから」

これは仕事なのだ。菜花に与えられた、菜花にしかできない仕事。

金桝は菜花の頭をポンポンと撫で、結翔はワシャワシャと撫でまくった。

二人に頭を撫でられ、菜花の髪は乱れている。ブツブツ文句を言いながらそれを直すが、内心では照れくさくも嬉しかった。

「それじゃ、今日はこの辺で解散しようか」

「ふぇーい、お疲れ様っした！」

「お疲れ様でした」

金桝はまだ事務所に残るというので、菜花と結翔だけで外に出る。

階段で一階まで下り、結翔は会社の郵便受けの中身を確認する。菜花はそこに書かれた社名を見て、ここへ来た最初の日のことを思い出した。

『S.P.Yours株式会社』

だが、ビルの入口にあるオフィスプレートには、違う名前が記載されている。

『S.P.Y.株式会社』

オフィスプレートは会社の表札でもあり、正式名称で記載されるのが普通だ。にもかかわらず、略式名なのは何故か。

菜花は顔合わせの初日、軽い熱中症で眩暈を起こし、このビルの前で倒れそうになった。そこを金桝に助けられ、事務所まで運んでもらい、なんとなく面接のようなことをして、その場で採用が決まったのだが——

そんなこんなで、菜花がこのオフィスプレートを見たのは、その日の帰りだ。もし普通に訪れてこれを見ていたら、さぞ戸惑ったことだろう。結翔から聞いていたのは「S.P.Yours株式会社」で、プレートの名前と違っているのだから。

「結翔君」

「なに？」

「郵便受けには正しい社名が書かれてあるのに、どうしてこっちの表札の方は略してるの？」

素朴な疑問だった。だからこそ、聞こう聞こうと思いながら、忘れてしまっていたのだ。

結翔の顔を見ると、きょとんとしている。というか、今初めて気付いたという顔だ。

「あー……。こんなの普段見ないから、全然知らなかった」

嘘だろうと思いながら肩を落とすと、結翔は物珍しそうにプレートを見つめる。

「ふーん。ま、惇さんの考えることはよくわかんないよね。でもまぁ、さすがに郵便受けの方はS.P.Y.って書くわけにはいかなかったんだろうね。配達の人が困るだろうし」

「だったら、こっちも正しいのを書かないと困るよ。初めて来る人が混乱すると思うんだけどなぁ」

「そんなこと滅多にないから平気だよ。それに、その場合は事前に知らせておくんじゃない? ビルの表札はS.P.Y.になってますって。それも面倒っちゃあ面倒だけどね。そういや、事務所のドアのところもS.P.Y.って書かれてたんじゃないかな」

「うん、そうだった」

「あははは! 変なのー」

結翔は全く気にしていないようだ。

表札にS.P.Y.と書くくらいなら、こちらを正式名にすればよかったのに、などと思ったが、そういえば、名刺にはS.P.Yoursと書かれていた。

結翔の言うように、金桝がどういう意図でそうしているのかよくわからない。今度聞いてみようと思いながら、菜花は結翔とともに駅に向かって歩き出した。

4

結翔は、営業見習い兼水無瀬のアシスタントとして、一から十まで彼に仕事を教わっていた。営業先にも顔を出し、接待があればそのまま付き合う。

取引先に合わせて接待する場所も様々なのだが、水無瀬が重点を置いているのは、大手よりむしろ中小企業の方で、彼らを接待することが多い。

大手は、担当よりも主に部長や部長補佐などが相手をするからだろうと思ったのだが、上昇志向のある若手などは一緒に出席したりするので、それが理由ではなさそうだ。水無瀬はあえて行かないのだろう。現に、彼はぜひにと声がかかった時にしか顔を出さない。

それでも実力で結果を出し、昇進話が出るのだから、周りにいくら気を遣っているとはいえ、多少のやっかみくらいはあるだろうなと思っている。

「こんばんは。エリカです」

結翔の隣に一人の女性が腰掛ける。紫のドレスがよく似合う美女だ。サイドのスリットから覗く素足が艶めかしい。巻き髪をふんわりとアップにしており、動く度に後れ毛が揺れる。

結翔はエリカから名刺を受け取ると、自分も渡して自己紹介をする。水無瀬も新顔の女性にはそうしていたので、問題はないはずだ。

ここは、都内某所にあるキャバクラ『クラブ・アンジェ』。

様々なタイプの女性が在籍しており、それがまた、ことごとく美人揃いというので有名だ。人気が高く、一見ではなかなか入れないような店だった。

結翔は今、水無瀬とともにここで取引先を接待していた。

相手方は、従業員数五十名にも満たないながら、技術が高く、開発力も評価されている会社だ。また、此花電機とは古くから付き合いがあった。水無瀬がここを担当してから、もう十年近くになることもあり、接待は和やかに進んでいた。

「いやぁ、彼もまたえらくイケメンだねぇ。水無瀬君と並ぶとアイドルみたいだよ」

「いやいやご冗談を。でも私はともかく、吉良は本当にアイドルみたいですよね。入社してきた途端、女性社員が大騒ぎで、もう大変だったんですよ」

「だろうなぁ！　吉良君、もしかして、本当にアイドルとかやってたんじゃないの？」

「そんな、とんでもないですよ！　水無瀬さん、話を大袈裟にしないでください！」

「あら、でも本当にアイドルみたい。こんなに可愛らしい男の人って、そうそう見かけないもの！　って、可愛いは褒め言葉じゃないわね。ごめんなさい」

「あははは！　エリカは可愛い子が好みだもんなぁ！」

「もう！　佐藤社長ったら！」

取引先の社長である佐藤は、キャバ嬢に囲まれて上機嫌である。水無瀬も自然な感じで佐藤を持ち上げ、彼は益々気を良くしている。結翔もそれに倣うが、内心ではうんざりしていた。これも仕事とはいえ、結翔にとっては苦行である。

水無瀬は爽やかな笑顔を一切崩すことなく、あちこちに目を配り、佐藤の部下たちにまで世話を焼いている。とにかく腰が低い。

それに、女性に対しても常に気を遣っている。水無瀬のさりげない優しさに、このテーブルについているキャバ嬢たちの瞳は、うっとりと蕩けていた。

こんな風に接待に付き合うことも、もう何度目か。しかし、その度に水無瀬の完璧な振舞いには驚かされるばかりだ。いや、むしろ勉強になる。料亭に行っても、キャバクラに行っても、高級レストランに行っても、水無瀬は女性に大人気だ。

だが、特に気になる点はない。これは本格的に白、つまり、問題なしなのかもしれないな、と思った。

その時、店内にざわめきが起こった。

何事かと思ってそちらを見ると、白に近い薄いピンクのドレスを纏(まと)った女が、優雅に歩いてくる。そして彼女は、ここから少し離れたテーブルについた。騒いでいたのは、そのテーブルにいた客たちだ。

「ユリ！　やっと会えた！　ずっと会いたかったんだよ！」

「そうだよ。ユリは指名しても、なかなかついてもらえないからなぁ」

「ごめんなさい。でもその分、今日は存分におもてなしさせてくださいね」

「今夜は離さないよ！」

「社長～、それセクハラですよぉ」

「あははは！　それじゃ、ユリのためにいい酒入れるか！」

「近藤(こんどう)様、ありがとうございます」

どうやら、あのユリというキャバ嬢は、相当な人気者のようだ。指名してもテーブルについてもらえないというのだから、この店のナンバーワンかもしれない。

そんなことを思っていると、エリカが耳元でそっと囁いた。

「あら。吉良さんも、ユリちゃんみたいなタイプがお好み？」

突然色っぽい声がしたものだから、結翔は飛び上がりそうになる。

そんな結翔に妖艶な笑みを向け、エリカは水割りを作りながら彼女のことを教えてくれた。

「ユリちゃんは、この店のナンバーワンなの。美人だしスタイルもいいし、おまけに知識と教養もあるものだから、大企業のお偉いさんにも大人気。愛人にならないか、なんて誘いも受けているほどよ」

「あー……すごいですね」

「実は、佐藤社長もユリちゃんのファンなの。ほら、さっきからチラチラとあっちばかり見てる。ちょっと悔しいなぁ」

そう言って、エリカは小さく唇を尖らせる。先ほどの妖艶さとは打って変わり、その子どもっぽい仕草に、結翔はクスリと笑みを漏らした。

「あ、笑った。私なんかが悔しいなんて、おこがましいって思ってる？」

「そんなことないですよ。エリカさんだって美人だし可愛いし、あれこれよく気が付くし、魅力的だと思いますよ」

「ほんと……？」

「はい」

「きゃあ！　嬉しい～～っ」

「うわぁ！」

「吉良、エリカさんがタイプなのか？　さっき、チラッと口説いてるのが聞こえたけど」

「水無瀬さんっ」

「お、エリカは吉良君狙いか。やっぱりなぁ」

エリカに抱きつかれ、あたふたとする結翔を皆が揶揄う。佐藤社長やその部下たち、そして水無瀬も、全員が大笑いしていた。

結翔はそのノリのまま道化ていたのだが、ふと気付く。

水無瀬の視線が大きく動き、また戻ってくる。その間僅か数秒。おそらく、この場の誰も気付いてはいまい。

「吉良さん、私、今日お持ち帰りされちゃってもいいよ？」

「いやいやいや、エリカさんを独り占めになんてできないですよ」

「そんなこと気にしなくていいのに！」

思い切り気にするわ！

と心の中でツッコミを入れつつ、結翔は先ほど見た水無瀬の視線の先を窺う。

そこにあったのは『クラブ・アンジェ』のナンバーワンキャバ嬢――ユリの姿だった。

結翔は周りに気取られない程度に、ユリを観察する。

エリカの言うように、彼女は容姿に優れていた。手足が長く華奢で、色も白い。淡いピンクのドレスがとてもよく似合っており、ヒラヒラと揺れる裾も相まって、妖精のようだ。

目鼻立ちも整っており、キメの細かい肌にメイクがよく映える。陶器のような肌とは、まさにこれだろう。

彼女のメイク技術は高い。穴がない。完璧に仕上がっているが、厚塗りというわけではなく、自然に見えるところもそう思った理由だ。

結翔は高校時代、女装してミスコンに出たことがある。そのミスコンの出場条件は、男であること。つまり、出場者全員が女装必須というわけだ。

お笑いイベントの一つだったのだが、他の出場者のようにキワモノではなく、結翔はどこからどう見ても女性にしか見えなくて、ぶっちぎりで優勝をもぎ取った。

この時、初めてメイクというものを施してもらったのだが、少し手を加えるだけで別人になれることへの驚き、また、面白いと興味を持った。

それ以来、雑誌のメイク特集なんかもつい見てしまうし、街ゆく女性のメイクを観察する癖がついた。だからここへ来た時も、キャバ嬢たちのメイクには密かに注目していたのだ。

さすがというべきか、彼女たちのメイクは美しくも皆個性的であり、結翔はいたく感動していた。しかし、ユリはその中でも群を抜いている。プロに頼んでいるのだろうか。

「吉良さん、どうぞ」

エリカが新しい水割りを結翔の前に置く。結翔はお礼を言ってから、エリカに尋ねてみた。

「ここの女性って、皆さんすごく綺麗ですよね。メイクも品がよくて感じがいいし。こういうのって、自分たちでされるものなんですか?」

「吉良さんって、そういうのに興味があるの?」

目を丸くするエリカに、結翔は慌てて言う。

「そういうわけじゃなくて、ふと思っただけなんだけど。毎回プロにお願いするのも大変だろうし、自分でやってるのかなって。それとも、お店専属のメイクさんがいるとか?」

結翔はあえて敬語をやめ、気安く話す。すると、エリカは嬉しそうに頬を緩め、身体を寄せてきた。少し壁を崩すと、すぐさまそこへ入り込んでくる。そして、その壁を更に崩そうと、物理的に距離を縮めてくる。

エリカは自分の手を結翔の腕に絡ませ、内緒話でもするように、耳のすぐ側で話し始めた。

「うちではメイクも嗜(たしな)みの一つってことで、希望者はプロの先生のレッスンを受けられるの。苦手な子は頼んだりすることもあるけど、大体は自分でやるわよ。皆研究熱心だし、綺麗だねってお客様から褒められると嬉しいもの。たくさんのお客様のお相手をするんだから、やっぱり見た目も大事よね。私ももちろん、自分で頑張ってるわよ」

語尾にハートマークがついているのかと思うほどの甘い声、上目遣いの潤んだ瞳は、完全にロックオンされている。

結翔は苦笑いをしながら、細心の注意を払ってエリカと少し距離を取った。

サッと周りを見渡すと、佐藤社長は両手に花でご満悦、水無瀬も適度な距離を保ちながらも、別の女性との会話を楽しんでいる。

結翔は水無瀬の様子を窺いながら、再びユリの方に視線を遣った。すると——

「あ……」

「吉良さん？　どうかした？」

「いや……なんでもないよ。一瞬仕事のことを思い出しちゃって」

「もぉ！　お仕事が大変なのはわかるけど、今だけは忘れて楽しんで」

「そうだね。うん、わかった」

結翔は水割りを一口飲み、心を落ち着ける。

さっき、ユリと目が合った。彼女は接客中だというのに、こちらを見ていたのだ。

結翔を見ていたのか？　いや、違う。

彼女が見ていたのは、結翔の二つ隣の人物、水無瀬に違いなかった。

「ようやく面白くなってきた」

菜花が聞いていたら文句を言いそうなセリフを吐き、結翔は神経を研ぎ澄ませる。

水無瀬とユリ、彼らには何かありそうだ。

結翔はエリカと楽しんでいる振りをしながら、水無瀬の動向をより厳しく監視し始めた。

5

結翔が菜花とはいとこ同士だとバラしたせいで、菜花の周辺は一気に賑やかになった。

菜花の顔を見るなり、男女問わずあれこれと声をかけてくるのだ。といっても、やはり女性が圧倒的に多い。彼女たちに誘われ、休憩スペースで雑談をすることも最近増えてきた。

「ねぇ、吉良君って彼女いるか知ってる？」

「えっと……聞いたことないですね」

「本当？　ね、ね、どんな子がタイプかなぁ？」

「さぁ……ちょっとわからないです」

「えーっ！　じゃあさ、吉良君の秘密とか、杉原さんが知ってること、教えてよ！」

「えーっと、あの……うーん……」

おかげで、様々な部署の女性社員と顔見知りになれたのだが……。

調査のため、菜花も自分から彼女たちの中に入っていかねばと思っていたこともあり、正直ありがたかった。だが、結翔のプライベートをあれこれ聞かれても困るのだ。

彼女がいるのか、好きなタイプ、そして秘密、どれもこれも全く知らない。知ろうとしたこともない。

結翔とは幼い頃からの仲だが、可愛らしい見た目と違って中身は黒いもう一人の兄、という認識しかない。いや、それにもう一つ加わる。意外と心配性で世話焼き、だ。

だから、何を聞かれてもあやふやにしか答えられない。しかし、知らぬ存ぜぬばかりでは期待外れもいいところだ。悪いわけではないとわかってはいても、申し訳なく思ってしまう。

すると、少し年配の女性社員が若手に歯止めをかけてくれた。

「ちょっと、杉原さんが困ってるわよ。いとこって言っても、そんなにあれこれわからないわよね。実の兄妹だってわからなかったりするのに」

助かった！

菜花には、彼女の背後に後光が差しているように見えた。

彼女は確か、営業部一課の事務サポートをしている女性だ。他にも何人かいるが、彼女が一番勤続年数が長く、リーダー的存在だったと思う。

そんな彼女が助け舟を出してくれたものだから、他の女性たちも仕方なく追及をやめる。

「杉原さんに聞かなくても、あなたたちが自分で聞けばいいじゃないの。話すきっかけが欲しくてうずうずしてるんだから」

「やだー、安藤さん！　だって、吉良さんっていつも水無瀬さんと一緒にいるし、あの二人が並んでるとこう……眩しすぎて近寄れないっていうか！」

「そうそう！」

気持ちはわからなくもない。でも、できるなら自分たちで聞いてもらいたい。

菜花がうっかり下手なことでも言おうものなら、結翔からどんなお叱りを受けるかわからない。結翔は基本優しいのだが、怒らせると怖い。そして面倒くさいのだ。

「ほらほら、あなたたち、今日は早めにランチに行くんじゃなかった？」

「あ、そうだ！　午前の仕事片付けなきゃ！」

「それじゃ私たち、戻りますね。安藤さんと杉原さんはごゆっくり！」

他の女性たちが続いて休憩スペースから出て行く。そして、菜花と安藤の二人が残った。

安藤は菜花の顔を見て、ようやく静かになったわね、と笑う。

年配の女性はお局様などと呼ばれ、周りから疎まれているようなイメージがあったが、彼女は全く違っていた。

安藤はおおらかで頼りがいがあり、後輩たちから慕われている。お局様というより、姐さんという感じだろうか。営業職の男性社員たちからも頼りにされている。朗らかに笑う安藤に、菜花も親しみと好感を持った。

「私はいとこだから特に何も思わないんですけど、吉良君は人気なんですね」

「まぁ、水無瀬&吉良は、うちのアイドルだから」

「宴会芸とかやったら、受けそうですね」

「もう大騒ぎね。皆、うちわとか作っちゃうんじゃない？　ペンライト振ったりして」

「あははは！」

菜花が笑っていると、ドアの向こうに通り過ぎる人影が見えた。あれは仁奈だ。ファイルを抱えて歩いている。

「高橋さんって、休憩取ってるのかなぁ……」

何気なく呟くと、それを聞いた安藤も同意した。

「そうねぇ……。取ってるとしても、自席でしょうね。ここに来るのはお昼くらいかしらね」

「お弁当持参なんですよね」

「そうそう。自分で作ってるらしいわよ」

「うわ！　女子力高い！」

「そうね。家事は得意だって聞いたことがあるわ。彼女、同期の中でも一番おとなしくて控えめで、おまけに家庭的で。真っ先に結婚退職するだろうって思っていたんだけど」

安藤の言葉に、菜花の耳がピクリと反応した。仁奈の同期。誰なのかわかれば、調査に役立つ気がする。菜花は、思い切って安藤に尋ねてみることにした。

「高橋さんの同期って、たくさんいらっしゃるんですか？」

同期の中でも一番、というのだから、数人はいるはずだ。そう思って聞いたのだが、安藤は少し困ったような顔で首を横に振った。

「今はいないの」

「え？」

「高橋さんの同期は、五人ほどいたのよ。でも、全員がもういないの。結婚退職した人もいれば、転職した人もいるわ」

「そうだったんですか……」

菜花は就職したことがないのでわからないが、同期が辞めていくというのはどんな気持ちなのだろうか。

「ちょっと寂しいですね」

菜花なら、取り残された気持ちになるかもしれない。そう口にすると、安藤も小さく頷く。

「そうね。同期がいなくなるのは寂しいわ。私ももう同期がいないから……」

安藤もしんみりとする。が、彼女の次の言葉に、菜花はこれ以上なく大きく目を見開いた。

「でも、寂しいというより悔しかったかもしれないわ。なにせ、当時付き合っていた彼を同期に横取りされて、横取りした当人はそのまま退職したの。あれはひどかったわ」

「え、え、それって……」

安藤は気の毒というように表情を歪め、コクリと頷く。

「そう、高橋さんは途中から二股をかけられていたのよ。相手の男は調子がよくて、いい加減な奴だったわ。高橋さんも、なんであんな男に引っかかっちゃったんだか。真面目だから、逆に惹かれちゃったのかもしれないけど」

その同期と仁奈の仲がどうあれ、二人の間には深い溝ができただろう。もし仲が良かったとしたら、その裏切り行為に人間不信に陥ったかもしれない。

ひどい話だ。だが、本当にひどいのは、二股をかけていた男。彼はまだいるのだろうか。

「その……彼氏の方はまだここに？」

「ううん。さすがに居づらかったみたいで、すぐに転職したわ。入社当初はそこそこ上からも可愛がられていたんだけど、いい加減さが目立つようになってからは、どんどん見放されていった。その上、同じ会社の女子二人を天秤にかけていたことも社内にバレちゃって。そうなると、居続けるのは難しいわよね」

「そうですよね……」

安藤はその頃を思い出してか、眉を顰めながら話を続ける。

「高橋さんの同期ってね、皆ガツガツしてたのよ。お金を稼ぐ男を早いとこゲットして、家庭に収まって好きなことをしたいっていうね……なんていうか、それこそ昭和みたいよね。仕事を腰掛け程度にしか考えない、そんな子が集まっていたわ。その中で、高橋さんは真面目だし仕事も手を抜かないし、ちょっと浮いていたかもしれないわね」

「その頃から、一人でいたんですか？」

「うーん……そうでもなかったわね。その頃は、同期と一緒にご飯を食べに行くこともあったと思うわよ。でも、その彼との件が発覚して以来、人と距離を取るようになったかも。もちろん周りは高橋さんの味方だったわよ。でも、それくらいで心の傷は癒えなかったんでしょうね……」

安藤は、物憂げに溜息をついた。

安藤のことだから、当時の仁奈には同情し、気にかけたことだろう。それでも、彼女の心を開くことはできなかったのだ。

「……切ないですね」

「そうね。彼女が仕事一筋って感じになったのは、あれ以来ね。最初から一生懸命やる子だったけど、周りとのコミュニケーションも大事にする子だったのよ。だから、とても人気があったの。あんなことがあってからも、アプローチをたくさん受けていたみたいだし」

「わぁ！　でも高橋さんがモテるの、ちょっとわかります」

「でしょう？　いつも綺麗にお化粧していたし、髪型もこってたわねぇ。あ、でも派手ってわけじゃなくて、品があったわね。同期にもアドバイスしたり、髪を結ってあげたりもしていたわね。……あぁ、いろいろ思い出しちゃったわ。ほんと、変わっちゃった。今じゃ、人を寄せ付けないというか、隙がなくなったわね。……杉原さんの言うように、本当に切ない」

「……そうですね」

まさか、仁奈にそんな過去があるとは思わなかった。だがこれで、彼女が人と距離を置いていることも、地味で目立たないようにしていることもよくわかった。

「さ！　そろそろ戻りましょうか。あ、一応この話は杉原さんの胸の内にしまっておいてね。皆知ってることなんだけど」

「もちろんです」

「うん。それじゃ、お昼までもうひと頑張りしましょう」

「はい！」

菜花は、安藤とともに休憩スペースを後にする。

この話は胸の内に。しかし、その約束は守れない。何故なら、どんなに些細で、また監察対象とは関係のない内容であったとしても、金桝への報告は必須なのだ。

何がどう繋がるかわからない。得た情報は、全てS.P.Y.で共有する、それがルールだった。

ごめんなさい、と心の中で安藤に謝り、菜花は仕事の続きをしに書庫に戻ったのだった。

6

午後からの仕事も、書庫にこもってひたすら書類整理だ。細かい作業は苦手ではないが、目を酷使するので疲れも溜まる。

菜花はぎゅっと目を瞑り、ゆるゆると開けた。目の前の書類の文字が若干ぼやける。

「これだけ大量の書類をいちいちチェックして、全部にハンコ押さなきゃいけないなんて、それだけで一日が終わりそう」

支払いに関する申請書類の束といったら凄まじい。

今は電子化が進んでいるようだが、取引先によっては、今も紙だという。新しいシステムに対応できない会社も、残念ながらまだまだある。システムだけで処理できれば、いちいち押印する手間も省け、便利なのに。

「ハンコの押し方一つを取っても、その人の性格って出るものなんだなぁ」

ほとんどの書類には、担当者、補佐、部長という欄にそれぞれ押印がされているのだが、スタンプ印とはいえ、並びはバラバラだ。

菜花が今見ている書類では、部長の小金沢がまだ補佐で、補佐の横山が担当者の頃なのだが、この二人も面白いほど違う。

小金沢はどちらかというと雑な感じで、印の向きがあちこちに曲がっていた。しかし、横山のものは真っ直ぐである。横山は几帳面というイメージだったが、こんなところにも表れていた。どれを見ても向きが揃っていて、逆に驚かされる。

「たまには曲がっちゃったりすると思うんだけどなぁ」

そう呟いてしまうほど、横山の押印はどれも真っ直ぐで、言い方は悪いが、まるでロボットのようだ。

部長欄には菜花の知らない名前が押されていたが、彼か彼女か、その印も真っ直ぐだったり曲がっていたりと一律ではない。だが、むしろこれが普通だろう。

「忙しいのに、一つ一つ丁寧に仕事しているんだろうなぁ。すごいな、横山さん」

菜花は感心しながら書類を仕分けていく。その時、パソコンが小さな音を立てた。

メールや社内チャットが届くと、音が鳴るように設定している。鳴らさないことも可能だが、作業に夢中になって、大切なメールや急ぎのチャットを見逃さないためにだ。今回は、チャットだった。

『お疲れ様です。総務の佐野(さの)です。おつかいを頼みたいんだけど、大丈夫ですか？』

菜花は、すぐさまキーボードを叩いて返事をする。

『はい、大丈夫ですよ。急ぎですか？』

『ありがとう！　今みんなバタバタしてて出られないの。ごめんなさい。取引先への手土産を買ってきてほしいんだけど、夜の接待だから十八時くらいまでに買ってきてもらえば間に合います。買ってくるものと買いに行く場所だけど、プリントアウトしたものを渡すので、行く時に総務に寄ってもらえますか？』

『わかりました。ちょうど気分転換したいと思っていたので、今からそちらに行きますね』

『ありがとう、助かります！　横山さんにはもう了解取ってあるから』

『ありがとうございます』

先に話を通してくれているのはありがたい。

菜花は席を立ち、上半身を軽く動かして伸びをする。

「それじゃ、行きますか」

財布やスマートフォンを小さな手提げバッグに入れ、菜花は書庫を出て総務部へと向かった。佐野から、買ってくるもののメモと場所を記した地図を受け取る。

就業時間中の外出は、なんとなく得した気分になる。地図を確認すると、買い物の場所は最寄りのデパートだ。十五分ほど歩くが、場所を知っているので一安心。

そして、無事にデパートに到着し、頼まれていたものを購入した。領収書も忘れずに受け取る。これでおつかいは完了だ。

あとは帰るだけなので、賑やかなデパ地下をウキウキしながら探索する。すると、目立つ二人がこちらに向かって歩いてくるのが見えた。

「え、嘘」

向こうも菜花に気付いたようで、手を振ってくる。

目立つ二人というのは、水無瀬と結翔だ。手を振っているのは、当然結翔である。

「菜花、なにサボってるの？」

「ち、違うから！　総務の佐野さんにおつかいを頼まれたの！」

結翔が人聞きの悪いことを言うので、菜花は慌てて訂正した。そのやり取りを側で聞いていた水無瀬は笑っている。

「なに、二人は付き合ってるの？」

「はぁ？　知ってるくせに！」

「あははは！　吉良に聞いてないし！　いとこだっけ？　そういえば、杉原さんとは最初の挨拶以来だよね。改めまして、水無瀬です。よろしく」

「あ、はいっ！　杉原です、よろしくお願いします」

結翔が水無瀬に対して気安いので、もうそんなに仲良くなったのか、と感心してしまった。

水無瀬が、爽やかな笑みを菜花に向けてくる。水無瀬をこんな至近距離で見るのは初めてだった。なるほど、女性たちがこぞって騒ぐのもよくわかる。

イケメンなのはもちろんだが、爽やかというか、好青年というか、誠実そうというか、とにかく感じがいいのだ。これでまだ独身となれば、皆が彼女ポジションを手に入れたいと思うのも無理はない。といっても、すでに婚約者がいるのでそれは叶わないわけだが。

「で、おつかいは……終わったのか。お疲れ」

「うん。今から戻ろうと思ってたとこなんだ」

手土産の入った紙袋を結翔に見せ、菜花はその場を去ろうとしたが、水無瀬が声をかけてくる。

「それ、急ぎ？」

「いえ、夕方六時までなら間に合うって言われています」

「じゃあ、まだ時間は十分にあるね。お茶でもしようか」

「え？　え？」

思いがけない水無瀬の提案に、菜花は慌てる。

「出た！　水無瀬さんのナンパ！」

「ナンパじゃないし！　そんなこと言うなら、吉良は自分で払えよ？」

「やった！　水無瀬さんの奢りだ！　ごちです！」

「調子のいい奴。あ、杉原さんももちろん僕の奢りだから安心して。ここの五階にあるティーラウンジの紅茶とケーキが絶品なんだよ。おすすめ」

「えっと、あのっ」

「ちょっとくらい大丈夫だって。外に出た時は皆、お茶して休憩するもんだから。それに、水無瀬さんが一緒だから全く問題なし！」

菜花があわあわしている間に、結翔に強引に手を引かれる。ほとんど拉致（らち）という状態で、何故か菜花はこの二人とお茶をすることになってしまったのだった。

＊

水無瀬おすすめのティーラウンジは、落ち着いた内装で、インテリアなども洒落ていた。クラシックが流れ、いかにも高級そうである。

店員の置いていったメニューを覗くと、やはり思ったとおりだ。ケーキと紅茶のセットで二千円近くする。菜花が普段お茶する場合はチェーン店がほとんどで、飲み物のついたケーキセットで八百円ほど。ここはその倍以上だ。

「好きなのを選んでいいよ。選び方がわからないなら、店員さんに聞けば教えてもらえるし」

「はい、ありがとうございます」

とはいえ、人の奢りだ。ここはできる限り謙虚に、と思っていたら、結翔はオーダーを水無瀬に任せてしまった。

「俺、水無瀬さんと一緒で。それがおすすめってことでしょ？」

ほんの少し首を傾げてニッコリと笑う。

これこそ出た、というやつだ。この笑顔で大抵の人間は落ちる。小さい頃からずっと、結翔はこの笑顔で大人を手玉に取ってきた。

こんなの、可愛いから許されるんでしょ！　と心の中で盛大にツッコミを入れ、菜花はメニュー表で自分の顔を隠す。今の顔を二人に見せるわけにはいかない。

「ったく、吉良はしょうがないな。お前、絶対末っ子だろ？　この甘え上手が」

「惜しい！　一人っ子です。でも、菜花とは幼馴染でもあるので、俺、兄貴ですよ！」

「兄貴ってガラか？　杉原さん、こいつ、ちゃんとお兄ちゃんしてた？」

話を振られ、菜花はメニュー表から顔を上げる。少し動揺しながらも、こう答えた。

「ある意味では……」

「ある意味？」

「よく遊んでくれたんですが、同じくらいよく揶揄われて。だから、遊んでくれてたんじゃなくて、私で遊んでいたんじゃないかと」

「おい！」

「ははは！　本当に仲がいいんだね。羨ましいよ」

よかった。場がより和んだ気がする。

結翔は場を和ませる天才でもあるが、どうしてだか、いつも以上にそう意識しているように見えた。そこに何らかの意図を感じる。だから、頑張ってそれに乗ってみた。

結翔を見ると、満足そうな顔をしている。どうやら当たりのようだ。

結局、菜花も同じものをオーダーして、テーブルにケーキセットが三つ並べられる。

和栗のモンブランに、アッサムティー。紅茶はポットで用意され、一杯目だけを店員がカップに注いでいった。

「美味しそう……」

「美味しいよ。甘さは控えめで、和栗の香りがいいんだよね」

水無瀬がそう言って微笑み、まずは紅茶を口にする。菜花は早速ケーキを食べてみた。確かに甘さは控えめで、ほんのりと優しい風味に頬が緩む。

「気に入ってもらえたみたいだね」

「はい！」

「うっま！　これ、たまんない！」

結翔もニコニコしながらケーキを頬張っている。

水無瀬と結翔は紅茶をストレートのまま飲んでいるが、菜花はミルクティーにする。アッサムといえばミルクティーだ。ピッチャーに入っているミルクを注いで飲むと、コクはありつつもまろやかになっていた。香りもいい。仕事中だということを忘れてしまいそうだ。
美味しいケーキとお茶にすっかり癒され、菜花の緊張もかなり解れてきた。会話を楽しむ余裕も出てきたところで、ブブブッと小さな音が聞こえる。

「あぁ、僕だ。ちょっと出てくる」

音が鳴ったのは、水無瀬のスマートフォンだった。彼は通話するために、一旦席を外す。

「忙しそうだね」

「なにせ、営業成績トップだから」

菜花はそのままのんびりとお茶を楽しもうとしたが、結翔は声量を落とし、こう言った。

「実はさ、菜花に頼みたいことがあるんだ」

そう言われた瞬間、菜花は項垂れる。何か意図があるとは思ったが、ここで来るのか。
菜花は、大きく溜息をついた。

「はぁぁ……。一応聞くけど、できるかどうかはわかんないよ」

「やれ。で、やってほしいことは……」

強制か！　と心の中でツッコミを入れながら話を聞いてみると、水無瀬の婚約者である専務の娘の写真が見たいということだった。

「はぁ？　そんなの、結翔君がねだればいいだけじゃん」

「俺がねだっても、ガードが固いから言ってんだよ」

「結翔君でダメなら、私もダメじゃん」

「いや、それがそうでもない」

更に話を聞けば、水無瀬は男相手にはなんだかんだ言って誤魔化すのだが、女相手だと見せてくれるのだという。実際、営業部の女子社員たちは皆見せてもらったのだそうだ。

「なんで女性なら見せてくれるんだろう？」

「さぁ？　変な噂を立てられても厄介だからじゃない？　それに、牽制の意味もあるんじゃないかな」

「牽制？」

菜花が首を傾げると、結翔は肩を竦める。

「俺にはもう婚約者がいるから、そのつもりでいてねっていう」

「……そんなの、皆わかってると思うけど」

「写真を見せた方が、より現実味があるじゃん。……ってまぁ、わかんないけど」

男には見せず、女には見せる。よくわからないが、要はあまり見せたくないのだろう。見せたいなら、男女問わず見せびらかすだろうから。

「私が頼んで、見せてくれると思う？　というか、なんで？　それ、監察に関係ある？」

「今のところはない。でも、一応押さえておきたい」

「うーん……。とりあえず言ってみるけど、あんまり期待はしないでよ？」

「わかったわかった。あ、戻ってきた。頼むよ、菜花」

結翔の言うとおり、電話を終えた水無瀬が戻ってくる。菜花は少々気が重くなりながらも、気合を入れて笑顔を作る。

「お疲れ様です。何かあったんですか？」

菜花が尋ねると、水無瀬は大丈夫だと笑って答えた。ちょっとした確認で電話がかかってくるのはしょっちゅうなのだという。

とりあえずそこから切り込もうと、菜花は推しを目の前にした友だちを思い出しながら、その時の彼女になりきった。

「水無瀬さんは営業成績トップなんですよね。すごいです！　取引先もたくさんだから本当に大変だと思うんですけど、相手先も水無瀬さんが担当なら安心ですね！」

「あははは。そんなことを言われると照れるね。でも嬉しいよ。ありがとう」

「水無瀬さんのお話は聞くんですけど、すごいってお話ばかりで。イケメンで、優しくて、仕事もできて……おまけに、専務のお嬢さんと婚約もされているとか？」

「そんなことまで聞いてるの？　参ったなぁ」

参ったと言いながらも、まんざらでもなさそうだ。

菜花は手ごたえを感じ、そのまま突き進んだ。

「婚約者の方って、どんな方なんですか？　見てみたいなぁ……なんて」

よし、言った！

無茶ぶりはクリアしたぞとばかりにチラリと視線をやると、肝心の結翔は自分のスマートフォンを眺めていた。

どういうこと⁉ と思えど、ここで引くわけにはいかない。

菜花は引き続き興味津々といった顔で、水無瀬の反応を待った。

「まさか、杉原さんからそんなことを言われるとは思ってなかったなぁ」

ぎくり。もしかして、白々しかっただろうか。

内心焦りながらも、菜花はなんとか言い繕う。

「いろんな方から話を聞いているうちに、私も興味が出てきちゃって。写真を見た人が、とても素敵な人だったって言っていたので、私も見てみたいなってちょっと思っちゃったんです。ずうずうしくてすみません」

今日初めてまともにしゃべった相手に、そんなにホイホイと見せてくれるわけがない。

菜花が若干頬を引き攣らせながらも笑顔を浮かべていると、水無瀬は小さく吹き出した。

「杉原さんは吉良と違って奥ゆかしいなぁ。吉良なんて、ことあるごとに見せろ見せろってうるさいのに」

「だって、見たいじゃないですか！ 俺だって興味ありまくりですよ！」

「ほら、うるさいだろう？」

結翔は間髪入れずに会話に加わってくる。さすが抜け目がない。

水無瀬はやがて笑いを収めると、私用のスマートフォンをポケットから取り出した。

これはもしかして？

思わず結翔と顔を見合わせると、水無瀬はスマートフォンを操作し、ある画面を二人に見せてくる。そこには、幸せそうに微笑んでいる恋人同士の姿があった。

＊

その日の夜、結翔からメッセージが入った。内容は、今日の無茶ぶりについてだ。

『今日はありがとな。助かった』

顔文字もスタンプもなく、素っ気ないものだ。でも、こうしてわざわざ連絡をしてくるということは、よほど感謝しているということか。

水無瀬の婚約者は、監察の仕事とはあまり関係がない。だが、水無瀬の周辺は徹底的にチェックしておきたいのだろう。思いの外、結翔は監察の仕事に熱心だ。

「どういたしまして、っと」

ちょうどそういうスタンプがあったので、菜花はそれをポンと送る。

結翔からの連絡で、菜花は水無瀬から見せてもらった写真画像を思い起こす。

幸せそうなカップルだった。水無瀬と専務の娘が肩を寄せ合い、微笑んでいた。

専務は娘を箱入りに育てたと聞いていたので、典型的なお嬢様を想像していたが――

「イメージと違ったよね」

お嬢様はお嬢様だ。ただ、お嬢様というよりは、女王様の方が近いかもしれない。

撫子よりは、深紅のバラが似合いそう。そして、着物よりもドレス。とにかく、華やかな女性だった。だからといって、箱入りじゃないとは言わないが。だがしかし。

「それなりに、世間は知り尽くしてる感じだよねぇ。少なくとも、私よりは知ってる」

そんな風に見えてしまったのだ。水無瀬も華やかなので、お似合いといえばお似合い、まるで芸能人カップルのように見えた。

彼女はどんな人かと尋ねると、水無瀬は「聡明で、明るくて、とても魅力的な人だよ」と答えた。こうもあっさり惚気られると、二人の仲は盤石なのだなと思う。

　というのも、専務の娘が水無瀬に想いを寄せているのは、見るからに明らかだったからだ。写真の彼女は頬を染め、蕩けた顔をしていた。相当水無瀬に入れ込んでいると見た。

水無瀬の方も惚気るくらいなのだから、彼女に惹かれているのだろう。かなりの美人だし、スタイルも良さそうだ。ケチのつけようがない。

そんなことを考えていると、菜花のスマートフォンが軽やかな音を立てた。見ると、結翔から電話がかかってきている。

「え？　どうしたんだろう……。もしもし？」

『お疲れ。今、大丈夫か？』

「うん、平気。どうしたの？」

メッセージで済ませられないような用事でもあるのだろうか。首を傾げていると、電話の向こうから笑い声が聞こえた。

『悪い悪い。緊急の用とかじゃないんだけどさ』

「そう？　ならよかったけど」

『ただ、菜花の意見を聞いてみたくて』

「意見？　私の？」

菜花は目を丸くする。

結翔に意見を求められるなど、滅多にないことだ。驚きつつも、なんとなく顔がにやけてくるのを止められない。菜花は少し得意げになり、結翔の言葉を待った。

『専務の娘……純奈さんって言ったっけ。彼女と水無瀬さんの仲、菜花はどう見た？』

ちょうどさっきまで考えていた。

菜花はそれをそのまま結翔に伝える。だが、結翔の反応が鈍い。

「なに？　結翔君は……そう思ってなかったりする？」

菜花の問いかけに、結翔は唸りながらそうだと答えた。

「え？　だって水無瀬さん、すごく褒めてたじゃん」

『そりゃ褒めるだろうよ。表向きはラブラブで通してんだから』

「表向きはって……。本当にラブラブってことじゃないの？」

『はあああ……。やっぱ、菜花に聞いても無駄だった』

「ちょっと！　無駄ってどういう意味⁉」

失礼な話だ。純奈のことを話す水無瀬は、ニコニコと幸せそうに笑っていたではないか。

そのことを結翔にぶつけると、更に大きな溜息を落とされた。

『確かに、水無瀬さんは笑ってたよ。完璧な笑顔だった』

「そうでしょ？」

何がおかしいというのだろうか。

不満そうに答える菜花に、結翔はこう言った。

『あれは、完璧すぎなんだよ。まるで笑顔のお手本だ。うっかり騙されそうになって、一瞬ゾクッとしたね』

完璧すぎ？　騙されそう？

菜花は愕然とする。再びあの時の水無瀬を思い出すが、特に不審には思わなかった。寒気などとんでもない。逆にほっこりとしたくらいだ。

『菜花は、水無瀬さんとしゃべるのは今日が初めてってこともあるし、普段……というか、素の水無瀬さんを知らないから無理もないんだけどさ』

「そ、それなら、わかんなくてもしょうがないじゃん！」

『でもさ、女の勘ってやつで、何かおかしいとか、怪しいとか感じ取ったかもって思ったんだよ。でも悪い。菜花にそんなもんはなかったよね。ごめんごめん』

「うぅっ……」

悪気があるのかないのか、そんなことを言われ、悔しくてたまらない。しかし、反論できない。これまでの恋愛で、女の勘というものが働いたためしがない。過去に二股をかけられていたことがあったのだが、別れを切り出されるまで気付かなかった。

菜花より、結翔の方に「女の勘」というものが備わっているのかもしれない。

だが、結翔の言うとおりだとすると――

「ってことはさ……水無瀬さんは、純奈さんを好きじゃないってこと？」

それは切なすぎる。純奈の方は、水無瀬にゾッコンだというのに。

『好きじゃないとまでは言わないけど。でも、好きなのは彼女自身じゃなくて、背景ってとこかな。純粋に彼女を愛してるとは思えない。少なくとも、俺にはそう感じられた』

「……そうなんだ」

『でも、一応女性目線での意見も聞いてみようと思ったんだよ』

「役立たずでごめんねっ！　ふんっだ！」

『だーかーらぁ、悪かったって！　怒んなよー』

電話の向こうでへらへらと笑っている結翔が見える。それがまた悔しくてムッとする。

「でもさっ、結翔君が穿ちすぎって線もあるからね！　結翔君は変にいろいろ勘ぐったりする悪い癖があるんだから。腹黒だし」

『腹黒言うな！　俺は腹黒じゃなくて、慎重で頭が切れるだけなのっ！』

自分で言うか。

そうツッコんでもよかったが、すでに気力は失われている。菜花ははいはいと頷くだけに留め、話をさっさと切り上げた。スマートフォンをベッドに放り、ゴロンと寝転がる。

「水無瀬さんは、愛のない結婚をしようとしてる？　だとしても、不貞がなければ何も言えないよね……。誰か他にいい人がいるなら別だけど。……もしかして、いたりするのかな？」

水無瀬の雰囲気は、優しく、そして甘かった。恋愛をしていない男性が、あんな雰囲気を醸し出せるものだろうか。

そういう印象だったから、水無瀬と純奈の写真を見た時、幸せな恋人同士だと思ったのだ。

だが、水無瀬の心が純奈にないのだとすると――。

そういえば、水無瀬には一つ、怪しい女性関係が浮かび上がっていたことをふと思い出す。

これは結翔からの報告で、相手は有名なキャバクラのナンバーワンとのことだった。

菜花は、単なる接客なのではないかと思ったのだが、結翔は気になると言っていた。

今回はなんの問題もないだろうと思われたが、そう上手くはいかないということか。

菜花はもう一度、水無瀬の笑顔を思い出してみる。

「営業成績トップを維持するためには、嘘の笑顔だって必要だよね。それこそ完璧な」

そう思った途端、あの爽やかな笑顔が一転し、裏のありそうなものに思えてきて、菜花はぶるりと身体を震わせた。

7

「やっぱり沖縄で決まりでしょ!」

「えー、私、北海道がいい」

「私は京都がいいなぁ」

「九州もよくない? 食べ物美味しいし!」

菜花の周りでは、そんな賑やかな声が飛び交っている。

今日は、菜花が本来の姿に戻る日だ。

大学構内は、今日も穏やかでのんびりとしており、此花電機の社内とは全く違う。此花電機が殺伐としているというわけではないが、やはり大学と会社では、漂う空気やら緊張感が異なる。それは単に、菜花の気持ちの問題なのかもしれないが。

「菜花！　菜花はどこに行きたいの？」

「……え？」

「もう！　ちょっと目を離すとすぐにこれだし。卒業旅行、菜花はどこに行きたい？」

「卒業旅行……」

講義が終わった後、構内のカフェテリアに集合するやいなや、その話題で持ちきりだった。

仲のいい友人たちとの、大学生活最後の旅行。

ずっと楽しみにしていた。しかしそれは、今年の夏頃までの話だ。

周りの友人たちは、全員就職先が決まっている。卒論にあくせくしてはいるけれど、卒業が危ぶまれるほどではない。就職が決まった後はもう卒業を待つばかりで、最大のお楽しみが卒業旅行というわけだ。海外へ行くというグループもあるようだが、菜花が仲良くしている友人たちは、皆国内派だった。だが、見事に意見が割れていて、いまだ行先が決まらない。

「そろそろ予約取らないとさ、いいところは埋まっちゃうし」

「そうだよねー」

楽しみにしていた。いや、今だって楽しみだ。でも、手放しでというわけにはいかない。この中で、菜花だけがまだ就職先が決まっていないのだ。置いてけぼり感が半端ない。だが、そんな気持ちを口に出すわけにはいかない。皆が盛り上がっているのに、水を差すような真似はしたくない。しかし、嬉々としてこの話に参加できないことも、事実だった。

「私は特に……。皆と行けたらどこでもいいよ」

「もう、菜花には主張がない！　もっと自己主張していいんだよ？」

「そうそう。控えめなのもいいけど、ここぞという時はちゃんと自分の意見を言わないと！」

「ははは……」

別にそんなつもりはないのだが、確かに彼女たちと比べれば、自己主張はあまりないかもしれない。しかし、全員の主張が激しいと、話がなかなかまとまらない。主張の強い者もいれば、弱い者もいる。それでバランスが取れると思うのだ。

就職課で行われる模擬面接では、菜花はいつも同じことを言われていた。それは、今彼女たちが言ったことと相違ない。

就職のことを思い出すと気が滅入る。バイトに明け暮れるよりも、本当はそちらに本腰を入れるべきなのだろうが、そんな気持ちにはなれず、棚上げ状態だ。この調子だと、卒業までに決まらない可能性もある。そうなったら、皆と一緒に旅行になど行けるだろうか。

「えっと、ほんとにどこでもいいんだよね。沖縄も開放感があっていいし、北海道も素敵だし、京都も憧れの地だし、九州は食べ物も美味しいし温泉あるし」

「菜花」

「私、就活のこともあるし、そろそろ帰るね。ごめん！」

菜花は席を立ち、笑顔で友人たちに手を振りながらこの場を去る。皆は引き留めたそうな顔をしつつも、就職活動と言われてしまうと何も言えず、手を振り返すのみだ。

ごめんね、と心の中で謝りながら、菜花は大学を出た。

皆、いい友人たちだ。少々お節介なところもあるが、それは菜花がいつも皆より一歩も二歩も出遅れるからだろうし、世話を焼かれること自体は嫌ではない。それでも今は、彼女たちと一緒にいると疎外感を覚えてしまうのだ。

「就活……どうしよう」

エントリーしたって、どうせ弾かれるに決まっている。面接までいけたとしても、たいした動機や主張もなく、無難に小さくまとまり、結局落とされる。何度も何度もそんなことの繰り返しで、これをやり続けなければいけないのは、どうしたって気が重い。

憂鬱な気持ちで歩いていると、ふと目の前が暗くなり、柔らかな衝撃を感じた。

「わっ」

人にぶつかったのだ。それも、まともに正面からぶつかってしまったらしい。

菜花は、何者かの胸の中にいた。

「ぼんやりしてると危ないよ」

穏やかな声が頭上から降ってくる。

顔を上げると、テレビもしくは雑誌、はたまた漫画の中から抜け出てきたような、完璧な美青年が菜花を見つめ、優しく微笑んでいる。

「ぎゃあっ！」

「うわぁ、これで二回目だ。僕、そんなに怖い顔してる？　前も叫ばれたから、今回は怖がらせちゃいけないと思って、笑顔のつもりだったんだけど」

眉間に皺を寄せながら考え込む美青年は、金桝だった。

菜花が初めてS.P.Y.を訪れた時、一番最初に目に飛び込んできたのが金桝の顔だった。しかも、かなりの至近距離で。

金桝が様子を窺おうと顔を近づけた瞬間、菜花が目覚めたのだ。そして、菜花は叫んだ。

……残念ながら、声にはならなかったのだが。

しかし、その声にならない菜花の叫びは、金桝に届いていた。

「ちちち、違うんですっ！　金桝さんの顔が怖いとか、そういうんじゃなくて……」

美形すぎて、心臓が口から出そうなくらいびっくりするんです！　と心の中で叫ぶ。

これもある種、恐怖なのかもしれない。美形というのは、遠目から眺めているくらいでちょうどいい。それが癒しであり、目の保養だ。

そんなことをしみじみと感じながら、ハッとした。ぶつかっておきながら、まだ謝っていない。菜花は、大慌てで頭を下げた。

「すっ、すみませんでした！　勝手にぶつかっておきながら、私っ」

「いやいや、大丈夫だよ。菜花君がフラフラ歩いているのが目に入ったものだから、どうしたのかと思ってね」

「金桝さん……」

するると、金桝は少し不機嫌な顔になり、独り言のように呟く。

「うーん、ペナルティーでも付けた方がいいのかな？」

「はい？」

菜花が首を傾げると、金桝は、自分への呼び方について指摘した。

「あ……」

「僕、苗字で呼ばれるのはあんまり好きじゃないって言ったよね？　最初はしょうがないかと思って目を瞑ってたけど、もうそろそろ名前で呼んでくれてもよくない？」

「うっ」

金桝からは初日にそう言われたのだが、目上の人を名前で呼ぶことに全く免疫がない菜花にとって、それはかなりハードルの高いことだった。なので、金桝の名前は極力出さないように注意していたのだが、ついうっかり出てしまった。

「僕の名前、憶えてる？　「惇」だよ。はい、呼んでみて！」

「ひぃ……」

上司から無理やり名前を呼べと迫られるのは、セクハラにはなりませんか？　……いや、パワハラ？　そんな気持ちで金桝をそろりと窺うと、彼は大きな溜息をつき、肩を竦める。

「上目遣いでうるうるされちゃうと、何かイケナイ気分になるなぁ。ま、いいや。これからは気を付けるように。で！」

グイと顔を近づけられ、菜花はまた叫びそうになる。が、今度は堪えた。

「菜花君」

「はいっ」

近い近いと思いながらも、ありったけの精神力で、間近に迫る金桝の顔に耐える。

金桝はニッと悪戯っぽい笑みを浮かべ、菜花の手を取った。

「かき氷を食べよう！」

「へ？」

「この先の大通りに、かき氷屋さんがあるの知ってる？　先月オープンしたばかりみたいなんだけど、すごく美味しそうだし、食べに行こうよ！」

「えっと、あの？」

「大丈夫、僕の奢りだから！　いやぁ、まだまだ暑いよねぇ。かき氷でひんやりしたいよねぇ！」

菜花はさっぱり訳がわからないまま金桝のペースに巻き込まれ、そのまま大通りへ連れて行かれてしまった。

＊

「か……あの、どうせなら、店内の方が涼しくないですか？」

「今『金桝さん』って言おうとした！」

菜花は、それには素知らぬ振りをする。

大通りのかき氷屋に連れてこられた菜花は、そこで一番人気のマンゴーミルクかき氷を前に、テラス席についていた。

真夏に比べ、陽射しも少しは和らいでいるが、日中はまだうだるような暑さが続いている。店内の席が埋まっているなら仕方ないが、すいていたにもかかわらず、金桝はあえてテラス席に座ったのだ。ちなみに、彼は抹茶金時をチョイスしている。

「うまーい！」

「まぁ……美味しいんですけどね」

ふわふわの氷に、マンゴー果汁たっぷりのシロップがかけられ、おまけにマンゴーの果実までごろごろとデコレーションされている。その上から練乳ミルクがかかっており、これで美味しくないわけがない。一度口にすると、止まらなくなる。しかし、暑いものは暑いのだ。

「テラス席が好きなんですか？」

「そんなことないよ。どちらかというと、中の方がいいかな」

じゃあなんでだよ！　と言いたい気持ちを抑えながら、菜花はかき氷をガバッと口にする。一気にたくさん食べてもキーンとしない。美味しい。いや、そうではなく。

そこでふと気付く。金桝は、先ほどから通りの向こう側を注視していた。正確には、向かい側に建っているレトロな喫茶店だ。

いつの間にかかき氷を食べ終えていた金桝が、菜花の方を向く。そして、ニヤリと笑った。

「あ、気が付いちゃった？」

「……さすがに」

先ほどから、道行く人々の視線がうるさくてしょうがない。

芸能人かモデルかという見目麗しい男がすぐそこにいるのだ。二度見、三度見していく人間が後を絶たず、これではまるで、動物園のパンダ状態だ。

にもかかわらず、どうしてあえてテラス席を選んだのか。

「見張り、ですか？」

「正解」

それならそうと、先に言ってほしかった。

菜花が項垂れると、金桝が菜花の頭をポンと軽く撫でてくる。

「ここが一番見張るのに都合がよかったんだけどさ、男一人じゃ居づらいなと思って。そんな時、菜花君の通う大学が近くにあったことを思い出してね、一か八かで行ってみたんだ」

「運、よすぎじゃないですか？」

「まぁね。僕、持ってる人だから」

確かに、彼は強運の持ち主という感じがする。

金桝と遭遇したのは、菜花が大学を出てすぐ後のことだ。構内にいれば、会うのにもっと時間がかかっただろう。見張りの最中なのだし、それほど時間はかけられなかったはずだから、菜花が大学を出たところで捕まえられたのは奇跡とも言える。

「別件の依頼ですか？」

菜花の問いに、金桝は首を横に振る。

「いや、例の件だよ」

ということは、水無瀬の案件だ。関係者に怪しい動きがあったのだろうか。

「菜花君」

「はい」

金桝がこちらをじっと見つめる。菜花を見ているのではない。視線を辿ると、そこにはマンゴーミルクのかき氷。

「え？　な、なんですかっ」

「美味しそうだなぁ。いらないなら、もらっちゃおうかなぁ」

「いやいやいや、いりますよ！　食べますっ！」

菜花は慌てて残ったかき氷をかきこむ。

イケメンが涎(よだれ)を垂らしそうな顔でマンゴーミルクを見つめる。……怖い。取られてなるものかと、菜花はかき氷を食べきった。

「ふう……危なかった」

「そこは、美味しかった、じゃないの？」

「……美味しかった、です」

つい食い意地を張ってしまったが、そもそもこれは金桝の奢りだ。分けてあげてもよかったかもしれない。そんなことを思っていると、金桝が素早く席を立った。

「いいタイミング。ターゲットが出てきた」

菜花も向かいの喫茶店を見る。

スラリと背の高いサングラスをかけた男と、華奢でありながらもメリハリのついた美しいスタイルの女が、ちょうど店から出てきたところだった。男はアッシュブルーのシャツにテーパードパンツ、女は真っ白なワンピース姿で、いかにもデートといった雰囲気だ。

あの男は、水無瀬なのだろうか？

スーツ姿しか見たことがない上、サングラスをかけているものだから、菜花にはどうにも判別がつかない。

「さ、行きますか」

「え？　わ、私もっ？」

「このまま帰っても別にいいけど……気にならない？」

そう言うなり、金桝は二人の後を追って歩き出してしまう。

「えっと、えっと……」

迷ったのは、ほんの一瞬。気にならないわけがない。菜花は、金桝の後を追いかけた。

喫茶店から出てきた二人は、仲睦まじく歩いている。

これからどこへ行くのだろうか。

背後から尾行しているので顔ははっきりと見えないが、時折二人が笑い合っているのはわかる。しかし横顔だけでは、男が水無瀬かどうかはやはりわからない。

本当は金桝に尋ねたいのだが、人の後をつけるということ自体が初めての菜花には、そんな余裕はなかった。こそこそと金桝に隠れるようについていくだけで精一杯だ。

それに比べ、金桝は慣れたものだった。悠然と構えており、不自然さの欠片もない。かえって怪しまれるとはわかっていても、菜花はついあちこちを見回してしまう。

「菜花君、僕の隣に来てくれないかな？」

「へ？」

いきなり声をかけられ、菜花は何度もまばたきをする。

隣？　どうして？

すると、金桝が再び菜花の手を取り、その手を自分の腕に絡ませた。

なに？　どういうこと？　腕を組んでる⁉

菜花の思考は、クエスチョンマークで埋め尽くされる。声を出したいが出せない。その葛藤から金魚のように口をパクパクさせていると、金桝が小刻みに肩を震わせながら囁く。

「僕の影に隠れてきょろきょろして、それじゃ挙動不審もいいところだよ。堂々としていればバレたって平気。あ、でも菜花君は面が割れてるから……」

金桝はジャケットのポケットに手を入れ、あるものを取り出す。

「これでオッケー」

「これ……眼鏡ですよね？」

手渡されたものは、紛うことなき眼鏡である。オーソドックスな形で、それなりに誰でも似合いそうな。

「度は入ってないから大丈夫」

「変装ですか？」

「そうそう」

「これくらいで変装になりますか？」

「普段、菜花君は眼鏡をかけていないだろう？　なら、割と誤魔化せるものだよ。ただし、オロオロせずに自信を持つこと。そうすれば、顔を見られても意外とバレない」

そんなものだろうか。半信半疑のまま、菜花は渡された眼鏡をかける。菜花はコンタクトを使用しているが、度が入っていないなら問題ない。

眼鏡をかけた菜花を見て、金桝は満足そうに頷いた。

「うん、可愛い」

「……っ」

その一言はいらない。

赤くなった顔を見られないように俯くと、金桝が追い打ちをかけてきた。

「いいねぇ。そのまま、もう少しこっちに寄って」

「な、何をっ」

「シッ。僕たちもカップルの振りをしてるんだから」

そんな必要がありますか⁉　そう喉まで出かかったが、なんとか堪える。

二人で尾行しているからカップルの振り？　いや、これが金桝と結翔ならそんなことはしない。男女だから？　にしても、超絶美形で洗練された大人の金桝と、平々凡々な大学生の菜花では、カップルになど見えないだろう。

「ううう……」

「えー、そんな嫌？　そりゃ、僕みたいなおじさんは嫌だろうけどさ。ちょっと我慢してよ」

そうじゃないだろーーーーっ！　と心の中で叫びまくり、菜花はひたすら心の平静に努める。金桝はというと、肩を震わせながら楽しげに歩いていた。

完全に遊ばれている。

ついてきたことを若干後悔していると、突然金桝の歩みが止まった。

「え？」

「マンションに入る」

すぐそこには、立派なタワーマンションが建っている。二人はそのまま中に入っていく。

ここに住んでいるのだろうか。

「あの男の人、水無瀬さんだったんですか？」

菜花はやっとのことで金桝から離れると、ずっと確認したかったことを尋ねた。すると、金桝は驚いたように目を瞬かせる。

「え？　わかってなかったの？」

「う……」

「面白いなぁ、菜花君は。そうだよ。いつもの彼とはかなり雰囲気を変えていたけど、あれくらいではとても変装とは言えないよね」

眼鏡一つで変装になると言ったのは、どこのどいつだ。

事務所での金桝しか知らなかったし、大抵は結翔も一緒だったので、ツッコミ役は全て結翔が引き受けていた。これほどまでに金桝がツッコミ甲斐のある人間だとは思っていなかった菜花は、ついジト目になってしまう。

だが、前回の依頼では、パソコンをウイルス感染させようとしているところを間一髪で阻止したり、その他にもターゲットの過去を洗い出したり、交友関係にある人物の特定や、身元を調べたりなど、本職の刑事や探偵などが行うような仕事を短期間でやってのけるなど、とんでもなく有能な部分も見せられている。

金桝惇という人物は、つくづくよくわからない。

「ごく自然に入っていったところを見ると、しょっちゅう出入りしているようだね。あの彼女の素性を調べる必要があるな」

「え？　ここは水無瀬さんの住んでいるマンションじゃないんですか？」

菜花の言葉に金桝が大笑いする。

「あははは！　そりゃないよ。自分のマンションに浮気相手は連れ込まないでしょ。今、とても大事な時なのに」

「あ……」

　確かにそうだ。

　となると、ここは、あの彼女のマンションということになる。

「こんなすごいところに住んでいるなんて、彼女、何をしてる人なんでしょう？　綺麗な人だったし、もしかして芸能人とか？」

「さて、それは調べてみないことにはなんとも。まぁこっちは僕に任せておいて。それにしても……結翔君の報告にもあったけど、水無瀬遼はどうやら黒に近付いてきたね」

　そう言った金桝の顔を見て、菜花は小さく溜息をつく。

　何故なら、呟きに近い声でそう言った金桝が、怪しげな表情を浮かべていたからだ。

　どう暴いていってやろうかと、獲物を狙う捕食者のような微笑み。

　その顔を見ただけでわかる。金桝は、絶対に敵に回してはいけない人物だと。

8

　水無瀬には婚約者以外に親しい女性がいる、その疑惑が濃厚となってきた。金桝と結翔が連携を取り、内に外にといろいろ動いているようだ。

菜花の方はといえば、社内で水無瀬と接触する機会はほぼないので、気になる高橋仁奈と親しくなることを当面の目標としている。

その甲斐もあり、今では菜花に対する仁奈の態度は軟化し、敬語は取れていた。昼食も、偶にだが一緒に食べるようになった。毎回でないのは、あまり急激に距離を詰めすぎると警戒される心配があったからだ。

懐かない猫に接している感じだ。慎重に、さりげなく、静かに、決して驚かせてはいけない。一定の距離を保ちつつも、じりじりと詰めていく。

仁奈と昼食を取る時は、菜花も弁当を持参していた。眠い目を擦りながら、前の日のおかずの残り物やら冷凍食品の世話になりながら、自分で用意している。

「おばあちゃんが作ってくれると、もっといい感じになるんだけどなぁ」

菜花の弁当は、ただ米と惣菜を詰め込んだだけの素っ気ないものだ。料理上手な祖母が作れば、彩りも美しく、美味しい弁当が出来上がるだろう。だが、祖母はそこまで菜花を甘やかしてはくれないし、菜花も甘えてはいけないと思っている。

ただ、兄の怜史は「俺が作ってやろうか?」などと言ってきたので、慌てた。怜史はとても過保護なのだ。

両親が健在の時も、とにかく可愛がってくれていたが、亡くなってからそれに拍車がかかった。とてもありがたいことではあるが、まだ若いのに一家の大黒柱として杉原家を支えている怜史に、こんなことで面倒はかけたくない。

ただ断ると萎れるので、自分も料理を頑張ろうと思うのだ、といったように、菜花自身のためという部分を強調して、なんとか怜史を納得させた。ちなみに、怜史はとても器用で、料理を始めとする家事全般を難なくこなす。

「高橋さんって、お料理上手ですよね。お弁当だって、いつもすごく綺麗で美味しそう」

今日は、休憩スペースで仁奈とランチだ。

仁奈は毎日弁当を持参しているのだが、菜花はこれまで手抜き弁当を見たことがない。

「ありがとう。そう言ってもらえると嬉しいわ。私、料理がすごく好きなの。食べるって毎日に欠かせないことだから、どうせなら美味しくて見た目も楽しめた方がいいじゃない？」

そう言って、仁奈が嬉しそうに微笑む。

確かにそうだが、自分でしようとはなかなか思えない菜花は、純粋に尊敬してしまう。

「でも、作るっていろいろ面倒くさくないですか？　準備も必要だし、切ったり炒めたり揚げたり茹でたり、その後は片付けもあるし」

「片付けはともかく、切ったり炒めたりっていうのは、それが楽しいんじゃない。出来上がりを想像しながらお料理すると、ワクワクするわよ？」

「私もそんな風になれたらなぁ……」

「でも、杉原さんも自分でお弁当作ってるんでしょ？　すごいじゃない」

「いや、私のは前の日のおかずとか、冷凍食品ばっかりですし。高橋さんのに比べたら、恥ずかしいです」

「そんなことないわよ」

こんな風に会話をしていると、彼女がどうして他の社員と距離を取っているのかわからなくなる。人見知りでもないし、会話だって弾む。仕事でわからないことを聞いても、いつも親切に丁寧に教えてくれる。それは、菜花に対してだけではない。他の社員に対してもそうだ。だからこそ、彼女は一歩引いた態度でいても嫌われないのだろう。

菜花は、以前に聞いた話を思い出す。仁奈が同期に彼氏を奪われてしまったという話だ。どうしてその彼は、仁奈ではなく、裏切るような女性を選んだのだろうか。見る目がないにも程がある。あまり評判がよくなかったらしいから、結果的にはよかったのかもしれないが、当時は相当傷ついただろう。いや、今もまだその傷は癒えていないのかもしれない。仁奈が他の社員と距離を取る理由がこれであれば、そういうことになる。

仁奈にも、早くいい人が現れるといいのに。そして、幸せになってほしい。

仁奈との距離が縮まるにつれて、菜花はそう思わずにはいられなかった。

＊

ランチが終わり、午後の仕事に入る。

「ふわぁ……」

菜花の仕事は書類の整理整頓、しかも、書庫でたった一人の作業だ。だいぶ慣れてきたせいで、気も緩む。特に昼食後は眠くなって、うっかりすると手が止まっていたりする。

「ダメだって……。仕事は仕事、ちゃんとしなきゃいけないのに」

欠伸を噛み殺しながら、書類と格闘する。

ここに保管されてある書類は、それほどバラエティーに富んでいるわけでもなく、最初の頃に感じていたような新鮮さはすでになくなっている。

菜花はタンブラーに入ったお茶を飲みながら、溜息をついた。

「でも……なんだろうなぁ……」

菜花が着々と仕事を終わらせていったこともあり、書類はかなり最近に近づいてきていた。担当者にも見知った名前が多数出てくる。部長は小金沢になっているし、補佐は横山だ。

菜花はタンブラーを置き、仕分け作業を再開させる。

「高橋さんの担当って、前から多かったんだなぁ。分量って、部長が決めるのかな？」

よくわからないが、仁奈の仕事量は他の者と比べて圧倒的だった。

仁奈の仕事が評価された結果なのだろうが、これではバランスが取れていないような気がする。といえど、他の人は別の仕事を割り振られているのかもしれないが。

「うーん、それにしてもなんだろう？　なーんか……変？」

独り言を呟き、首を傾げる。菜花自身もよくわからないのだ。

大量の書類を仕分けし、ファイリングしてきた上で、最近どうもしっくりこないというか、違和感のようなものを覚える。それがなんなのか、さっぱり思い当たらない。

「わからないのが気持ち悪いんだよねぇ……。でも、なんなのか思いつかないってことは、たいしたことじゃないんだろうけど」

一枚の請求書と支払い依頼書を手に、菜花はまた首を傾げた。支払い依頼書の担当者は仁奈、補佐は横山、部長は小金沢、印もきちんと真っ直ぐに押されている。

此花電機の請求手続きは、各部署の担当者が支払い依頼書を作成し、請求書を添付し、上長までの印をもらってから経理部に提出する。その書類を経理部内でチェックし、支払い処理が行われることになっていた。

内容をシステムに入力するのだが、入力した後も更に間違いがないかをチェックし、経理部の支払い担当者、補佐、部長印まで揃って、はじめて処理完了の手続きがなされるのだ。なかなか大変な作業だ。支払業務は月末月始が忙しく、皆バタバタとしている。普段は定時で帰っている人たちも、この時だけは残業だ。

今は電子化されており、それに対応している会社の支払いについてはもう少し簡略化されている。だが、対応していない会社もそこそこあり、古くから付き合いのある中小企業などはそういったケースが多い。その場合は、いまだに昔ながらの形式が取られている。

今の経理部の支払い担当者は仁奈で、他にはいない。過去には数人で担当していたようだが、今は仁奈一人だ。

「チェックは分散してるみたいだけど、支払い入力だけでも大変そうだよね……。各部署から山のように依頼書が届くんだから」

支払い先や金額を間違えるわけにはいかないので、かなり神経を遣うだろう。それを一人で担っているなど、自分に置きかえるとゾッとする。

「私も頑張ろう……」

ちょうど今は月末で、経理部は慌ただしい。皆がする中で自分だけ定時で帰るのは申し訳ないと思えど、何の知識もない菜花ができることは、今やっている書類整理くらいだ。

気を取り直し、集中して目の前の仕事に取り組む。その時、ノックと同時にロック解除の音が響き、誰か書庫に入ってきた。

「杉原さん、いるかい？」

書庫に入ってきたのは、部長補佐の横山だった。

「はい、なんでしょう？」

菜花は席を立ち、出入口の方へ向かう。そこには、横山の他に仁奈もいた。

「杉原さんのおかげで、書類もかなり片付いてきたね。本当に助かっているよ」

「いえ、これがお仕事ですので……」

恐縮しながらそう答えると、横山は少し申し訳なさそうに眉を下げる。

あれ、と思う。悪い知らせ？　もしかしてクビ？　などと様々な考えが頭を過る。

「お願いがあるんだ。実は、今月は請求がかなり多くて、高橋さん一人では厳しいんだよ。だから、杉原さんにも少し手伝ってもらえると助かるんだけど……いいかな？」

想像していたこととは全く違ったので、一瞬きょとんとしてしまった。

仁奈の手伝い、それは支払い処理ということだろうか。

システムへの入力だけなら、特別な知識はいらないので菜花でもできる。だが責任重大だ。

派遣社員の菜花にやらせていいのだろうか。

それがそのまま顔に出ていたのだろう、横山は表情を和らげた。

「他の人も自分たちの業務があるし、それに、高橋さんから杉原さんは真面目でよくやってくれていると聞いているからね。だったら、杉原さんに任せてもいいんじゃないかと思って。部長にも了承は得ているよ」

「あ……そ、そうだったんですね。えっと、あの……ありがとうございます」

思いがけないことで、スラスラと言葉が出てこない。つっかえながら礼を言うと、仁奈が優しく微笑んだ。

「杉原さんには請求システムの入力をお願いしたいの。システムはここのパソコンにも入っているし、杉原さんにも権限を付与してもらったからすぐに使えるわ。もし手伝ってもらえるなら、いろいろ説明させてもらいたいんだけど……大丈夫？」

「はい、もちろん大丈夫です。よろしくお願いします！」

何か手伝えたらと思っていたのだ。断る理由がない。

菜花の言葉に、仁奈はよかったと嬉しそうに笑った。

「それじゃ高橋さん、後は任せるから。杉原さん、ありがとう。よろしく頼むね」

「はい！」

横山は部署に戻り、仁奈はそのまま残る。

彼女は支払い依頼書の束と、薄いファイルを持参していた。菜花にメモが書かれた付箋を渡すと、菜花が使っているパソコンを操作し始める。

「早速説明させてもらうわね。請求システムはこのアイコンをクリックすれば立ち上がるから、付箋に書かれているＩＤとパスワードを入力して……」

「は、はいっ、ちょっと待ってもらえますか？　メモを取りたいので」

菜花は引き出しから小さなノートを取り出し、急いで新しいページを開く。仁奈は菜花の準備が整ったことを確認し、説明を再開した。

相変わらず仁奈の説明は丁寧だ。ところどころでこちらが理解しているかどうかも確認してくれるので、置いていかれることもない。

それに、基本的には仁奈の持ってきた薄いファイル、これが請求システムのマニュアルだったのだが、それを見ながらで進めていけそうだった。

「支払い依頼書の内容を転記するってイメージだけど、システムの違うところに入力しちゃうとやり直しになるから気をつけて。あと、請求元と金額は特にしっかりと確認しながら入力するように。入力が終わったら一覧でも確認できるから、ここでもチェックするとより確実だと思う。スピードは求めないから、正確にを心がけてもらえると助かるわ」

「はい、わかりました」

一覧には、すでに仁奈が入力した内容が表示されている。かなりの数だ。

「今は私が入力したものが表示されているけど、担当者のところを杉原さんにしたら、絞り込みできるようになってるから。……これまでのところで、何かわからないことはある？」

丁寧な説明と詳細なマニュアル、なんの不足もなかった。菜花は大丈夫だと答える。

「それじゃ、ひとまずこれを置いていくわね。これが終わったら、チャットで知らせてもらえる？　定時までに終わりそうになかったら、それも連絡して」

「わかりました。頑張ります！」

「ありがとう。よろしくお願いします」

仁奈はそう言って、書庫を後にした。

仁奈から渡された依頼書の束は、それなりにある。でも、無茶な量ではない。定時に退社できるよう調整されている。

「優しいなぁ、高橋さん。よし、頑張ろう！」

少しでも仁奈の助けになれるのなら、と菜花は気合を入れる。

急がずゆっくり正確に。でも、できるだけ早く終わらせられるように。

菜花は一件目の依頼書を手に取り、システムと向き合う。そして、何度も確認しながら慎重に入力していった。

作業を続けていくうちに、少しずつ慣れてくる。順調に入力を続けていると、再びノックの音とロック解除の音がした。

仁奈が様子を見に来たのかと思いきや、ひょこっと顔を出すと結翔がいる。

「結翔君？」

「あ、いた！」

菜花の顔を見るなり、結翔が小走りに駆けてきた。いつも水無瀬と一緒にいる印象なのだが、今は結翔一人である。

「どうしたの？」

社内では顔を合わせても、話したりはしない。最低限挨拶くらいはするが、必要以上に仲良くしていると、それを見た女性社員がここぞとばかりに菜花の元に集まってきてしまうのだ。理由はもちろん、結翔の情報を得るため。人気がありすぎるのも困りものである。

「ちょっと、菜花の仕事ぶりを見てみようかなと思って」

結翔は、菜花の背後からパソコンの画面を覗き込む。

これは見られてもいいものだろうか。そう思えど、自分の席で入力している仁奈の画面だって見られ放題だろうし、相手は結翔だし、ということで、いいことにする。

しばらく画面を眺めていた結翔が、感心したようにハァ、と息を吐き出した。

「へぇー、支払い処理か。これ、確か高橋さんの仕事だよね？」

「よく知ってるね」

「当然。でも、なんで菜花が？」

「今月は処理が多いみたいで、高橋さん一人では手が回らないんだって。だからお手伝い」

「やるじゃん。他の社員を差し置いて、菜花にやらせるんだ」

「うーん……経理の知識がないから、入力ならってことじゃないかなぁ？」

「それもあるかもしれないけど、それでも、菜花が高橋さんの信頼を得てるって証拠じゃん。

エライエライ」

そう言って、結翔が菜花の頭をワシャワシャと撫でる。子ども扱いされているようでムッとするが、結翔の菜花に対する扱いはいつもこんなものだ。

撫でられた後、手櫛（てぐし）で髪を整えていると、結翔が勝手にパソコンを触って画面を変えた。

「ちょっと、結翔君！」

「お、やっぱり。一覧には高橋さんが入力した分も出るんだ。……なるほど、水無瀬さん担当の会社は高橋さんが入力してるっぽいな」

結翔が開いたのは、入力されたデータの一覧ページだった。

水無瀬の担当している会社は全部頭に入っているようだ。

「ちょっと失礼」

「結翔君……」

次の結翔の行動は簡単に予想できたが、思ったとおりだ。

結翔は、パソコンの画面をスマートフォンで撮影し始めた。水無瀬の担当する会社の請求を記録しようということなのだろう。

結翔は営業の研修を兼ねて水無瀬についているのだが、請求については情報を共有していないのだろうか。尋ねてみると、結翔は口をへの字に曲げながら頷いた。

「そうなんだよねぇ。その辺、ガードが堅いというか。水無瀬さんの取引先って老舗（しにせ）が多くてさ、請求システム導入してないとこがほとんどなんだよ。だから請求書はＰＤＦでメールで届くんだけど、ＣＣに入れてもらえてなくてさ」

「それは残念だねぇ」

水無瀬への調査は、主に女性関係だ。しかし、仕事ぶりにも注意を払っておかなくてはいけない。結翔は必要な部分を全てカメラに収めた。

「よし、オッケー。ちょっと様子を見に来ただけなのにラッキー！　菜花、ありがとな！」

「……いいけど。そろそろ戻らないと、水無瀬さんに怪しまれるんじゃ？」

「それは大丈夫。今日はもう早退したから」

「え？　なんで？」

水無瀬が早退など珍しい。

菜花が目を丸くしながら尋ねると、結翔からはこう返ってきた。

「デートだよ」

「デート？　誰と？」

「いやいや、そこは専務のご令嬢、純奈さんとに決まってるでしょ？」

「あ……そうか」

金桝と目撃したあの美女のことが頭にあったので、うっかりしていた。もちろん、あの件については結翔にも共有している。

それとは別に、水無瀬がよく使っているキャバクラ店のナンバーワン嬢の存在もある。

今現在、水無瀬には二人の女性との怪しい関係が浮かび上がっていた。

「会社を早退してデートなんて、あり？」

普通ならなさそうだが、相手はなにせ専務の娘だ。

「ありでしょ。専務から直接言われてたし」

「専務さんが？」

「今日は純奈さんの誕生日なんだよ。で、早めの時間に専務夫妻も交えて食事して、その後は二人っきりのデート。明日は午後からの出社だってさ。よくやるよねー。夜は励みますよって宣伝してるようなもんだよね」

「う……」

菜花の頬が熱くなる。もう大人なので、結翔が言わんとすることはわかるのだが、しれっと聞き流せるほどの大人ではない。

そんな菜花を見て、結翔はニヤニヤと頬を緩め、揶揄うように顔を覗き込んでくる。

「相変わらずピュアだなー！　でもいくら初心（うぶ）だからって、さすがに俺の言ってることはわかるでしょ？」

「結翔君！」

「あははは！　それじゃ、そろそろ退散しますか。じゃあね！」

結翔は軽い足取りで書庫を出て行った。その後ろ姿を眺めながら、菜花は溜息をつく。

「結翔君、セクハラ。かねま……じゃなかった、惇さんに言いつけてやる！」

気を抜くとつい「金桝さん」と言ってしまいそうになる。なので、普段から「惇さん」と言うように心がけていた。

金桝は、よほど自分の姓が気に入らないらしい。

「惇さんは惇さんで、いろいろ謎だよね……」

ふむ、としばし考え込むが、定時までに与えられた仕事を済ませてしまいたかったので、菜花はすぐに仕事を再開させた。

9

仁奈に頼まれていた分は、定時前には余裕で終わった。

だが時間が中途半端だし、できるだけ手伝いたいと思ったので、菜花がそう申し出ると、仁奈も横山も助かると快諾し、菜花は新たに依頼書を預かって書庫に戻ってくる。

「あ、一応おばあちゃんとお兄ちゃんに連絡入れておかなきゃ」

菜花は二人に、今日は残業になる旨を連絡する。

祖母は年配ながらも好奇心旺盛な性格で、スマートフォンなどの電子機器を相当に使いこなせる。文字を打つのもフリック入力で、しかも早い。

『あまり遅くならないように』

早速祖母から返事がきて、菜花は苦笑しながら「了解」とスタンプで返す。兄の怜史は仕事中なので、すぐには返ってこない。

菜花は再び依頼書の束とシステムに向き合った。

「よし、やるか！」

＊

カタンという物音でハッとする。

集中していたので、時計を全く気にしていなかった。確認すると、もう十九時になっている。菜花の定時は十七時なので、すでに二時間残業していることになる。

「全然気付かなかった」

まだ社内に人はいるだろうが、横山や仁奈もいるだろうか。

「あ、いる」

チャットの画面を確認すると、二人ともまだ社内に残っているようだった。その時、ちょうど仁奈からチャットが入った。

『お疲れ様です。まだかかりそう？　キリのいいところで終わってね。声をかけるのが遅くなってごめんなさい』

仁奈も仕事に集中していたのだろう。だが、こうやって気にかけてもらえることがありがたい。

『お疲れ様です。菜花は残りを見て、あとどれくらいで終わりそうかを逆算した。あと少しで終わると思うので、最後までやりますね。たぶん、あと十五分くらいです』

『ありがとう。それじゃ、お願いするわね』

『はい！』

　あと十五分ほどならいいと思ったのだろう。仁奈の許可も得たことだし、菜花は新しい依頼書を手に取る。その時、また物音に気付いた。

　書庫に誰かいるのかと思ったが、違う。隣から同じ物音と小さな話し声が聞こえてきたのだ。書庫の隣、そこは休憩スペースだ。

「誰だろう？」

　耳をすませると、声の主は男性だ。男性がこちら側の休憩スペースを使うことはあまりないが、もうほとんどの女性社員が退社しているということもあり、使っているのだろう。

「今月から杉原さんも？」

「うん。分散させた方が都合がいいからね」

「そうですね。それがいいと思います」

　菜花は大きく目を見開く。自分の名前が出てきたこともそうだが、休憩スペースで話している人物が誰かわかったのだ。

「システム入力の割合を、派遣に振っていく。その方が安全だろう？」

「でも、彼女は請求資料のファイリングもしているでしょう？　大丈夫ですか？」

「大丈夫だよ。大量にあるからね。いちいち把握などできないし、そこまで見ないよ」

「それもそうですね。派遣の方が雇用期間も調整できるし、安全です」

「ちょうど経理部で欠員が出る予定だから、高橋さんにはそっちの仕事をメインにやってもらおうかと思ってるんだ」

「彼女は優秀だし、そろそろ別の仕事に移ってもらった方がよさそうですね」

ドクンと心臓が跳ねた。

この会話の内容から察するに、仁奈は支払い処理の仕事から外れるようだ。そして、今後その仕事は派遣が行う。今は菜花になるが、菜花がここを去った後も、新しい派遣社員がそれを担当するということだろう。

それ自体は別に不自然ではないが、「その方が安全」と言っていた。この意味がどうにも不可解だ。そして、そう言っていたのは横山だった。また、請求資料を整理整頓している菜花にその仕事をさせても大丈夫なのかと心配していた人物は、水無瀬だった。

経理部の横山と営業部の水無瀬、二人きりで話す内容としてはおかしい。

どうして横山は経理部の業務分担の話を水無瀬にし、水無瀬がそれに対して意見しているのか。また、派遣は雇用期間が調整できるので安全と言っている。

「システム入力を長く担当させたくないってこと……？」

それは何故なのか。そして、どうしてこの二人がそんな話をするのか。

心臓がバクバクと暴れている。聞いてはいけない話を聞いてしまった気がする。

「……と、とりあえず、これを終わらせなくちゃ」

動揺する気持ちを必死に抑えつつ、菜花は支払い依頼書を次々と処理していった。

コン、コン、ピーガチャッ。

書庫に響き渡るノックの音とロック解除の音に、菜花は飛び上がりそうになる。

「ひゃっ！」

「杉原さん？　まだ仕事してるの？」

その声は横山だ。休憩スペースを出たらしい。

「は、はいっ！　もう少しで終わりそうなので、高橋さんにもお願いしてやらせていただいてます」

コツコツという足音にビクつく。

菜花がここで二人の話を盗み聞きしていたことなど気付くはずもないだろうが、やましい気持ちがあるこちらとしては、気が気ではない。

「お疲れ様。あまり無理しないようにね。もう遅い時間だし、そろそろ帰った方がいいよ」

ラックの陰から横山の顔が出てくる。いつものように穏やかな笑みを湛えたその顔が、今の菜花には不穏に映る。だが、それを彼に悟らせてはいけない。

菜花は懸命に笑顔を作り、素直に頷いた。

「はい、ありがとうございます！　あと五件で終わりなので、それだけやっちゃいます」

「そうか、ありがとう。よろしく頼むね」

「はい」

横山はニコニコと微笑みながら去っていく。その後ろ姿が見えなくなるまで、菜花は緊張しながら見送った。

バタンと扉の閉まる音とほぼ同時に、大きく息を吐き出す。

「はぁ〜〜っ」

まだ心臓がドキドキしている。

「早く帰りたい……」

まだよく意味はわからないが、彼らの話がただの雑談とは思えなかった。さっさと残りを片付けて退社し、この件を金桝と結翔に報告しなければいけない。

菜花は騒ぐ心を落ち着けながら、できるだけスピードを上げて依頼書を処理していく。

それでも、これまでより少し時間がかかってしまったのは仕方がない。落ち着こうとすればするほど、指の震えを抑えることができなかったのだから。

＊

会社を出たのは、結局二十時少し前になった。

「すぐに報告したいけど、さすがにもう誰もいないだろうなぁ」

報告なら、メールやメッセージでもできる。しかし、菜花はできれば二人と顔を合わせたいと思った。直接話をして、金桝や結翔がどんな反応を見せるか知りたかったのだ。

ただの雑談とは思えなかった。気になる。とても大事な話を聞いてしまった気がする。

「電話……してみようかな」

菜花は駅に到着してから、結翔に電話してみる。

「……出ないし」

というか、そもそも呼び出し音も鳴らない。結翔はスマートフォンの電源を切っていた。

「なんで切ってるのよ。それじゃ、かね……じゃなくて、惇さんに電話するしかないか」

金桝の番号も登録してある。呼び出せばすぐにコールできる。しかし、なかなかボタンをタップできない。

「なんか緊張するんだよね……」

「何に緊張するのかな？」

「金桝さんに電話……って！　金桝さんっ⁉」

「はい、ペナルティー。あ、でもペナルティーの内容を決めてなかったっけ。うーん、何がいいかなぁ」

「いやいやいや、かね……惇さん！　なんでこんなところにいるんですか！」

利用客の邪魔にならないよう改札の隅にいた菜花の目の前には、何故か金桝がいた。電話をかけようか迷っていたので、近づいてきているなんて全く気付かなかった。……怖い。

「気配消して近づかないでくださいっ！」

「ごめんごめん。そんなつもりはなかったんだけど、癖みたいなものかな。それより、僕に何か知らせることがあるんだろう？」

どうしてこんなところに金桝がいるのかわからないが、渡りに船とはこのことだ。菜花は遠慮なく便乗することにした。

「実は、ちょっと気になることを耳にしまして……」

「了解。それじゃ、場所を移そうか」

「はい」

金桝が駅の外に向かって歩き出す。しかしすぐにこちらを振り返り、菜花が握りしめていたスマートフォンを指差す。

「お家に連絡」

「あ、そうですね。ちょっと待って……って、え？」

計ったかのようなタイミングで、菜花と金桝の前に一台の車が止まった。

「はい、乗って」

「え？　え？」

このタイミングの良さは何？　しかも、スモークガラスで車内がよく見えない。怖い！

菜花が尻込みしていると、運転席の窓が下ろされ、そこから結翔が顔を出す。

「ホイホイと乗らない慎重さはマル。でも、今は早く乗って」

「もうーっ！　結翔君、さっき電話したんだよ？」

「知ってる。電源切らなきゃいけない用があって、そのままになってた」

電源を切らなければならない用とは？

「ほらほら、早く乗らないと迷惑になるから」

金桝に背中を押され、菜花は首を傾げている途中で後部座席に押し込まれる。その後、すぐに金桝も乗り込んできて、金桝がドアを閉めた瞬間に結翔は車をスタートさせた。

菜花は体勢を整え、シートベルトを締めて、隣の金桝と運転している結翔を順に眺めた。

二人に会えたのはラッキーだが、あまりにもタイミングが良すぎて気持ち悪い。見張られているのかと疑ってしまいそうだ。

「あの……タイミング良すぎません？」

菜花が窺うように尋ねると、金桝は楽しそうに口角を上げ「僕、持ってる人だから」などと返してくる。しかし、菜花が黙ったままじっと見つめていると、やがて金桝は肩を竦め、小さく両手を挙げた。

「わかった。種を明かすよ。結翔君から、菜花君が今日残業になりそうだって連絡があったんだ。しかも、これまで一人にしかやらせていない請求システム関連の仕事を任されたっていうじゃないか。気になって、菜花君から直接話を聞こうと思って近くで張ってたんだよ」

「え……それだけのためにですか？」

ただ話を聞くだけなら、事務所に寄ってくれと、菜花に一言連絡を入れればそれで済む。わざわざこんなところで待つ必要などない。

そう思っていると、運転席から結翔が揶揄うような口調で言ってきた。

「惇さん、過保護だから。怜史といい勝負なんじゃないかな。遅い時間だから迎えに行くとか、どんだけだよ」

「菜花君から直接話を聞きたかったし、ついでだよ」

「またまたぁ！　今回の仕事は前回ほど単純じゃなさそうだし、菜花にも予定外にどっぷりと足突っ込ませてるからって心配してたじゃん。菜花に万が一のことがないよう、GPSアプリこっそり仕込んでたくせに！」

「結翔君！」

菜花は目を真ん丸に見開く。GPSアプリを、仕込んだ……？

「ちょっと、いつの間にっ⁉」

大慌てでスマートフォンを確認するが、それらしきものは見当たらない。アプリを入れたのなら、画面にアイコンが表示されているはずなのだが。

「そんなアイコン、どこにもないよ？」

「惇さんがそんなわかりやすいことするわけないでしょ。表示されないようにしてんの」

「えぇーっ」

金桝の方を見ると、多少気まずそうにしているが、ニコニコ笑顔は健在だった。どうやら開き直ったらしい。

「菜花君の身に何かあれば、お祖母様やお兄様に顔向けできないからね。あぁ、お二人に早く連絡しないと！　帰りは車で家の前まで送るって言っておいてね」

「あ、はい。ありがとうございます」

菜花はハッとし、急いで二人に連絡を入れる。

祖母はすぐに了承したが、兄はうるさかった。今どこにいるだの、迎えに行くだの、それらを躱すのに一苦労だ。結翔の紹介でアルバイトしていることは知っているが、仕事の詳細までは知らない。事務のアルバイトでこんなに遅くなるのかと、おかんむりだった。

「ちょっと今忙しい時期なの！　皆大変なのに、ヘルプで入った私がさっさと帰れないよ。帰りは家まで送ってくれるっていうんだから大丈夫！　もう切るからね！」

メッセージで済ませようと思っていたのに、結局電話する羽目になってしまった。

やっとのことで兄を説得した頃、車はS.P.Y.の事務所があるビルの駐車場に到着する。

「着いたよ。結翔君から話は聞いていたけど、お兄さんは菜花君が可愛くてしょうがないんだねぇ」

「いえ、その……心配性というか、過保護すぎるというか」

怜史が菜花をとても大切にしてくれていることは、菜花だってわかっている。だが、物には限度というものがある。怜史の場合、明らかに度を越している部類に入ってしまうだろう。

「怜史はデキがよくて、要領もよくて、おまけにイケメンで、一流企業にも勤めてるっていうのに、いまだ独身だもんねぇ。菜花が嫁に行くまでは結婚なんてしない、俺が親代わりなんだ！　っていつも言ってる」

「それはすごいね」

過保護にも程がある。これはもう、溺愛というべきか。

「でも、無断でGPSアプリを仕込む惇さんだって、いい勝負でしょ」

「結翔君！　せっかく流せそうだったのに！」

そうだ、思い出した。追及しようとしていたのに、頭からすっぽ抜けていた。

菜花はジロリと金桝を睨み、他に何かしていないか問い詰めようとするが、あれよあれよと車から降ろされ、金桝と結翔に連行されるように事務所に連れていかれたのだった。

＊

事務所内はしばらく誰もいなかったせいで、蒸していた。結翔が文句を言いながらエアコンをつける。涼しくなるまでは、冷たい飲み物でも飲んで涼むしかない。菜花は給湯室に向かい、三人分のアイスコーヒーを用意した。

金桝と結翔はミーティングスペースにいたので、三つのグラスをテーブルに置き、菜花も二人に倣ってそこに腰かける。

「菜花君、ありがとう」

「いえいえ」

「ふぅーっ！　生き返る～」

金桝はまずお礼を言ってから口をつけるのに対し、結翔はすでに半分くらいまで一気飲みしている。菜花は苦笑いを浮かべながら、グラスを傾けた。氷がカランと音を立て、ひんやりとしたコーヒーが喉を通っていく。

訳がわからないままここへ連れてこられたが、菜花は内心ホッとしていた。

書庫で横山と水無瀬の話を聞いてしまってからは、平静を保つのに必死で、心身ともに緊張していた。とにかく早く二人に会って話したかったので、本当に良かったとしみじみする。

この際、GPSアプリの件は目を瞑ろうと思った。いつもいる場所を把握されるのもどうかと思うが、残念なことに、把握されたところで特に困らないことに気付いたのである。

「さて。菜花君が何か話したそうにしているし、まずはそれを聞こうか」

一息ついた後、金桝が話を振ってくる。菜花は待ってましたとばかりに、書庫で聞いてしまった話を二人に報告した。

「なんかあるよね」

「ありそうだね」

二人の意見は一致した。やはり、ただの雑談ではなかったのだ。

「あの、これってどういうことだと思いますか？」

話を聞いて、二人はどういう風に捉えたのだろうか。それが聞きたかった。

金桝は曖昧に微笑んでいるだけなので、結翔が先に口を開く。

「菜花の言うとおり、請求システムを同じ人間に長く使わせたくないんだと思う。じゃあ今まではなんだよって話だけど、単純に言うと都合が悪くなった、または、なりそうだってとこじゃないかな」

「都合が悪い？」

仁奈がこれからも担当していくことは、不都合だというのだろうか。よくわからない。

しかし、金桝が後を続けたことで、結翔の言わんとすることを理解した。

「システムに入力する人間は、誰よりも一番長く請求書に向き合うことになる。内容や金額、支払い先を何度も確認するからね。請求書は大量にあるだろうけど、毎月決まって取引のある会社、その請求金額、それらが担当者の記憶に残ると、困る人間がいるのかもしれない」

「惇さん！　それ、今言おうとしてたのに！」

「あははは、ごめんごめん」

　プリプリする結翔の肩を軽く叩きながら、金桝が笑う。

　そうだ、水無瀬が懸念していたではないか。過去の経理書類をまとめている菜花が入力をして大丈夫なのかと。

　例えば、取引先のA社の請求が毎月十万あったとする。それを覚えていた菜花が実際にA社の請求処理をした時、請求書には十五万とあった。いつも十万なのに、今回は十五万、それは何故？　といった具合に、金額の差異に気付く。それが困るのだ。

　だが、考え直す。請求金額が変わったところで、それほどおかしなことだろうか。それに、菜花が気付いたところで、今月は多く発注した、とでも言われたら納得するだろう。

「もし、以前と今とで請求金額に差異があったとしても、今月は偶々増えた、減ったとかで、別に問題なくないですか？」

　菜花が二人にそう尋ねると、二人とも示しを合わせたように同じ顔をした。ニヤリ、と口角を上げたのだ。

「な、なんなんですか、二人して！」

「甘いなぁ、菜花は。もし、請求書が二枚あったとしたら？」

「二枚⁉」

結翔の問いに、菜花は眉間に皺を寄せる。

請求書が二枚とは、いったいどういうことなのだろうか。

結翔は得意げな顔で、側にあったメモ帳を二枚破り、菜花の前に置いた。

「こっちの請求書Aは、システム入力の時に提出されたものだとする。でも、実際に振り込まれる時には、こっちの請求書Bの内容に差し替えられていたとしたらどうなる？」

請求書が二種類、当然どちらかが偽物ということになる。どちらが偽物にせよ、振り込み直前にデータを書き換えることなど、仁奈や菜花にはできないことだ。そこまで考え、菜花は結翔の顔をマジマジと見つめた。

「小金沢部長が請求書を差し替えて、データを改ざんしてるってこと？」

最終的に決裁する者は、部長の小金沢である。だが、菜花の言葉に金桝が異を唱えた。

「小金沢部長とは限らないよね」

「え……でも」

金桝の瞳が僅かに細まり、鋭さを増す。彼は、落ち着いた口調でこう言った。

「支払い作業の最終決裁は、部長補佐の横山さんに任されているって言ってなかった？」

「あ！」

金桝に言われて思い出した。そうだ、確かにそうだった。

小金沢はイレギュラーな大物案件にはきちんと目を通すが、月々に発生するルーティン作業のようなものは、ほぼ横山に丸投げしていた。勤務初日にそのことを知り、他人事ながら心配になったことを思い出す。そしてこのことは、もちろん金桝と結翔にも共有していた。

「十中八九、横山さんがやってる。で、水無瀬さんも噛んでる」

結翔の言葉に、菜花は慌てる。

「ちょっと待って！　横山さんと水無瀬さんが、会社のお金を横領してるってこと？」

これまでの話をまとめると、そういうことになってしまう。

菜花が動揺していると、結翔はさも当然といった顔をした。

「そうだよ。水無瀬さんの取引先のほとんどは、電子化に対応していない。メールで請求書のPDFが送られてくるんだ。水無瀬さんがそういう会社ばかりを担当していたっていうのも、その方が都合がいいからだ。PDFなら偽造も可能だからね。水無瀬さんのことだから、うまいこと請求書のテンプレートを手に入れている可能性もあるかも」

「テンプレート？」

「PDF化する前のデータ。原本があれば、偽造なんてし放題じゃん」

怖い、怖すぎる。

取引先の請求書作成データなど、簡単に手に入るものではない。だが、水無瀬ならやってしまえそうだから、結翔の話もあながちないとも言えない。それが恐ろしい。

「で、でも、水増しした金額の請求書を作って振り込みしたとしても、取引先には実際よりも多い金額が振り込まれちゃうじゃん。……それ、取引先も承知してるってこと？」

そうでないと、水増しした金額を二人が受け取ることはできない。

それに対し、今度は金桝が答えた。

「悪事を知る者は、できるだけ少ない方がいい。取引先を巻き込むと何かと面倒だと思うよ」

「でも……」

「菜花君は、差し替えられた請求書Bが水増しされた偽物だと思っているようだけど、逆なんだ。請求書Aが、水増しされた請求書なんだよ」

「えええええっ⁉」

意味がわからない。差し替えられた請求書Bは、正しいものということになる。

「それ、全く意味なくないですか？」

金桝はニッコリと微笑み、メモ帳をもう一枚破いた。

「そこで、この新しい請求書Cの登場だ」

「請求書C？」

頭がこんがらがってきた。この請求書Cとは、どういったものなのか。

菜花はおおいに混乱するが、結翔は納得しているようだ。すでに話が見えているのだろう。

菜花が金桝の方をじっと見つめると、彼は再びニヤリと笑った。

「この請求書Cは、別の取引先なんだよ」

「別の取引先？」

ますます訳がわからない。

取引先A社に対し、請求書AとBが存在するだけでもややこしいのに、請求書Cが登場し、おまけにこれはA社のものではない？　金桝は何を言っているのだろうか。

「この請求書Cの支払先は、おそらく架空の会社だ。水増しした金額は、ここに振り込まれる。これは、横領した金をプールしておくために横山さんと水無瀬さんが用意したものだ」

「ちょ、ちょっと待ってください！　頭の中を整理させてください」

菜花は、これまでの話を自分のノートにメモ書きしていく。

水無瀬が担当する取引先A社への支払い処理を行うには、まずA社の請求書を元に支払い依頼書を水無瀬が作成し、営業部の承認を得る。この時の請求書は金額が水増しされた偽物で、仮に十五万円とする。

それが経理部に回ってきて、チェックが入り、問題がなければ請求システムに請求金額は十五万円と入力される。入力後、担当者が確認印を押し、経理部長補佐の横山がチェック、最終的に部長の小金沢の承認を得てからA社へ正式に十五万円の振り込みがなされる。これが正しいフローだ。

しかし実際には、月々決まった支払い作業については小金沢までは回っていない。実質、横山が最終的に承認をし、振り込みを完了させている。

その上で、今度は横山が行っていることを書き出していく。

請求システムには、実際よりも多い十五万円と入力されている。横山はここで、本物の請求書に記載されている金額に修正する。正しい数字は、仮に十万円としよう。

この場合の差額は、十五万から十万円を引いた五万円となるが、これを架空の取引先に振り込まれるよう、新たにシステムに入力するのだ。

請求書は、架空の会社なのでそれらしく見えれば問題なし。本来は支払い依頼書も必要なのだが、上長権限でなしにしているのか、これも偽造しているのか。いずれにせよ、自社の書類なので作成は簡単だ。承認印も皆スタンプ印を使っているので、どうとでもなる。

そうして振り込まれた金、この例では五万円を、横山と水無瀬で分け合っているというわけか。実際は、もっと大きな金額なのだろうが。

だがこの方法なら、支払い総額の数字は変わらないので、そうそう怪しまれることはないだろう。システムの一覧を後で確認することはほとんどないし、あったとしても、ここに気付かれることはほぼないと言っていい。

しかし、ずっと同じ人間がシステム入力をすると、何かの拍子に気付かれないとも限らない。だから、勤務する期間を調整できる派遣にやらせることにしたのだ。

それにしても、かなり面倒くさい。効率的でもないと思う。どうせなら、最初にシステムに登録する時からプールする支払先の請求書も紛れ込ませておけばいいのに、と思った。

それを口に出すと、結翔が呆れた顔をする。

「始めたばかりの菜花はいいとして、高橋さんは経理部で長いでしょ。取引先もある程度把握している可能性がある。見慣れない名前の会社があったら怪しまれるじゃん」

「あ、そうか……」

「でもまぁ、これからはそうしたいのかもね。だから、高橋さんを外そうとしている」

「なるほど」

もしもこれらの推測が当たっていれば、慎重かつ完璧な横領計画と言えるだろう。いや、それはすでに計画ではなく、実行されているのだ。

「私……資料をもう一度丁寧に確認してみます。怪しい取引先がないかとか、支払い依頼書のないものがないかとか」

架空の会社が見つかれば、横領の確固たる証拠となる。

「そうだね。菜花君はそれに集中してくれ。資料整理は菜花君に与えられた仕事だし、大丈夫だとは思うけど、少しでも危険を感じたら引くこと。これだけは約束してほしい」

真剣な目で訴える金桝に、菜花は大きく頷いた。

水無瀬の女性関係、また、仕事での不正がないかの監察だったが、横領という大変な不正が発覚した。まだ確定ではないが、限りなく黒に近い。

菜花は素人同然で、プロである二人の足を引っ張るわけにはいかないのだから。

「大丈夫です。私は資料にだけ集中するようにします」

「うん、よろしくね」

金桝はそう言って、少しの間考え込むように天井を見上げる。だが、すぐに顔を元に戻し、今度は結翔を見た。

「それじゃ、今度は結翔君の話を聞かせてもらおうか」

結翔は頷き、ボディバッグの中から数枚の写真を取り出してテーブルの上に並べる。それらには、煌びやかな衣装を纏った美しい女性が写っていた。

「あああああ！」

写真の中の女性を見た途端、菜花は大声をあげてしまう。

結翔がぎょっとした顔で後退り、金桝も目を丸くしていた。

「び、びっくりしたっ！　いきなりデカイ声出すなよ！　心臓止まるかと思ったじゃん！」

「だ、だって……」

「まぁ、菜花君が大声出すのもわかるよ。だってこれ、僕たちが目撃した女性だもんね」

「はい……」

結翔が見せた写真の女性は、金桝と目撃したあの女性――水無瀬と一緒に歩いていた彼女だった。

「あー、やっぱりね」

金桝と菜花の反応に、結翔は納得したように頷く。

「やっぱりって？」

「水無瀬さんが女のマンションに入っていったって話を聞いた時、俺、ユリかもって言ったじゃん」

そういえば、と菜花は過去の記憶を辿る。

結翔は以前、仕事の接待でキャバクラに行った時に、そこのナンバーワンであるユリと、水無瀬との間に何かありそうだと感じ、密かにマークしていた。

水無瀬と一緒にいた女性のことを共有した時、ユリではないかと言ったのだ。

金桝は、水無瀬と彼女の写真をこっそりと隠し撮りをしていた。だがそれを確認するなり、結翔は匙を投げた。ブレていたり、肝心の顔が写っていなかったりと散々だったのだ。

「惇さんがポンコツだから、俺が今日隠し撮りしてきたの！」

「そうだったんだ」

そう言えば、車には高性能カメラと望遠レンズが積まれてあった気がする。

「スマホで隠し撮りだとしても、あれはないわ、ほんっとない！　惇さんがちゃんと撮ってたら、この手間はなかったのに！」

「やぁやぁ、悪かったねぇ」

「悪いと思ってないでしょ！」

「だって、写真撮るの苦手なんだもん」

「いい大人が「もん」とか言うなーっ！」

じゃれ合っている二人を放置し、菜花は写真の一枚一枚をじっくりと観察する。

スラリとしたモデル体型、完璧にメイクされた美しい容貌、あの時の彼女で間違いない。

あの時はワンピース姿だったので印象は違うが、こちらが仕事モードというわけか。

それにしても、と思う。

こうやってじっくりと眺めていると、彼女とはどこかで会ったような気がしてならない。

もちろん、金桝と一緒だったあの時ではない。それ以外のどこかで。

「どうしたんだい？　菜花君」

金桝に声をかけられ、ハッと顔を上げた。いつの間にか、金桝も結翔も菜花を見ている。

菜花は苦笑いをしながら、小さく首を傾げた。

「この人、なんだか気になるんです。会ったことがある気がするんですけど、でも、こんなに綺麗な人なら絶対に忘れないだろうし、なんでかなって……」

「マジか！」

「どこ？　いつ会ったの？」

二人がグイと迫ってきて、菜花は思わず椅子から飛び退いた。

金桝の超絶美形顔はもちろんだが、結翔だってそれなりに整った顔立ちなのだ。イケメン二人にグイグイ来られると、迫力がありすぎて直視などできない。で、逃げた。

「菜花！　なに逃げてんだよ！」

「だって、だって、だって！」

「クラブ・アンジェのナンバーワンだよ？　なんで菜花がユリを知ってんの？　なんでっ？」

「だからーっ！　会ったことある気がするってだけで、知ってるわけじゃないってば！　会うって言っても、通りすがりに見かけただけかもしれないじゃんっ」

その場にしゃがみこんだ菜花を無理やり立ち上がらせながら、結翔は更にグイと迫る。

「どこで会った？」

「うっ……だから、そんな気がしたってだけで、実際に会ったかどうかまでは……」

ここまで食いつかれるとは思っていなかったので、菜花はすでに涙目である。それを見兼ねて、金桝が助け船を出してきた。

「まぁまぁ結翔君、この辺で勘弁してあげよう」

「はぁーい」

不満そうではあるが、結翔は金桝の言うことを聞き、菜花を解放する。

金桝は菜花の頭をポンポンと軽く叩くと、結翔の過剰反応の理由について説明し始めた。

「実はね、結翔君はこのユリの素性も探ってくれているんだけど、どうも謎が多くてね。仲のいい同僚もいない、ママやオーナーも履歴書以上のことはわからないの一点張り。かなりガードの固い女性なんだよ。まぁ、彼らがユリを守るために、口を噤んでいるのかもしれないけどね。……そうするのも無理はない。売上の三分の一以上が彼女の成果っていうんだからね。他所に取られるわけにはいかないし、とにかく大事にしている。真偽は定かじゃないけど、あの高級マンションも、オーナーが彼女のために用意したって噂だしね。彼女は別格扱いなんだよ。そういうこともあって、結翔君がほんの少しの手がかりにもがっついちゃうのは無理もないんだ。ごめんね」

「はぁ……」

そういうことなら、確かに仕方がない。

だが、女性の身元は別に必要ないのではないだろうか。二人が親密そうにしている写真があれば、専務の娘以外との女性関係がある証拠になるのでは？

それを伝えると、結翔が憮然とした顔で反論してきた。

「写真だけならいくらだって逃げられる。相手の女性の素性も掴んで、二人の決定的な証拠を押さえておかないと、水無瀬さんは絶対に認めない」

「でも、この写真を専務さんに見せれば……」

素性はわからなくても、こんな写真がある以上、専務は娘を案じて水無瀬との結婚を白紙に戻すのではないだろうか。素性が気になれば、あとは自分で調べればいいのだ。

「僕たちの仕事は調査だよ。報告するなら、ちゃんとした証拠もなくちゃね。この写真だけじゃ、まだゴシップにすぎない。彼女はキャバ嬢だし、仕事上の付き合いですと反論されるのがオチだ。この状態で報告するのは、あまりにもお粗末かな」

と金桝が言うと、結翔も更に言葉を重ねてくる。

「そうそう。水無瀬さんの方も、取引先のなんとかさんが彼女を気に入っていて、仲を取り持つために接触していました、なんて言ったら？　逃げようなんていくらでもある」

「……屁理屈な気がする」

菜花がタジタジとなりながらもそう言うと、金桝は声をあげて笑いながら、だよね、なんて頷いている。

だが、二人の言うことも一理ある。それなら、逃げられないほどはっきりとした証拠を掴み、それを突きつけなければ。

「探偵のお仕事みたい……」

最初に仕事の説明を受けた時もそう思ったが、改めてそう実感した。

「あんまり変わらないかもね。でも、俺らがやってるのは潜入捜査みたいなもので、さすがに探偵はこんなことやらないし、できないんじゃない？」

「潜入捜査！」

その強烈なワードに、菜花は慄く。

そんな意識はなかったが、よくよく考えるとそうである。そして、結翔が言うように、探偵はそんなことはしないだろう。事と次第によっては、探偵よりも危険が伴う。

「S.P.Y.って、やっぱりスパイって意味なんじゃ……」

菜花が小さく呟くと、金桝が急に瞳をキラキラさせ、勢いよく菜花の顔を覗き込んできた。

「ひぇっ！」

「そう、スパイ！」

「はい？」

金桝は満面の笑みを浮かべ、更に菜花との距離を詰めてくる。菜花は咄嗟に離れようとするが、ガシリと両腕を掴まれてしまった。

「ほんとはね！　スパイ株式会社って名前にしたかったんだよねぇ！」

「はあああ？」

「嘘でしょ⁉　マジで？」

菜花はポカンと口を開け、結翔も初めて知ったことなのか、目を丸くしている。そんな中、金桝だけは上機嫌でうんうんと何度も頷いていた。

「でもさー、貴久さんからダメだって言われて」

「でしょうね……」

菜花が苦笑すると、結翔も呆れながら言った。

「貴久さんが正しいよ。うちは、表向きは人材派遣会社だからね。スパイ株式会社はないよね。そんなところから人を雇いたくない」

「でもさ、味方のフリをして情報を盗み、そして不正を暴く！　まさしくスパイでしょ！　僕も、本当はもっと現場に出たいんだけどなあああ！」

「盗むって、人聞き悪いからやめてっ！」

子どもが夢を語るように無邪気な顔ではしゃぐ金桝に、菜花は思った。彼はおそらく、スパイ映画の大ファンだ。

結翔を見ると、菜花と同じことを考えているようだった。

「で、スパイはアウトを食らったから、S.P.Yours、略してS.P.Y.にしたってこと？　YのYoursは置いといて、SとPはなに？」

結翔がそう尋ねると、金桝はきょとんとした顔になる。その後に言った言葉は「あれ？　言ってなかったっけ？」だ。

すぐさま二人でツッコミを入れると、金桝は頭を掻きながら説明した。

「Special、Perfect、特別に扱い、完璧な仕事をして、Yours、あなたを満足させますよって感じ? Specialじゃなくて、Superでもいいんだけどさ」

「いいんかいっ!」

なんとなく、いや、完全に後付けのような気がするが、ひょんなことで社名の謎が明らかになり、菜花は笑ってしまう。

正式な名前はS.P.Yoursだが、社名プレートにはS.P.Y.と表記しているのも、スパイ株式会社にしたかった名残というか、いまだにその思いがあるからなのだろう。

だが、後付けだとしても、スペシャルでパーフェクトというからには、その名前に恥じない仕事をしなくてはいけない。

「わかりました。だったら、ユリさんの素性を明らかにしなきゃいけないですね」

「そういうこと」

「りょーかい! ユリと水無瀬さんが本当はどういう仲なのかも合わせて、ユリの素性をもう少し突っ込んで探ってみる。だから!」

結翔は菜花をビシリと指差し、こう言った。

「ユリとどこで会ったのか、絶対に思い出せ!」

「ひぃぃ……」
10 迂闊なことを言うんじゃなかったと少し後悔しながら、菜花は渋々と頷いた。

本音を言えば、毎日此花電機に出社して、経理資料を調べたかった。

菜花は今日、大学で講義を受けていた。いわばこちらが本分である。しかし、それをほったらかしてでも此花電機に行きたかった。

ここ何週間かずっと、理由のわからない引っ掛かりを覚えていた。

書類の間違いなのか、請求書がおかしいのか、いろいろ探ってはみたが、どれも違う。

小さな違和感。だからこそ、それが何なのかすぐに思い当たらないところがもどかしい。

「はぁ……」

「菜花、まだ就活が上手くいってないの？」

同じ講義に出席していた友人が、菜花の溜息を聞いて心配そうに尋ねてくる。

就職活動、そういえばすっかり忘れていた。

S.P.Y.でアルバイトしているが、あくまでもアルバイトであり、そこに就職したわけではない。並行して就職活動もしなくてはいけないというのに、内心それどころではなかった。

「そ、そうだね。でもまぁ、のんびり探していくよ」

「こらこら、変に落ち込むのもよくないけど、全く焦らないのもどうかと思うよ？　せっかくの卒業旅行、心置きなく行きたいでしょ？」

彼女の言うことももっともである。

「そりゃあ……」

「だったら、のんびりなんてしてられないよ。焦って変なとこはダメだけど、のんびりしてる暇はないんだからね！」

「はい……」

世話焼きの友人から発破をかけられ、それに苦笑いを浮かべながら菜花は次の講義が行われる教室へ向かう。すると、鞄の中のスマートフォンが小さな音を立てた。

「あ、ちょっとごめんね」

菜花は一言断りを入れてから、スマートフォンを確認する。着信ではなく、メールの知らせだった。メールマガジンやらショップのダイレクトメールなどの類かと思ったのだが、たった今着信したメールの件名を見て、菜花は心底驚いた。

「えええっ⁉」

「どうしたの？」

菜花が画面を凝視して叫ぶものだから、友人も覗き込んでくる。彼女もその件名を目にし、菜花に負けないほどの大声をあげた。

「きゃあああ！　すごい！　よかったじゃんっ！」

「いや、えっと、まだ決まったわけじゃ……」

「いやいや、あえて連絡してくるってことは、可能性は高いよ！」

届いたメールは、以前に就職活動をしていた会社からのものだった。

その会社では運よく最終面接まで辿り着けたのだが、残念ながら不採用だった。しかし、欠員が出たので、また採用面接を行うことになったそうだ。メールはその案内だった。

「でもまぁ、ここを受けた人全員に送ってるのかもしれないし」

「だとしても、時期が時期だし、実際に面接に来る人は少ないんじゃない？」

「うーん、そうか。大手でもないし、もう他に決まってる人は受けに来ないよね……」

「この会社、菜花的にはどうだったの？」

大手ではないが、勢いのある会社だったように思う。様々なアプリを制作しているＩＴ系の会社で、歴史は浅い。だが、これから伸びていきそうな雰囲気ではあった。

まさか最終まで残れるとは思っていなかったので、かなり驚いたし、最終面接時にはここに入りたいと強く思ったものだ。

ただ、それは早く就職活動を終わらせたかったからなのか、本当にこの会社に入りたかったのか、今となってはあやふやだ。

「やりがいはありそうだったけど……」

「じゃあ、よかったじゃん！　頑張っておいでよ！」

「うん……ありがとう」

自分のことのように喜んでくれる友人を尻目に、菜花は再び溜息をつく。

他に話が進んでいる会社はない。だったら、この話に乗るべきだ。こんなことは滅多にあることではないし、大きなチャンスでもある。

しかし、どうしてだか素直に喜べない自分に、菜花は首を傾げるばかりだった。

メールの話を兄の怜史にすると、こういう縁は大事にした方がいいと言われた。結翔にも話したのだが、結翔は「菜花が行きたかったら行けば？」とつれない答えだ。別にやめろと言われたかったわけではないのだが、興味がないといった返答には、若干淋しさを感じてしまう。

S.P.Y.で仕事を始めてから、結翔とはほぼ毎日連絡を取り合っている。ともすれば、大学の友人たちより頻繁に話をしているのだ。だからこそ、もっと具体的にいろいろ言ってくれてもいいのに、と心のどこかで期待していたらしい。

菜花は迷いつつも、結局兄の意見に従った。

＊

一度落ちている会社からもう一度声をかけてもらえるなんて、それこそ縁あってのことだ。面接を受ける旨を会社に連絡すると、早速返事があり、三日後の午前十時に来社してほしいとのことだった。

その日は此花電機に出社する日だったのだが、午前中だけ休みにしてもらえるよう、まずは金桝に連絡を入れ、その後で金桝の指示に従って横山に連絡する。

横山にも了承をもらえたので、菜花は面接に備え、その会社の事業内容などを再度頭に叩き込んでいった。

そうして、菜花は面接の当日を迎える。

「やっぱり、何回経験しても緊張するな……」

十分前に会社に到着した後、控室に通され、面接は十時きっかりに始まった。

控室にはすでに数人がいたので、そこそこの人数に声をかけていると思われる。

以前の自分なら、この現実を見てがっかりしていたと思う。声がかかっただけありがたいが、今回もまた、椅子取りゲームであることは変わらないのだから。

だが、今の菜花は違っていた。面接を受けても採用されるとは限らないということを実感した途端、かえって気が楽になったのだ。

本当は気が進まないのかもしれないと思いつつも、菜花は面接に臨んだ。緊張はしていたが、相手の話はきちんと聞こえてきた。本気で緊張すると、相手が何を言っているのかもよくわからなくなってしまうので、緊張しつつも最低限は落ち着いていたのだろう。

面接は二十分ほどで終了し、菜花は面接会場となっていた会議室を出た。そして、思わず出た第一声が「やっぱり緊張する」だ。

「疲れた」

小声で呟きながら、時計を確認する。時刻は十時四十五分。今から家に戻って着替えをして此花電機に向かっても、午後の仕事には十分間に合う。

そのまま直行できたらいいのだが、リクルートスーツのまま出社するわけにはいかない。

「おはようございまーす！　チーターー便でーす！」

「はーい」

会社を出ようとしたところで、宅配業者の男性と鉢合わせた。台車にたくさんの荷物を積んでいたので、出入口が若干塞がっている。

今通ると邪魔になりそうだったので、菜花はしばらく待っていることにした。

総務の女性が出てきて、伝票にポンポンとリズミカルにスタンプ印を押していた。その様子をぼんやりと眺めていた菜花は、突如ピンと閃く。

――これだ！

「ありがとうございまーす！」

「はーい、ご苦労様でーす！」

宅配業者の男性と総務の女性はお互いに元気よく挨拶し、男性はかなり荷物の減った台車を押しながら出て行き、女性は仕事場に戻って行った。

菜花は面接の礼を言って会社を出ると、一目散に走り出す。

一刻も早く此花電機に向かわなければ。そして、自分の考えが正しいか、検証するのだ。

菜花は、ずっと心に引っ掛かっていたものの正体に、ようやく気付いたのだった。

＊

菜花は大慌てで自宅に戻り、着替えを済ませて此花電機に向かう。

気が逸っていた。どうしてもっと早く気付かなかったのかと情けなくなる。あれほど毎日資料を目にしていたというのに。

「お疲れ様です。午前中はお休みをいただき、ありがとうございました」

菜花は到着と同時に、まず横山に挨拶に行った。まだ昼休みの時間で、あまり人がいない。

「急いで来たの？　そんなに息を切らせて」

「あ……はい。忙しい時期に申し訳なかったので、少しでも早くと思って」

「真面目だねぇ、杉原さんは！」

横山がにこやかに微笑む。本当は違うのだが、ここは笑って誤魔化しておく。

菜花はシステムに入力する書類がないか確認すると、横山が仁奈のデスクから書類の半分ほどを菜花に渡してきた。

「これからまだ回ってくると思うから、少し多めだけど頼めるかな？」

「はい、大丈夫です。これから取り掛かりますね」

「いやいや、お昼が終わった後からでいいよ」

「はい。でももうお昼は食べてきましたので、あと十五分ほどですし、早めに始めます」

「本当に真面目だなぁ。それじゃ、無理しない程度によろしくね」

「はい」

菜花は書類を抱えて書庫に向かう。

システムの入力は、昼休みが終わってから始めるつもりだった。この十五分を使ってやることは、もう決まっている。

書庫のロックを解除して中に入ると、菜花はデスクに書類を置き、まずはここに誰もいないかを確認する。そして、一目散にラックの方へ向かった。

「えーっと……この辺り……」

ここ二、三年くらいの書類がまとめて置いてある場所だ。ファイリングはすでに終わっていたので、確認はしやすい。

菜花はファイルの一つを手にして、パラパラと書類をめくり始めた。

「えーっと……あ、あった」

当たりをつけていたので、すぐに見つかった。それは、営業部一課からの支払い依頼書だった。担当は水無瀬だ。

「やっぱり」

違和感の正体が明らかになり、菜花はようやく胸のつかえが下りたようにすっきりした。

水無瀬が担当している取引先「佐野（さの）電産」という会社の請求書が添付されている支払い依頼書に、答えはあった。

「ここだけなんだよね。ハンコが不自然」

佐野電産の支払い依頼書には、担当の水無瀬、営業一課課長補佐、課長の承認印が押されている。だが、その三つの印は、計ったように真っ直ぐなのだ。

他の支払い依頼書は、向きがその時々でバラバラだ。斜めになっていたり、ひどい時にはほぼ横になっていたりもする。一課の課長補佐は面倒くさがりらしく、判の押し方が雑で、掠（かす）れているものもあるくらいだ。

それなのに、佐野電産のものだけは、きっちりと真っ直ぐに押されている。これはあまりにも不自然だった。この支払い依頼書は、間違いなく横山が作成したものだ。几帳面に真っ直ぐに揃えられた押印が、それを示していた。

おそらくこの支払い先が、水無瀬と横山が過剰に請求した金をプールする場所として利用している口座なのだろう。

「どの会社で過剰請求してるのかもわかればいいんだけど……」

菜花は水無瀬担当の取引先をくまなく確認するが、他の依頼書の印は佐野電産ほど不自然なものはない。

これはたぶん、本物の支払い依頼書と偽物、両方を水無瀬が作成しているからだ。

「水無瀬さんも、営業部の課長補佐と課長のスタンプ印を持ってるんだろうな」

結翔曰く、水無瀬は取引先の請求書のテンプレートを持っている可能性があるとのことなので、偽の請求書を作るのは容易い。

本物の方は実際に課長まで決裁に回すが、偽物も本物のついでに作成し、それには自分で課長までの印を押せばいい。

偽物を経理部に回し、本物は横山に直接渡す。後は、横山がシステムをチェックする際に手を入れて、それで横領の完了というわけだ。

佐野電産に入金された金を、どうやって振り分けているかは謎だが、そこは二人でルールを決めているのだろう。

「水無瀬さんも横山さんも、横領なんてする必要ないと思うんだけどな」

水無瀬は仕事もできて、容姿にも優れ、専務の娘との縁談も進んでいて、順風満帆。横山だって、仕事ができると評判も高く、課長の小金沢も信頼を置いていろいろ任せている。小金沢が昇進する際には、次の課長は間違いなく横山だと言われている。その話も、そう遠い未来ではないと噂されているのだ。

どう考えても、横領など危険な橋を渡る必要などなさそうな二人なのに、どうして……。

理由など皆目見当もつかないが、それを追求するのは菜花の仕事ではない。

菜花はスマートフォンで、佐野電産の支払い依頼書の一式を、数ヶ月分撮影していく。アプリを使ってシャッター音は出ないようにした。それでも、いつ誰が入ってくるかわからないので、心臓がバクバクと暴れている。

「……これでよし」

なんとか写真を撮り終え、菜花はファイルをラックに戻し、デスクに戻る。ちょうどその時、昼休みの終了を告げるチャイムが社内に鳴り響いたのだった。

11

今日は仕事が終わり次第、S.P.Y.に集まって定期報告をすることになっていた。しかし結翔は、駅前にある安さと早さがウリの居酒屋で、焼き鳥の串を弄っていた。

「吉良～、呑んでるかぁ？」

「呑んでますよ。それより、片倉さんは呑みすぎですって」

「いいんだよぉ、明日は休みだろぉ？」

すっかりベロベロ状態である。この分だと、家まで送っていく羽目になりそうだ。結翔は目の前の先輩に見つからないよう、こっそり溜息をついた。

今日は取引先を回って、そのまま直帰することになったが、S.P.Y.に行くまでには時間がありすぎる。駅の電光掲示板を眺めながら、これからどうやって時間を潰そうか考えていると、偶然近くの取引先を回っていた営業一課の先輩が、結翔に声をかけてきたのだ。

彼は水無瀬の一つ上の先輩で、片倉という。片倉も一課ではやり手と言われているが、水無瀬がいるせいで霞んでしまっている感が否めない。

基本的には陽気で、後輩の面倒見もいい。ただ、酒が入ると普段は無理やり抑え込んでいる諸々が溢れ出してくるのか、やたらと絡んでくるのだ。

ただ、その分口が軽くなる。結翔はこのことを知ってから、機会があれば二人で飲みに行き、情報を取りたいと思っていた。なので、この偶然を利用して片倉を飲みに誘ったのだ。

片倉は即座に乗ってきて、二人は駅前の居酒屋へと足を運んだのだった。

片倉は食べ物もそこそこに、最初から飛ばし気味で飲んでいた。そのせいか、酔うのも早かった。結翔としては願ったり叶ったりだったが、後の面倒については想定外だった。

この分だと、定期報告には遅れそうだ。結翔は手洗いに立つついでに金桝に一報を入れた。

「ったくよぉ、水無瀬がいるせいで、俺はいつもなぁ～……」

「片倉先輩だって、契約件数すごいじゃないですか。俺、尊敬してますよ」

「吉良はいい奴だなぁ！　水無瀬なんかさ、今でこそ欠点がない完璧なリーマンかもしれんが、昔は違ったんだからな！」

「あぁ、女性関係が派手だったそうですね。専務のお嬢さんと婚約するまで、社内の女の人とも何人か付き合っていたって」

「そうそう！」

「そんなの、普通は拗れそうですけどね。俺だったら、そんな器用なことできないですよ」

「それ！　そうなんだよなぁ。ったく、顔がいい上に口も上手いってどうなんだよ。散々社内の綺麗どころを食い散らかしたくせに、最後は専務の娘と婚約とか、ムカつく！」

結翔は苦笑しながら、片倉のグラスをこっそり水と交換する。

営業部の人間は、皆、水無瀬を認めているものがありそうだ。

思った以上に、水無瀬に対して溜め込んでいるし、それなりに敬意も払っている。だが、それだけであるはずはなかった。

営業部は他よりも厳しい成果主義だし、部内の人間は常に競争意識を持って仕事に取り組んでいる。水無瀬をライバル視し、隙あらばトップを奪い取ってやろうという輩も多い。そしてその筆頭が、この片倉だった。なにせ彼は、水無瀬が入ってくるまではトップの座に君臨していたのだから。

「あ、そういやさ！　水無瀬といえばあいつ、高橋さんにひでぇことしたの、知ってる？」

「えっ⁉」

結翔が目を丸くしたのに気を良くしたのか、片倉は得意げに胸を反らす。

「水無瀬さんがですか？」

「そうだよ。そのせいで、高橋さんと水無瀬って、いまだにぎくしゃくしてるんだよな」

「そういえば、女性全員と仲良しなのに、高橋さんとだけは距離がある気がしてたんですよ」

「だろーっ？」

片倉は上機嫌でグラスの液体を呷（あお）り、プハーッと大袈裟に息を吐く。「この酒、うまいな！」などと言いながら、結翔にも勧めてくる。そして、身を乗り出した。

水と酒の違いもわからなくなっている片倉に呆れながらも、結翔は同じように酒を呷り、彼の話に耳を傾ける。

片倉は声を潜め、結翔に水無瀬の過去を話し始めた。

水無瀬はその頃、社内に在籍する、ある女性との交際が終了したばかりだった。彼女が他の男に心を移したのだ。しかしそれは、水無瀬があらかじめそう仕組んだことだった。他の者はともかく、水無瀬ライバル視し、注意を払っていた片倉は、それに気付いていた。

水無瀬がその女性と別れた理由はたった一つ、別の女性に心を奪われたからだった。その女性というのが、高橋仁奈だったのだ。

「マジですか？」

「マジマジ。新入社員として彼女が入ってきた時はさ、社内の独身男連中は、全員色めき立ったもんだよ。でもさぁ、彼女を射止めたのは、よりにもよって大林だったんだよなぁ！」

「大林さん？ 今はいらっしゃいませんよね」

菜花から仁奈の過去の話は聞かされていたので、大林という男がすでに社内にいないことは知っていたが、知らない顔でそう尋ねる。

片倉はそうだと何度も首を縦に振りながら、憮然として言った。

「そうそう、とっくに辞めてるよ。あいつさぁ、チャラくていい加減でさ、俺は嫌いだったな。そのくせ、営業成績はよくてさ、ムカついてたよ。その上、高橋さんも手に入れてさ。当時は仲間内で飲みに行けば、奴の愚痴ばっかだったなぁ。あいつ、先輩に対してもどこか馬鹿にしてるような感じがあって、営業部連中には嫌われてたな。でも、上にはいい顔をしていたから、結構可愛がられてた。それにもムカついてたよ。あ、あと、女にもいい顔してたなぁ。……あいつは、人を見て態度を変えるような、ほんと嫌な奴だった。なんで高橋さんは、あんなのを選んだんだか」

その頃は仁奈も若く、人を見る目がなかったということだろう。もしくは、大林という男がよほどの演技派で、自分をよく見せることに長けていたのか。

だが、そのせいで仁奈は、手痛い失恋をすることになってしまった。

それにしても、水無瀬も仁奈を狙っていたとは知らなかった。その辺りを詳しく聞こうと、結翔は話をそちらに持っていく。

「水無瀬さんが高橋さんを落とそうとしてた時って、高橋さんはもう大林さんと付き合ってたんですか？」

「うん」

「まさかの横恋慕!?」

いったい、どんな手段を講じたのか。その方法を聞いて、結翔は唖然とした。横恋慕！」

「あははは！　そんな言葉、よく知ってんなぁ！　でもまぁ、それだよ。片倉が「酷いことをした」と言った意味が、よくわかった。

「水無瀬は大林の性格を熟知していた。あいつは、美人でいいカラダを持ってるなら、誰でもいいって奴だった。あと、自分に尽くしてくれて、持ち上げてくれる女な。一緒に連れ歩いて得意になれるような女ならなおよし。そういう奴だったから、高橋さんのこともそれほど本気じゃないと踏んでいた。だからさ、高橋さんの同期にちょうどそういうのがいたからさ、その子を焚きつけて迫らせたってわけ」

焚きつけたからといって、その彼女も大林に気がないとどうにもならない。だが、水無瀬はその辺りも上手いこと持っていったのだという。

「水無瀬は人心掌握っていうの？　そういうのがすげぇんだよ。どうやったのかまではわからないけど、見事に成功してさ。大林は高橋さんを捨てて、そっちに乗り換えた。当時、大林とその彼女への風当たりはきつかったよ。高橋さんは仕事熱心で、皆からも人気があったから。同期の子はすぐに音を上げて、大林に結婚を迫ったらしい。大林もそれに応えるしかなかったんだろうな。二人は結婚して、同期はさっさと会社を辞めていった。大林もその後、割とすぐに辞めたよ。その頃にはもう、上からも昔ほどは大事にされなくなってたからな」

仁奈は、水無瀬が裏で画策したことにより、恋人を失った。恋人ばかりではない、同期もだ。ただ失っただけではない。酷い裏切りに遭い、心に傷を負った。

「水無瀬さんは、そこまでして高橋さんを自分のものにしたかった……」

「そう。その後、傷心の高橋さんに近づいて、必死に口説きまくったんだけどさ」

それでも、仁奈の心を手に入れることはできなかった。想像以上に、仁奈の大林への想いは深かったのだ。

「それにな、どこでどうバレたのかはわからないんだけど、水無瀬が裏でやったことを高橋さんが突き止めたっぽくてさ。非常階段で罵り合う二人を見たって奴がいて、俺たちは興味津々だったんだけど、結局なんかうやむやになったな。でも、割と信憑性高いと思うぜ？　それ以来、二人は犬猿の仲っていうか、お互い避けてるっぽいしな」

結翔は椅子の背もたれに身体を預け、大きく息を吐き出した。

「はぁ……。水無瀬さんの過去に、そんなことがあったとは」

「びっくりだろぉ？」

「はい」

「その点、俺なんて清廉潔白！　綺麗なもんさぁ！」

「はいはい、そうですね」

「なんだよぉ～！　ほら、もっと呑めよ、吉良！」

話し終えた片倉は、結翔のグラスを掴んで口元に持ってきて、無理やり飲ませようとする。

結翔はそんな片倉の攻撃を躱しながら、この飲み会のお開きのタイミングを窺っていた。

＊

その後も絡み続ける片倉をなんとかいなし、結翔はS.P.Y.に向かう。

車で行けばそれほど時間はかからないのでタクシーを使おうとしたが、乗り場には人がそこそこ並んでいた。結翔は車を諦め、電車で向かうことにする。

ちょうどホームに滑り込んできた電車に乗り、車窓を眺めながら、結翔は片倉の話を思い出していた。

『そんな話があって、少し経ったくらいかなぁ……高橋さんがガラッと変わっちゃって』

『ガラッと？』

『いやもう、別人ってレベルだぜ、あれは。まぁ、元がいいから地味になってもそれなりに綺麗ではあるんだけどさ。いつも女の子らしく清楚で可愛いメイクにファッションって子が、ノーメイクに近い顔に、地味な服装、髪型になればさ……もう別人と言っていいだろ？』

これが本当だとすると、彼女は身なりに気を遣えなくなるほど傷つき、まだその傷は癒えていないということになる。

実際、水無瀬とは今もぎくしゃくしているし、何より仁奈は、他の社員と深く関わろうとしない。元彼と同期の裏切り、絶望、そして水無瀬への恨みがそうさせているのだろうか。

だが、ふと思う。

「高橋さんは、まだ水無瀬さんを恨んでるのか？」

水無瀬のせいでどん底に突き落とされてしまったのだから、恨んでいてもおかしくはない。

しかし、仁奈の普段の仕事ぶりや周りからの評価を鑑みると、それもしっくりこないのだ。

彼女は聡明である。それは疑いようがない。そんな彼女が、今も水無瀬を恨んでいるものだろうか。

当時は自分と大林が別れたのは水無瀬のせいだと信じただろう。だが、冷静になってから気付いたのではないだろうか。——大林の本質に。

水無瀬や彼女の同期が少しちょっかいをかけたくらいで、彼はそちらへ靡いたのだ。そんな男と付き合っていても、遅かれ早かれ同じようなことは起こっただろう。

他人からも簡単にわかることが冷静になった仁奈にわからないはずはない、と思うのだが。

「恋愛が絡むと、普通が通用しないからな」

普通なら、普段なら。

それが全く通用しない恋愛とは、本当に厄介なものだ。人は簡単に恋や愛に振り回され、思いもかけないことをやってしまう。理屈など、無意味に等しい。

高橋仁奈は、以前とはガラリと変わってしまった。そして、水無瀬も少なからず変わった。

彼の女性関係も、それ以来鳴りを潜めたという。それまでは、仕事よりもそちらに比重が置かれていたようだが、以降は仕事に邁進するようになった。

営業部のカリスマとも言える今の水無瀬は、仁奈とのことがあってだ。二人にとって、あの出来事は分岐点だった。

だからといって、今行っている監察に関係があるのかといえば、そういうわけでもない。

水無瀬の女性関係、おまけに会社の金を横領している件は、ほぼ黒だろう。だが、仁奈がそれに関わっているとは思えない。

システム入力のからくりを知っているなら、彼女はそれを上に相談するなり、告発するなりしていると思われる。彼女が横領に加担するメリットはないのだから。

だが結翔は、この二人にとっての分岐点が気になって仕方なかった。

12

菜花は終業後、すぐさまS.P.Y.の事務所に向かった。

扉を開けると、金桝と事務の美沙央がいた。美沙央がまだ残っていることに驚きながら、菜花は挨拶をして中へ入る。

「美沙央さん、お家は大丈夫ですか？」

「大丈夫よ。今日は旦那が遅くなるっていうから、私も偶には報告会に参加しようかと思って。帰りは旦那が拾ってくれるっていうし」

「そうなんですね」

美沙央は、いつも大体十八時にはあがっている。家庭を持っているので、よほどでない限り残業はなしだ。といえど、一人息子もすでに成人しているので残業は可能だという。だが、旦那は定時で帰ってこいとうるさいのだそうだ。彼女の夫である早乙女貴久は、美沙央を他の男に見せたくないと真顔で主張するほど、彼女を溺愛している。

「えっと……。美沙央さんって、絵を描くんですか？」

「えぇ。好きなの」

「上手ですねぇ」

「ありがとう」

美沙央は仕事をしているわけではなかった。スマートフォンを見ながら人物の顔を描いていたのだ。ノートに鉛筆で線を描く手に迷いはない。少しずつ人の顔が形作られる様(さま)は、菜花には魔法のように見えた。

「こんな風に絵が描けると楽しいだろうなぁ」

「楽しいわよ」

美沙央は菜花の言葉に応えながらも、視線はスマートフォンの画面とノートを行ったり来たりしている。夫が迎えに来るまでの時間潰しだろうか。

菜花はぼんやりとそんなことを考えながらも、金桝のデスクへ近づいていった。

「お疲れ様です、惇さん」

「お疲れ様、菜花君。名前呼びもすっかり慣れたようだね」

「え、ええと……はい」

慣れたわけではないが、ペナルティーを科されると困るので必死に気を付けているだけだ。

菜花は、金桝の背後の壁にかかっている時計を見て、もう一度辺りを見渡す。報告会の時は、早めに事務所に来ているはずの結翔の姿がなかった。

「あれ？　結翔君はまだですか？」

菜花が尋ねると、金桝は頷く。

「少し遅れそうだと連絡があったんだ。だから、先に始めようか」

「はい。それじゃ、コーヒーを淹れてきますね」

「よろしく」

菜花は美沙央にもリクエストを聞いてから、給湯室へ向かう。

「今日、結翔君は外回りに出てたよね。スケジュールには直帰ってあったから、もう来てると思ったのに」

此花電機では、オンラインのスケジュール表に予定を入力することになっていた。閲覧が承認されていれば、誰でもスケジュールを確認できる。

菜花が確認できるのは、基本的に経理部の人間だけだが、結翔の承認はもらっていたので、菜花は彼のスケジュールを把握していた。

取引先で何かあったのだろうか。

「まぁ、金桝さんには連絡してるみたいだし、すぐに来るだろうけど」

給湯室でポツリと呟き、ハッとして辺りをキョロキョロと見回す。

よかった、金桝には聞かれていなかったようだ。金桝は神出鬼没なので、どこで聞かれているかわからない。いけないいけないと頭を振りながら、菜花はカップをトレイに乗せて事務所に戻る。

ミーティングスペースのテーブルにコーヒーを置くが、美沙央がこちらに来る気配がない。声をかけようとすると、金桝に止められた。

「あぁ、美沙央さんはそのままでいいんだ。描き終わってから参加してもらうから」

「？　わかりました」

菜花は首を傾げながらも、美沙央の分のコーヒーを彼女の元へ持っていき、再びミーティングスペースに戻ってくる。

「それじゃ、菜花君の報告を聞こうか……おっと、その前に」

「はい？」

菜花は報告する気満々で構えていたのに、いきなり気勢をそがれてきょとんとする。

金桝はそんなことは一切気にせず、尋ねてきた。

「菜花君、今日の面接はどうだった？」

「あ……それですか……」

「それですかって。菜花君が就職できるかどうかだよ？　僕だって心配するよ」

「す、すみません」

菜花からすると、気付いてしまった支払い依頼書の真相のインパクトが強すぎて、面接の方はすっかり頭から抜け落ちていたのだが、金桝は気になるだろう。

菜花はしどろもどろになりながらも、今日の面接の成果について話す。

「社内は若い人がいっぱいいて、楽しそうでした。でも、お仕事はハードみたいです。あと、私の他にもたくさん声をかけていたみたいなので、受かるかどうかは……」

「菜花君は、その会社に行きたいと思った？」

ギクリとする。目線を彷徨わせながら答えを探すが、なんと答えていいのかわからない。

「え……と。あの……」

「いいよ、正直に言って。気兼ねなんてする必要はない」

金桝がそう言って柔らかく笑うので、身体から不要な力が抜ける。菜花は、感じたことをありのままに話すことにした。

「以前は、そこに入りたいって思ってたんです。でも……その会社で働きたかったのか、ただ就活を終わらせたかったのか、よくわからないっていうことに気付いて……。今も、よくわかりません。わからないっていう時点で、それほどの熱意はないのかな、なんて思ったり。だから……不採用だとしても、それほど落ち込まないいんじゃないかなって……」

だったら、どんな会社なら、入りたいという熱意が持てるのか。

わからない。それが、とても情けない。

皆、目指す会社から内定をもらい、来年の春から社会人として旅立っていくというのに。自分はまだ、そのかなり手前で躓いている。フラフラと気持ちが定まらない。

すると、金桝が菜花の頭をポンポンと優しく撫でた。

「前はわからなかったことが、今ならわかる。それは成長だ。菜花君がそれだけ自分の気持ちと真剣に向き合っているということで、僕は素晴らしいことだと思うよ」

「か……惇さん」

「あ、今金桝さんって言おうとした」

「……堪えました」

「よしよし」

金桝はニコニコと微笑みながら、また菜花の頭を撫でる。子ども扱いされているような気がしたが、それが何故だか心地いい。

兄の怜史は菜花を甘やかすが、菜花の成長を認めるような言葉を口にしてはくれない。怜史にとって菜花は、いつまでの手のかかる妹だから。

それだって、決して嫌なわけではない。だが、成長していると言われたことが何より嬉しかったし、ほんの僅かでも自信になる。

菜花は金桝を見上げ、はにかみながら笑う。金桝は変わらずニコニコと穏やかな表情を浮かべていた。

「はーい！　いい雰囲気のところを邪魔してごめんなさいねぇ！」

「美沙央さんっ！」

自分のデスクで絵を描いていた美沙央が、いつの間にか菜花の隣に座っていて驚く。

「描き終わったんだね？　ぜひ見せてもらいたいな」

「いいわよ。どうぞ」

美沙央は形のいい唇をクイと上げ、テーブルの上にノートを広げた。そこに描かれた人物の顔を見て、菜花は大きな音を立てて立ち上がる。あまりの驚きに、声も出なかった。

美沙央が菜花を見つめ、してやったりといった笑顔を浮かべる。次に金桝に向かって、こう言った。

「どうやら、ビンゴみたいね」

金桝は、これでもかと整ったアーモンド形の瞳を鋭くし、菜花に問うた。

「菜花君、ノートに描かれたこの女性は、いったい誰なんだ？」

菜花は愕然として、膝から崩れ落ちそうになりながらも、震える声を絞り出す。その声は掠れるばかりで、なかなか音にならない。

どうして彼女の顔がここにあるのか。

「お疲れ様ーっす！　遅くなりました！」

ドアの開く音と声が、同時だった。その大きな音に、菜花はギクッと身体を震わせる。

「ちょっと、結翔君！　静かに入ってこれないの？」

「あれ？　美沙央さん、まだ残ってたんだ？」

結翔は不思議そうな顔をしながら、皆がいる方へやって来る。そして、ようやく気が付いた。菜花の様子がおかしいことに。

「菜花？　どうした？」

呆然と突っ立ったまま俯いている菜花の顔を覗き込み、結翔はぎょっとする。菜花の顔色が真っ青だったのだ。

「ちょっと大丈夫？　気分悪い？　それとも、お腹が痛いとか？」

「大丈夫だよ、結翔君。おそらく、そういうことじゃない」

冷静な金桝の声に、結翔は眉を顰めた。

その時、結翔はテーブルに広げられたノートに気付く。丁寧に鉛筆で描かれた人物画を目にし、すぐさまそれを手に取った。

視線のすぐ側まで近づけ、マジマジと眺める。テーブルに広げられた状態でもはっきりと見えていたのだが、じっくりと確かめてみないことにはとても信じられなかったのだ。

「どうやら、結翔君も知っているようだね」

「ちょっと待って。これ、どういうこと？」

結翔が目を吊り上げてそう尋ねると、金桝は吐息し、結翔に席に着くよう勧めた。

結翔は菜花にも座るように促してから、金桝の隣に座る。その視線は、真っ直ぐに金桝に向かっていた。

金桝は美沙央と顔を見合わせ、静かに頷く。そして、経緯（いきさつ）を話し始めた。

「実はね、結翔君が撮ってきてくれたユリさんの写真を、美沙央さんに見せたんだ。ご存じのとおり、美沙央さんはかつて銀座の夜に君臨していた人だ。こういった仕事の人間関係は意外と狭い。もしかしたら、何か知っているかもしれないと思ったんだよ」

「銀座……？　夜？」

菜花の小さな声に反応し、美沙央が照れたように笑う。

「そうなの。若かりし頃、銀座のクラブに勤めていたのよ。これでも一応、有名な店のトップだったのよ？」

「え？　嘘！　美沙央さんがクラブ勤め……？」

「ふふ。実は、旦那はその店に通っていた常連だったの。で、惚れられて、口説かれて、一緒になったってわけ」

それを聞いて、菜花は一気に脱力し、テーブルに突っ伏した。

「はあぁ……。なんかもう、いろいろ情報が多すぎて、頭がパンクしそうです……。でも、美沙央さんならトップですよね。美人だし、色っぽいし、優しいし、頭もいいし」

「やだぁ、褒めすぎよぉ！　菜花ちゃんってば正直者！　可愛い！　ねぇ、今度一緒にお買い物に行かない？　菜花ちゃんをプロデュースしたーい！」

「はいはい、美沙央さん、抑えて抑えて」

金桝のストップがかかり、美沙央は唇を尖らせる。そんな仕草がいまだ似合ってしまうとは、甚だ恐ろしい。年齢不詳、これこそ美魔女というやつだろう。

美沙央の勢いに圧されたのか、つられたのか、菜花の顔色が徐々に戻ってくる。菜花自身も、やっと脳がきちんと回り始めたのを感じた。

結翔の顔を見て、同じことを思ったに違いないと確信する。だとすると、菜花の考えは間違っていないのだ。

「話を戻すよ。でもね、美沙央さんは彼女を知らなかったんだ。それでさ、ユリさんの素顔はどんな感じなんだろうねって話をしていたら、今はメイクした写真から素顔に戻すアプリがあるんだって話になって、それを試してみたんだよね。でも、あまり上手くいかなかった。だったら、私が絵にしてあげるって、美沙央さんが言ってくれたんだ」

「私、どんなに厚塗りメイクしようが変装しようが、素顔が見抜けちゃう人だから。自分がメイク好きでもあるし、見れば、大体どういう風にしているのかわかるのよ」

「ふえぇ……」

菜花の口から間抜けな声が出る。結翔もあんぐりと口を開けていた。

なんという特技なのだろうか。

美沙央がスマートフォンの画面を見ながら絵を描いていた様子を思い出す。その画面には、店で美しく着飾ったユリが映っていたのだ。美沙央はその姿を見ながら、ユリの素顔をノートに描き出した。

「菜花君が以前、ユリさんと会ったことがあるかもしれないと言っていたよね。もしかすると、普段よく見ている人物かもしれないと思ったんだ。それが見事に正解だったようで、僕も驚いているよ。というわけで！　菜花君、結翔君、この人は、いったい誰なんだい？」

菜花は、そっと結翔を窺う。菜花が眉を下げているのを見て、結翔は無理をしなくていいと言って、後を引き受けた。

「じゃ、俺から。このノートに描かれた人物は……此花電機経理部の、高橋仁奈だよ」

素顔に近いナチュラルメイクに、長い髪を後ろで一つに束ねた仁奈の姿が思い起こされる。ユリのあの完璧メイクから、美沙央はどうやってこの素顔を導き出したのか。誰が見ても、別人としか思えないのに。

しかし、ノートに描かれた女性は、高橋仁奈にしか見えなかった。

「そうか」

金桝の冷静な声に、菜花は彼を見つめる。

もっと驚くかと思ったのに、金桝はあくまでも淡々とこの事実を受け入れていた。

「驚かないんですか……？」

おずおずと尋ねてみると、金桝は眉尻を下げながら、小さく微笑む。

「驚いていないことはないけど、菜花君や結翔君のような驚きはないかな。会社ではおとなしく地味な女性が、実は夜の仕事をしていた、なんて話はよくあることだ。それに、僕は高橋仁奈という女性をよく知らない。知らないからこそ、あぁそうかと、すぐに納得できる」

そうかもしれない。

菜花も結翔も会社での仁奈を知っているし、菜花にいたっては、彼女とランチをするほどの仲になっている。だから、こんなことは想像もしていなかった。

クラブ・アンジェのナンバーワンキャバ嬢のユリは、高橋仁奈。

いや、確定ではない。ユリに確かめたわけでもないし、仁奈が認めたわけでもないのだから。現状は、ユリの写真から素顔を想像したら、偶然高橋仁奈に似ていた、ということにすぎない。それでも、これはほぼ確定と思われた。

そこまで考え、菜花は大きく目を見開く。

ユリは水無瀬と関係があるようだった。ということは、仁奈と水無瀬は付き合っているのだろうか？　更には、横山と水無瀬の横領にも加担しているのか？

菜花がそれを口にしようとした時、一足先に結翔が口を開いた。

「信じられない。ユリが高橋さんなら、彼女は水無瀬さんと付き合っていることになる。そんなことは……考えられないんだよ」

結翔の言葉に、金桝が訝しげな顔をする。

「どういうことだい？　結翔君、説明してくれるかな」

「うん。さっきまで営業一課の先輩……水無瀬さんの一年上の先輩で、水無瀬さんが入ってくるまではトップにいたやり手の人がいるんだけど、その彼から、水無瀬さんの過去の話を聞いていたんだ」

結翔は、片倉から聞いた話の一部始終を話して聞かせた。

金桝は考え込む素振りを見せ、美沙央は眉を顰めながら首を傾げている。菜花は、何度も首を横に振った。

水無瀬は間接的にだが、仁奈の恋を台無しにした。それも、自分の欲望のために。これが仮に仁奈のためだったとしても、仁奈からしてみれば絶対に許せないことだったろう。結翔が「考えられない」と言った意味が、菜花にはよくわかった。

しかし、金桝からは、菜花が考えもつかないような言葉が飛び出した。

「確かに不可解ではあるね。でも、ユリと水無瀬が男女の関係にあるとは限らない。一緒にいたから、イコール付き合っているとはならない」

「えっ⁉　でも、すごく仲良さそうにして、一緒にマンションに入っていったんですよ？」

菜花の意見に頷きながらも、金桝はこう返す。

「とすると、水無瀬も、ユリが高橋仁奈だと承知で付き合っているということになる」

「それは……」

菜花が言葉に詰まると、結翔が口を挟んできた。

「水無瀬さんの性格からすると、それもありえないんだよ。でも、二人は親密そうだった。……もしかしたら、水無瀬さんはユリの正体を知らないのかもしれない」

「そんなことって、ある？」

あれほど親しげだったのに、正体を知らない？　そんなことが本当にありえるのだろうか。

「ありえる……かもね」

そう言った美沙央に、全員が注目する。美沙央は皆を見渡しながら、自説を展開した。

「彼女のメイク技術はかなり高いわ。元々おしゃれな子みたいだし、好きなんでしょうね。彼女がその男の前で素顔を晒したことがないとすれば、正体がバレていない可能性は十分考えられるわ。というか、正体がバレないように素顔を晒さなかった、と考える方が自然ね」

「そこに、何か意図があると」

「でしょうね。そうでなきゃ、わざわざ自分に害を為した男と一緒にいる理由がないわ」

仁奈は自分が高橋仁奈であることを隠し、水無瀬と付き合っている？　なぜ……。

スッと背筋が寒くなる。菜花は、無意識に自分の身体を抱えていた。

仁奈が会社で極力目立たない姿をしていたこと、会社の人間と距離を取っていたこと、その本当の理由は、キャバ嬢であることを隠すためだったのだ。

キャバ嬢になった理由は、正体を知られずに水無瀬に近づくためだったのだろうか。

クラブ・アンジェを水無瀬がよく接待に使っていたことは、仁奈の立場なら容易に知り得ることだ。彼女は各所から回ってくる請求書をいつも目にしているのだから。

「高橋さんも……横領に……？」

声が震える。

「菜花ちゃん、落ち着いて。はい、ゆっくりと息吸って……吐いて……」

「はぁ……ふぅ……」

美沙央が菜花の肩を抱き、背をさする。菜花が美沙央の腕をぎゅっと握ると、美沙央は菜花を優しく抱きしめた。

「菜花ちゃんは、その彼女のことをとても好きなのね」

「……はい」

最初はどこかよそよそしかった。それでも、とても丁寧に仕事を教えてくれて、いろいろと菜花を気遣ってくれた。

一緒にランチができるほど仲良くなってからは、少しずつ仕事以外の話もしてくれるようになった。意外と親しみやすくて、それでいて優しい。そんな仁奈を、いつの間にか姉のように慕っていたのだ。

彼女が水無瀬と深い関わりがある以上、横領についても疑わなくてはいけない。それを思うと、心が苦しい。

「菜花君、君は今、確信を持って横領と言ったね。もしかして、証拠を掴んだのか？」

「え……」

「横領については、黒に限りなく近いグレーという話で、まだ確定ではなかったはずだ。君は、水無瀬と高橋仁奈の関係を認めた途端、横領のことを口にしたね。それは、横山と水無瀬が、会社の金を横領していることを知っているから。それを確信するに足る証拠を見つけたんだ。……違うかい？」

そうだ。菜花はまだ、そのことについて報告をしていなかった。

菜花は金桝を見つめ、静かに頷く。

「はい。私が経理資料から得た情報を、これからご報告します」

場の空気が再び引き締まる。

そんな中で、菜花は自ら掴んだ横領の証拠について、順を追って詳しく説明していった。

13

菜花と結翔は、この月末をもって派遣期間満了となった。それが告知されるやいなや、此花電機社内はざわついた。

菜花の方は、残念だと声をかけられることはあっても、その程度だ。しかし、営業として戦力になりつつあった結翔に抜けられるのは困ると、営業一課の課長は部長に訴えた。もちろん、営業部の他の社員も結翔を引き留めたがった。

だが、上の決定を覆すことはできない。それに、次の職場もすでに決まっていると聞かされては、どうしようもなかった。

「ま、次が決まってるとか嘘だけど」

「だよね……」

勤務最終日の昼は、二人ともあちこちからランチに誘われたのだが、それから逃げるようにして外に出てきた。そして、二人で昼食を取っている。会社から少し離れたカフェなのであまりゆっくりはできないが、仕方がない。

「それにしても、結翔君は大人気だよね。外面（そとづら）がいいから営業の仕事、向いてると思うし。惜しまれるのがよくわかるよ」

「外面言うな」

「それにさ、たぶん……水無瀬さんも抜けちゃうでしょう？」

結翔がホットサンドにかぶりつきながら、頷いた。飲み込んだ後、溜息まじりに呟く。

「会社の金を横領してたんだ。当然解雇だろう。事件にするかは、会社判断だろうけどね」

「そうだね」

「そっちも大変でしょ？　横山さんって、結構な仕事量を抱えてたみたいだし」

「うん。でも、こっちは高橋さんがいるから」

「……そうか」

横山と水無瀬の二人が会社の金を横領していることは、じきに明らかとなった。金桝が、依頼者である此花電機の人事部長の元へ出向き、そのことを報告していた。

会社は現在、横山と水無瀬を謹慎処分にしている。金桝からの報告を役員会議にかけ、その後、正式な処分を下すとのことだった。

「結局、高橋さんの真意は謎のままだね」

「うん……。でも私、本人に聞いてみたいと思ってるんだ」

「聞いても、話してくれないと思うけど」

「そうなんだけどね」

仁奈が終業後にキャバ嬢をやっていることは、報告書には記載されなかった。

此花電機は副業を認めているし、ユリとして問題を起こしたわけでも、会社に不利益をもたらしたわけでもない。本人が隠していることを、暴くことはないという判断だった。

そういうわけで、仁奈がどういう意図で水無瀬と付き合っていたのかは、つまるところわからずじまいだ。

「でもね……最後だから、ぶつかってみようと思って」

「菜花？」

結翔が驚いてこちらを見ている。その瞳は、不安そうに揺れていた。

結翔は心配している。下手に接近し、こちらの正体がバレやしないかと。そしてもう一つ。

「非情な現実を知って、凹むんじゃないの？」

「そうかも」

菜花は、仁奈があの二人に深く関わっていたと知った今でも、彼女をいい人だとまだ信じている、いや、信じたいのだ。

だから、彼女の狡さや汚さが露わになるようなことがあれば、菜花は傷つくだろう。結翔はそれを懸念していた。

しかし、それでも菜花は知りたかった。

「凹むってわかってても、知りたい？」

「うん。私さ……高橋仁奈っていう女性を、ちゃんと知りたいんだ」

「菜花……」

「いい人なだけじゃないってことは、もうわかってる。誰にも見せていない裏があるんだろうってことも、ちゃんとわかってるの。本当は知らなくていいことなのかもしれない。でも、それも含めて『高橋仁奈』さんでしょう？　だったら、それも知っておきたいんだ」

だから、今日の終業後、付き合ってもらえないかと頼み込むつもりだ、と菜花は言った。

菜花は、結翔を窺い見る。結翔はハァと大きな溜息を落とし、肩を竦めた。

「そこまで言うなら、やってみな」

「……うん！」

「S.P.Y.のことは、絶対漏らすなよ」

「わかってる」

「あーあ。惇さんが聞いたら大騒ぎするな。あの人、菜花に対して異常に過保護だから。怜史と張り合えるんじゃないかな」

そんなことを言いながらも、結翔は菜花の気持ちを汲んで、金桝には黙っていると約束する。その代わり、話が終わり次第、連絡をしてこいと言った。

どんな話だったのか聞きたいのかと思いきや、そうではない。

「凹んだ菜花を一人で帰せないでしょ？　迎えに行く」

「……プッ」

「なに笑ってんだよ！」

「だって！」

結翔だって、人のことは言えない。

「ありがとう。絶対連絡するから」

素っ気なく返事をし、結翔は残りのホットサンドに大口で食らいつく。

大口を開けた顔でさえ、可愛らしく見えるのはさすがだ。そこかしこから視線を感じる。

小さな声で「あの人、かっこいいのに可愛い」なんて言葉も聞こえてくる。

結翔にしろ、金桝にしろ、一緒にいると目立つことこの上ない。それを引け目に感じたり、憂鬱に思うこともあるけれど、二人はそんなことなど一切察してくれない。お構いなしに菜花に構ってくる。まるで、兄がもう二人増えたみたいだ。

「ほら、のんびりしてる時間はないよ」

「はぁーい」

菜花は笑いを堪えながら、同じくホットサンドにパクリと齧りついた。

＊

ちょうどその頃、金桝は此花電機の応接室にいた。

向かいにいるのは、人事部長の大澤(おおさわ)だ。スポーツで鍛えた筋肉質の身体、そして身長も高く、それだけで威圧感がある。彼が、金桝に水無瀬の監察を依頼してきた張本人である。

すでに報告を終えているにもかかわらず、再びこの場に金桝がいるのには理由があった。

「先日、横山と水無瀬の両名に聴取を行いました」

「そうですか。それではぜひ、そのお話を聞かせてください」

「承知いたしました」

監察報告を終えた時点で、本来は依頼完了である。

だが、今回の件ではよくわからない部分が残っていた。

金桝は、大澤に、二人の聴取が終わった後で、それを教えてもらえないかと願い出ていた。

水無瀬の女性関係だけでなく、横領のことまで突き止めたS.P.Y.の仕事に感謝していた大澤は、他の役員を説得し、金桝の要望を聞き入れてくれたのだ。

そして今日、この場が設けられたというわけだった。

二人が行っていた横領の手口は、金桝たちが予想したとおりだった。

水無瀬は、自分の担当する取引先五社の請求書と支払い依頼書を偽造し、経理部に回していた。そして、横山がシステムの数字を改ざんし、架空の口座に振り込んでいた。

水無瀬が偽造していた取引先の五社を特定したのは、結翔だ。菜花が支払いシステムを扱うようになった初日、仁奈が登録していた請求一覧を写真に収めていたのが功を奏した。

結翔が、水無瀬の取引先全ての毎月の請求を洗い出したところ、システムの数字と差異のあった会社が五社見つかった。それぞれ十万円ずつで、計五十万円。これは、菜花が見つけた佐野電産という架空の会社の請求金額と同じだった。つまり、二人は毎月五十万円の金を着服していたというわけだ。

気になるのは、その金を二人がどうしていたのかということ。

金桝は、横山と水無瀬に横領の疑いが出始めてからすぐ、二人の背景について洗っていた。

横山は、普段は真面目で几帳面な性格であり、羽目など外さないしっかり者なのだが、アルコールが入ると人が変わってしまうタイプだった。

人の目をとにかく気にしていて、つい良い人を演じてしまう。その捌け口として、最初はアルコールに溺れ、次にギャンブルに溺れた。

そうなると、毎月与えられる小遣いだけでは追いつかなくなった。横山は、当然のように消費者金融に手を出した。

最初は少額だったが、段々と増えていった。そうなると、返済は滞り、更に別の消費者金融に金を借りて返すようになる。借金は膨らむばかりだった。

横山は、横領した金を、借金の返済に充てていたのだった。

しかし、問題は水無瀬の方だった。

金桝が水無瀬の背景をいくら調べても、綺麗なものだった。

付き合っている女に貢いでいるのかと思いきや、そういった様子もない。

当初、金桝はあの高級マンションは、水無瀬がユリに買い与えたものだと思っていたのだが、そうではなかった。あのマンションは、ユリ、つまりは、高橋仁奈自身が購入したものだったのだ。そして、支払いはすでに終えていた。

そして驚くべきことは、横山と水無瀬の取り分は半々ではなかった。

横山が三十五万、水無瀬は十五万。役職や年齢は横山の方が上だが、横領にそんなものは関係ないだろう。

この横領は、水無瀬が請求書を偽造できることで成り立っていたというのに。

最終的に横山の承認は必要だが、横山は借金を抱えている分だけ立場は弱い。

にもかかわらず、どうして？　そして、水無瀬は毎月十五万の金を、どこで消費していたのか。水無瀬の生活は、華やかではあるが、収入以上のものではなかった。

「まず、横山なのですが……」

大澤は、横山に聴取した内容を話し始める。金桝は、時折相槌を打ちながら、それを聞いていた。

横山の話は、概ねこちらの予想どおりだった。

横領については、水無瀬の方からさりげなく持ち掛けられたらしい。

横山の借金について、水無瀬は知っていたのだという。水無瀬は、個人携帯にかかってきた消費者金融からの電話に応対している横山を偶然目撃し、金に困っていることを察した。

水無瀬も、もっと自由になる金が欲しかったということで、利害が一致したのだ。

「水無瀬さんは、横領した金を娯楽に費やしていたのでしょうか」

「ある意味、そうですね」

「ある意味？」

大澤は一息ついた後、水無瀬について話し始めた。

「水無瀬は元々女性関係にだらしがないところがあり、女性に貢いでいたようです。ですが、その貢いでいた相手というのが複雑といいますか、厄介といいますか……」

言葉を濁しながら額の汗を拭う大澤に、金桝はピンときた。

貢いでいた女性は、此花電機に多少なりとも関係がある女性だ。だから、複雑であり、厄介でもある。そんな女性に、一人心当たりがあった。

「それはもしかして、専務のお嬢様でしょうか」

「……」

金桝の問いに、大澤は無言だった。だが、これが答えである。

水無瀬は長い時間と金をかけて専務の娘を口説き落とし、結婚寸前まで持っていったのだ。

そう言えば、専務の娘は見た目が派手で華やかだと結翔と菜花が言っていた。金のかかる女性だったというわけだ。

それでも、彼女と結婚できれば社内で強力な後ろ盾を得ることができ、家庭生活においても援助が期待できる。水無瀬にとっては得しかなかった。

「では、水無瀬さんはずっと彼女に？」

「はい。ですが、女性に貢いでいるのはごく一部で、あとは……」

「あとは？」

大澤は、苦虫を噛み潰したような顔で言った。

「脅迫されていた、と」

「脅迫？」

「はい。昔、弊社に在籍していた男に、他の女性と一緒のところを写真に撮られたのだそうです。毎月、小遣い程度の金額ではありますが、強請(ゆす)られていたと」

「金を払わなければ婚約者にバラす、ということですね」

「そのようです」

金桝は、二人の報告を思い出す。

水無瀬を強請っていた、かつて此花電機に在籍していた男は、大林だと直感した。

大林は、水無瀬の画策で仁奈を捨てた。そして別の女性に乗り換えたわけだが、それを後悔していたとしたら？

大林が水無瀬の策を知る可能性は十分にあるし、恨んでいた可能性もなくはない。

彼がどういうつもりで水無瀬を脅迫していたかは知らないが、それがほんの小遣い程度の額だったことは、彼の狡猾さをよく物語っている。だからこそ、水無瀬はその要求を呑んだのだ。

「水無瀬さんは、ずっとその男に金を払い続けるつもりだったんでしょうか」

その問いに、大澤は首を横に振る。

「いいえ。撮られた写真を何とかしようとしていたようです。そして、もうすぐ達成できるところだったと。男は写真のデータを複数保管していたようで、水無瀬もかなり苦労したようです。結婚までには何とか証拠を隠滅し、彼を切るつもりだったと言っていました」

「なるほど。その直前で、全て露見してしまったというわけですね」

「はい。まぁ……悪いことはできない、ということでしょうか。しかし、水無瀬はそんなことがあったにもかかわらず、写真に撮られた女性と付き合い続けていたというのですから、本当にもう何を考えているのやら。私などにはわかりかねますな」

大澤は心底呆れているようだった。

写真に撮られた女性は、ユリだろう。水無瀬はそれほどまでに、ユリに入れ込んでいた。

水無瀬は、ユリが高橋仁奈だということを、本当に知らないのだろうか。そこまで好意を寄せている女の正体に、気付けないものなのか。

金桝は首を傾げるが、こればかりは水無瀬本人に直接聞かないとわからない。

だがそれは、不可能なことだった。監察が完了した以上、金桝たちが水無瀬に接触することは、その範疇を超えることになる。

「他に、水無瀬さんは何かおっしゃっていましたか？」

そう尋ねると、大澤は溜息をつきながらこう言った。

「横領した金は、いつまでかかっても全額返すと言っています。もちろん、横山もですが。その言質は、弊社の顧問弁護士立ち合いの元でしっかり取っておりますので、うちとしては、内々に収めるつもりでおります」

「そうですか」

大澤は遠い目をしながら、再度溜息をつく。

「それにしても……二人とも優秀な社員だったのに、どうしてこんなことになってしまったのか。横領については、毎月少額であったこともあるでしょうが、チェック体制が緩んでいたことで、誰も気付くことができませんでした。怪しむ人間もいなかった。まったく……とんでもないことです」

大澤は金桝と向き合い、深く頭を下げた。

「この度は大変お世話になりました。御社のおかげで社内の不正が明らかとなり、感謝しております。今回依頼しなければ、みすみす犯罪を見逃し、それだけでなく、犯罪者を昇進させるところでした。本当に……ありがとうございました」

そんな大澤に、金桝は静かに微笑む。

「それが、我々の仕事ですから」

そう言って、ゆっくりと立ち上がった。これで、本当の意味で依頼は完了となる。

金桝は優雅に一礼し、大澤に見送られながら応接室を後にしたのだった。

14

「短い間でしたが、本当にお世話になりました。ありがとうございました」

経理部内でそう挨拶すると、たくさんの拍手が返ってきた。菜花は小さく笑いながら、もう一度頭を下げる。

今回は前回に比べ、内容の濃い仕事だったように思う。

前回は初めての監察だったこともあり、ほとんど戦力にならなかった。だが、今回は僅かながらでも力になれたのではないかと思っている。

監察は、空振りに終わることもある。しかし今回は、当たりも当たり、予想外の不正まで暴く結果となった。決して喜ばしいことではないが、S.P.Y.としては上々の出来だろう。

菜花は経理部の女性陣から花束を受け取り、会社を出る。

本当は送別会を開いてくれようとしていたのだが、それを丁重に断わらせてもらっていた。

駅に向かって歩みを進めながら、菜花は腕時計に視線を落とす。

「どれくらい待つかなぁ。あと、ほんとに来てくれるかな？」

菜花は結翔に宣言したとおり「話をしたいので時間を取ってほしい」と仁奈に伝えた。

玉砕覚悟だった。しかし、思いもよらない結果になり、いまだに信じられない気持ちだ。

『私も、杉原さんと一度ゆっくり話をしてみたかったの』

と、まさかのオーケイ。しかも、快く。

定時で上がってからすぐに駅に向かうので待っていてほしい、と言われたのだった。

しばらく待っていると、凛とした女性が菜花の元へ近づいてくるのが見えた。髪型や格好は地味だが、姿勢とスタイルの良さで自然と目を引く。菜花は彼女にぺこりと会釈した。

「ごめんなさい、待たせてしまって」

思ったとおり、その女性は仁奈だった。申し訳なさそうな顔をして駆けてくる。

「いいえ、全然。私の方こそ、無理を言ってしまってすみません」

「ううん、無理なんかじゃないわ。私も話したいって言ったでしょう？」

「はい」

「それじゃ、場所は私に任せてもらえる？」

驚いた。まさか、仁奈が場所を用意しているとは思わなかったのだ。

「え？　あ、あの、いいんでしょうか？」

「二人だけの送別会よ。私が店を予約するのは当然だわ」

そう言って、仁奈はタクシー乗り場へと向かう。

「タクシーで行くんですか？」

「ええ。店が少しわかりづらいところにあるし、距離もあるの。タクシーの方が楽なのよ」

乗り場にはほとんど人はいなくて、二人は待機していたタクシーにすぐ乗車できた。

どこへ連れて行かれるかわからないこともあり、菜花の鼓動は激しく脈打っている。だが、それを知られるのもよくない気がして、菜花は必死に心を落ち着ける。

そうこうしているうちに、タクシーは目的地に到着した。

「え……。もしかして、ここですか？」

「そうよ」

タクシーから降り、目の前の立派な門構えに、菜花は恐れおののく。そこは、都内でも有名な高級料亭だったのだ。

躊躇する菜花の手を引き、仁奈は悠然と歩いていく。

一般のサラリーマンには、とても手を出せないような店である。だが、仁奈の足取りは軽く、少しの躊躇いもない。とても行き慣れている感があった。

これはいったい……。そして、何故仁奈は菜花をここに連れてきたのだろうか。

「いらっしゃいませ、高橋様」

「お久しぶりです、女将さん」

入口に出てきた品のよい女将に笑いかけ、仁奈はそのまま案内に従って歩き出す。菜花の手は引いたままだ。

「今日はまた、可愛らしいお嬢さんをお連れになっているんですね」

「そうなんです。とてもお世話になったので、ぜひお礼がしたいと思って。落ち着いてゆっくりお話もしたいし、美味しいお料理も、と思ったら、ここしか思いつかなかったんです」

「そんな風におっしゃっていただけて光栄ですわ。これからもご贔屓に」

「もちろんです」

二人の会話を聞きながら、菜花は冷や汗ダラダラといった状態だった。

まるで場違いだ。自分はこんなところにいていい人間ではない。ここから逃げたい。仁奈が手を引いていなければ、一目散に逃げ出していただろう。

「それでは、どうぞごゆっくり」

「ありがとう」

立派な個室に到着し、仁奈はそこでやっと手を離してくれた。

いつでも逃げ出せるようになったが、どこをどうやって来たのか全く覚えていない。これでは、とても逃げ出しようがなかった。

「どうしたの？　座って？」

仁奈はすでに腰を下ろしていた。向かいの席を勧められ、菜花は意を決してそこに座る。ゆっくりと辺りを見回し、ハァと大きく息を吐き出した。

「緊張してる？」

仁奈がクスクスと笑っている。菜花はコクリと頷き、また息を吐いた。

「緊張しますよ。こんなところ、一生に一度だって来ることはなかったはずですし。こうして座っているだけで、どれだけお金がかかるのかと思うと……」

金の話など野暮なこととはわかっているが、口に出さずにいられない。

正直ね、と仁奈はまた笑い、菜花に安心するよう言った。

「杉原さんはただ楽しめばいいだけ。お金のことは心配しなくて大丈夫」

「でも……」

「杉原さんの送別なんだから、杉原さんに払わせるわけないでしょう？」

菜花に一銭でも払わせるつもりがあるなら、こんなところへは来ないだろう。

菜花もようやく覚悟を決め、ありがとうございますと礼を言った。

「それにしても……すごいです。ここって、なんだか政府の偉い人とかが、会合なんかしそうなお店ですよね」

「そうね。そういうこともあるわよ」

「えっ⁉」

冗談のように言ったのに、肯定されてしまった。

菜花の慌てように、仁奈がまた笑う。しかし次の瞬間には、彼女の纏う雰囲気がガラリと変わった。まるでこちらに挑んでくるかのような瞳で、菜花を見据えている。

「どうして私がこんな場所に出入りできるか、わかる？」

「……っ」

目の前にいるのは、菜花の知る高橋仁奈だろうか。

ほとんどノーメイクに近いナチュラルメイクに、長い髪を後ろに束ねただけの地味な髪型。服装といえば、オーソドックスなファストファッション。ごくごく地味で、平凡な女。

しかし今、そんな女はここにはいない。姿形はそうでも、纏う雰囲気はまるで違う。そこらに埋もれる女のものではなかった。

「あ……の……っ……」

「あら、今更驚くの？　杉原さんは、知っているんでしょう？」

「なっ、何を……」

「そんなに怖がらなくてもいいわ。別に、取って食おうってわけじゃないんだし」

仁奈は、形のいい唇を緩やかに上げる。口紅の色は目立たない地味なものなのに、妖艶さを醸し出していた。

ゾクリとする。同性にもかかわらず、誘惑されそうなほどの艶やかさだ。

「知っているんでしょう？」

もう一度、仁奈が問う。

菜花が黙りこくっていると、小さく肩を竦め、彼女は言った。

「私が、クラブ・アンジェのユリだってこと」

菜花は大きく目を見開いた。

やはりそうだったのだ。高橋仁奈は、ナンバーワンキャバ嬢のユリだった。本人の口から、今それが明かされたのだった。

＊

「失礼いたします」

その声に、菜花はビクッと身体を震わせた。

障子（しょうじ）が開き、仲居（なかい）が入ってくる。テーブルの上に豪華な料理を並べ始めた。

「こちらのお料理は……」

一つ一つ丁寧に説明してくれるのだが、そんな声など菜花の耳には入ってこない。

「相変わらず、とても美しいですね。それに美味しそう」

「ありがとうございます」

すっかり萎縮してしまっている菜花とは違い、仁奈はリラックスムードで店員と楽しげに会話を交わしている。

料理を出し終えれば、彼女たちは下がってしまう。できることならずっとここにいてもらいたいと思えど、そんなことは無理だとわかっている。菜花の心臓は、今にもはちきれそうになっていた。

「それでは、ごゆっくり」

そう言って去っていく彼女たちの背に、置いていかないでと叫びたいのを必死に堪えながら、菜花は再び仁奈と対峙(たいじ)する。

思い出せ。自分が望んだのではないか。彼女を知りたい、と。

菜花は、真っ直ぐに仁奈を見つめる。それを受け、仁奈も菜花と視線を合わせる。

「高橋さん……いえ、あえてユリさんと呼ばせていただきます。ユリさんは、水無瀬さんと付き合っていたんですよね？　彼のこと、好きなんですか？」

その言葉に、仁奈は初めて余裕を失ったように表情を歪めた。

「……そんなことを聞かれるとは思わなかったわ」

しばしの沈黙の後、仁奈が口を開いた。

それなら、何を聞かれると思ったのだろう？

菜花の顔を見て、仁奈は後を続けた。

「ユリであることがバレているなら、水無瀬とのことも知られているとは思ったわ。でも、好きかどうかなんて聞かれるとは思わなかった。杉原さん、あなたは、例の件に私も関わっているのかどうか、それを知りたかったんじゃないの？」

例の件。仁奈は明言を避けた。これは、あえてだろう。

「横山さんと水無瀬さんがやっていたこと、知っていたんですか？」

「あなたは、そのことを調べていたのかしら？　もしかして、営業一課の吉良さんも」

「……」

肯定も否定もできない。仁奈はそれに頷き、菜花から視線を逸らした。

「言えないなら聞かないわ。その代わり、私も言わない。でも……あなたは例の件が何かを知っている。あの二人がいなくなってすぐ、派遣期間の満了が決まったんですもの」

「あの、それは……他の人も気付いて？」

仁奈は、ゆっくりと首を横に振る。

「まさか。どうしてあの二人が会社に来ないのか、ほとんどの社員は知らないもの」

わざとかうっかりか、仁奈はそう言った。これでは、横領のことを知っていると言っているようなものなのに。

だが、菜花はそこには触れなかった。

「ユリさんは、関わっていたんですか？」

仁奈が再び目線を合わせてくる。そして、首を横に振った。だが、一言付け加える。

「直接的にはね」

では、間接的には関わっていたのだろうか。しかしそれを聞いても、答えないだろう。

菜花は、最初の質問に戻す。

「水無瀬さんとは、過去にトラブルがありましたよね。それなのに、どうして……？」

眉を下げる菜花に、仁奈は優しく微笑んだ。そして、彼女も同じように悲しげな顔をする。

「高橋……さん？」

「泣きそうな顔をしてる。そんなことまで知っているとはね。……あなたは、擦れてないのね。純真なまま。いつまでもそのままでいてほしいけれど、私の話を聞けば、それも難しいかもしれないわ。……どうする？」

菜花の様子を窺う仁奈に、菜花は視線で訴えた。

そんなものは決まっている。仁奈の話を聞く。そのために、ここまで来たのだ。

そんな菜花の意思を汲み取り、仁奈は、過去を懐かしむように話し始めた。

「私は過去、恋人を失った。当時は相当落ち込んだわ。彼を私から奪ったのは、よりにもよって、仲間だと思っていた同期だったしね。しばらくは、何もかもどうでもよくなった。あれほど気にしていた髪もメイクも服装も、本当にどうでもよくなった。いくら着飾っても、彼はもう戻ってこないんだから。毎日が、無味乾燥だった。生きているのか死んでいるのかもわからない。今でこそ笑い話だけれど、あの頃の私は、本当に恋人が全てだったのよ」

仁奈の顔が、菜花の知っている彼女のものになる。そのことにホッとしながら、菜花は続きに耳を傾ける。

「そんな私を心配し、面倒を見てくれたのは、私の双子の妹だった」

「双子の妹⁉」

驚愕である。そんな事実は、今初めて知った。

仁奈はクスリと笑みを漏らし、後を続ける。

「一卵性の双子。生まれた頃からそっくりで、親でさえ見間違うほどだったの。それは、今でも変わらないわ」

　菜花の心臓が鼓動を速める。

　一卵性の、そっくりな双子の妹。これはもしかして――。

「杉原さんが考えているとおりよ。実はね、クラブ・アンジェのユリは、本当は妹なの。私は、時々妹の代わりを務めていたにすぎないわ」

　膝から崩れ落ちるかと思った。座っているのでそんなことはないのだが、気持ちはまさしくそうだ。ユリは、二人いた。

「妹は、気分転換に入れ替わってみないかと私に持ち掛けてきたの。私たち、昔はよく入れ替わって悪戯をしていたのよ。親の離婚で離れ離れになっていたんだけど、大人になってまた会うようになって……。私たち、とても仲が良かったの。妹は憔悴（しょうすい）していた私を見て、何とか元気づけようと思ったのね。私も自棄（やけ）になっていたから、やってやれ、なんて。そうしたら、全然バレなくてね。逆に面白くなってしまって、時々入れ替わるようになったわ」

　驚きのあまり、言葉が出てこない。しかし、仁奈の話は先へと進んでいく。

「そんな時、水無瀬が店に来てね……焦ったわ。バレやしないかとヒヤヒヤしたけれど、何とか凌（しの）いだ。と同時に、ひょんなことから、水無瀬が私にしたことを知ってしまったの」

「それは……」

　菜花の声が震える。その事実を知った時、仁奈がどれほどのショックを受けたかと思うと、やりきれない。

「思わず笑いだしそうになったわね。そして、水無瀬を殴って、責めて、めちゃくちゃにしてやりたくなった。恨んだわ。あいつのせいで、私は何よりも大切なものを失った。……この頃には、大林がロクでもない男だったってことは、もうわかっていたけれど」

それでも、恨まずにはいられなかったと仁奈は言った。悔しさの滲む声で。

恋人がいくらロクでもなかったからといって、それとこれとは話は別だ。ましてや、水無瀬は自分の欲のために、二人の仲を引き裂くような真似をした。擁護などできない。

「妹に打ち明けたら、彼女は烈火のごとく怒った。その時、水無瀬に復讐してやろうって話になったの。復讐といっても、大層なことは考えていなかったわ。弱みを握ってやろうとか、惚れさせて散々貢がせてやろうとか、そういったこと。水無瀬はすぐにユリに夢中になった。ユリがねだると、どんな高価なものも買い与えたわ。私たちは、そうやって彼の財産を食い潰してやろうと思っていた」

なるほど。それで、あの仲睦まじさだったのだ。

金桝と目撃したあの時、ユリは仁奈だったのだろうか。それとも、妹だったのだろうか。

好奇心を抑えられず、菜花はつい尋ねてしまった。

「あの……私、水無瀬さんとユリさんが一緒に歩いているところを見たことがあるんです。ユリさんは、白いワンピースを着ていて……」

「あぁ、それは妹ね。水無瀬にベタベタしてなかった？」

「あ……してました」

あの雰囲気はまさに恋人同士。それを疑う余地はなかった。

仁奈はやれやれと肩を竦め、苦笑した。

「いくら演技とはいえ、私にはそんなことできないわ。笑顔を作るだけで精一杯。ユリはね、妹の中ではツンデレ設定だったの。妹は気分によって使い分けていたみたいだけど、私と入れ替わるようになってからは、私がツンで、妹がデレ担当。その落差は、一人でやっていた時より当然大きくなって、奇しくも、それが人気に繋がったわ。水無瀬も、そんなユリに骨抜きになった。だから、専務の娘と婚約しても、手を切れなかったのよ」

怖すぎる。本気で怒らせて怖いのは、断然女だ。女の敵は作るまい、と菜花は密かに決心する。

「水無瀬さんに……あのマンションを買わせたんですか？」

「いいえ。あそこは妹と二人で買ったの。ローンを組む時に私の方が有利だったから、名義は私になっているけど、妹と私のものよ。水無瀬は関係ない」

「え……。でも、水無瀬さんに貢がせてたんですよね？」

「少しの間だけね。水無瀬が専務の娘との結婚を企てるようになってからは、そちらにつぎ込んでたんじゃないかしら？　甘やかされ放題のお嬢様だったみたいだし」

「そうだったんですね……」

とすれば、ユリは横領に関係ないとみていいだろう。

「疑惑は晴れたかしら？　他に聞きたいことは？」

一番聞きたかったのは、水無瀬との関係だった。そこがクリアになれば、他は思いつかない。横山が会社の金に手をつけた理由は、借金の返済だった。水無瀬は、専務の娘を手に入れるため。

「水無瀬さんとは、別れるんですか？」

その答えは、微笑みで返された。

おそらく、別れるのだろう。付き合う理由はもうない。水無瀬は、自分で身を持ち崩したのだ。直接手を下したわけではないが、仁奈の復讐は完了した。

「最後に一つ」

「なにかしら？」

どうして――

「どうして、ここまで正直に話してくれたんですか？」

それを問うと、仁奈は呆気に取られたような顔になり、声をあげて笑い出した。

「あはははは！　今更？　話を聞きたがったのは、あなたでしょう？」

「ですが！　高橋さんは拒否することもできたし、無視することもできました！」

仁奈は笑いを収め、菜花をじっと見つめる。その強い視線に目を逸らしそうになったが、それは逃げのような気がして、菜花はその視線をしっかりと受け止める。

「そうね。……どうしてかしら。あなたになら、話してもいいと思ったのかもしれないわね。

ううん、妹以外の誰かに、話を聞いてもらいたかったんだわ」

「高橋さん……」

「話したところで、後ろ暗いところなんてない。私がキャバ嬢をやっていたからといって、規則違反でもないし。失恋から立ち直るために、気晴らしでキャバ嬢を始めた。そこで偶然水無瀬と出会い、ちょっとした復讐をしてやろうと考えた。それだけよ」

「はい……」

仁奈の言うとおりだった。

「さ、辛気臭い話はこれで終わり！　杉原さんが本当に派遣社員なのかはわからないけれど、まさか未成年ってことはないでしょう？」

「え？　はい！　成人してます！」

「なら、飲みましょう」

そう言って、仁奈はワイングラスを手に取った。中に入っているのは、透明の液体。これはおそらく、日本酒だろう。

「杉原さんの前途を祝して、乾杯」

「か、乾杯」

ワイングラスで飲む日本酒など、初めてだ。

液体を喉に少しずつ流し込んでいく。香る匂いはなんとも言えず豊かで、コクがありつつも、口当たりはすっきりとしていた。ワイングラスで飲む意味がよくわかる。

「美味しい……」

「ふふ、気に入ってもらえて良かったわ」

「これ、なんていうお酒なんですか？」

「獺祭」

「獺祭ですね。覚えました！」

「また飲めるといいわね」

「はい！」

そこから先は、仕事とは関係のない話。

会社の中とは違い、仁奈の表情はコロコロとよく変わり、よく笑う。まるで別人のような仁奈は、とても魅力的だった。

いつかまた、幸せな恋をしてほしい。それを願わずにはいられない。

来た時の緊張感など忘れたように、菜花は仁奈との時間を思う存分楽しんだのだった。

15

それから二日後、金桝が今回の仕事を労うという形で、打ち上げが行われた。こちらはさすがに料亭とはいかず、完全個室の居酒屋である。

いつも夕方には上がる美沙央も参加し、菜花の隣に陣取って、あれこれ世話を焼いていた。

「えー！　菜花ちゃん、あの料亭に行ったの？　すごい！」

「一生に一度の、いい経験になりました」

「送別会に懐石料理だなんて、豪勢ねぇ。その高橋さんって人も、菜花ちゃんのことが好きだったのね」

　あの夜のことを皆に話すと、目をむいて驚かれた。それはそうだ。菜花本人でさえびっくりなのだから。

　あの日、再び駅に戻って仁奈と別れた後、結翔に連絡した。結翔は心配でやきもきしながら待っていたらしく、菜花が電話をかけた途端に「遅い！」と叫んだ。ちょっと話をして終わると思っていたので、せいぜい一時間もすれば連絡があるだろうと思っていたらしい。それが、よもやの送別会。

「それにしても、菜花君には驚かされるね。まさか、高橋仁奈と直接話すとは思わなかった」

　若干不機嫌なのは、金桝だ。後から聞かされたものだから拗ねているのだ。そんな金桝を、結翔がまぁまぁと宥めている。

「俺だって驚いたよ。でも、事前に惇さんに話したら、絶対反対するでしょ？」

「当たり前でしょ！　何かあったらどうするんだよ！」

「何かって、なんですか？」

　菜花に問われ、金桝がうーんと考え込む。

「例えば……秘密を知ったからには帰せないとか言って、監禁されるとか」

「ないないない」

結翔と美沙央に速攻で否定され、金桝はいじけてブツブツと文句を言い始める。

「だから、例えばって言ってるじゃん。何があるかわからないじゃないか。そりゃさ、結翔君は事前に相談されてたからそんなこと言えるけど、僕はさ、どうせさ……」

「ああああ、もう！　わかった、わかったってば！　菜花、面倒くさいから、これからは惇さんにも相談な！」

「え、あ、うん」

これから。

その言葉を聞いて、菜花の心がふわりと温かくなる。

アルバイトとして働き始めたが、いつの間にか、ここでの仕事にやりがいを感じるようになっていた。

決して楽しい仕事ではない。監察という仕事は、隠された悪事を暴くことだ。そこには少なからず、人間の悪意というものが存在する。それに触れることは、時に自らを傷つけることにも繋がる。

だが、深い。人という不可思議な生き物の本質が炙り出されるこの仕事に、菜花はもっと深く関わってみたいと思っていた。

先ほど金桝から、横山と水無瀬の聴取の結果が共有された。知らなかった事実が明らかとなり、驚いたり納得したりを繰り返す。

その後、菜花も仁奈との話を皆に打ち明けたのだが、一番驚かれたのは仁奈に一卵性の双子の妹がいたことだ。

菜花としては、横山はともかく、水無瀬が自滅したという結果に、良かったと納得していた。水無瀬は最初から最後まで自分の欲望を優先し、他人を傷つけた。挙句、都合の悪い写真を撮られて脅された。自業自得だ。

仁奈と妹は、復讐のために水無瀬に近付いたが、少々高価なものを買わせたくらいで他に大したことはしていない。それでも、結果的には彼女たちの望む形になった。

あと、金桝の話で一つ疑問に思ったことがあった。それは、横山と水無瀬の金の配分だ。

それについては、本当のところはわからないと前置きしながらも、金桝はこう語った。

「横山さんには借金があったから多めに渡したと、聴取では言っていたそうだよ。でもまぁ、そんなことはないだろうね。これは多少突飛な話だけど、専務の娘さんと結婚した後、横山だけに横領の罪を被せるつもりだったのかもしれない。そうでないと、あの配分は不公平だからね。水無瀬がそれで納得していたとは思えない」

水無瀬の顔を思い出し、菜花は頭を振る。

あれほどの容姿を持ち、人当たりもよくて仕事もでき、手に入らないものなど何もないと思われた。己の欲を制御できたなら、犯罪などとは無縁でいられたはずなのに。

だが、実際には何も満たされていなかったのかもしれない。本当に欲しいものは手に入らず、しかもそれが何なのかわからず。

表に見えているものだけでは、わからないことだらけだ。

「それより、菜花ちゃん！　お買い物はいつにする？　私、菜花ちゃんのためならいつでも身体空けるわよ！」

金桝と菜花の話が終わると、すぐさま空気を変えるように美沙央がハイテンションで菜花に話しかけてきた。それに少し圧されながらも、なんとか答える。

「それほど忙しくないので、いつでも大丈夫ですよ」

「卒論とかは？」

「もう大体終わってます。よほどのことがなければ、無事卒業できるかと」

「こっちの仕事をしながら、勉強の方もちゃんとやってたのね！　えらーい！」

美沙央が菜花に抱きついてくる。酔っているのかと思いきや、そうではない。聞くところによると、美沙央はザルらしく、酒には相当強いらしい。

菜花と美沙央がはしゃいでいる向かいでは、金桝と結翔が小声でこそこそと話をしていた。

「菜花は単純だから、惇さんの話もそのままストレートに受け取ってるよね」

結翔の言葉に、金桝は微笑みながら冷酒の入ったグラスを傾けた。

「そうだね。でも、菜花君はそのままでいいと思うよ」

「まぁね。で、惇さん」

「なんだい？」

結翔が更にトーンを落とし、金桝に尋ねる。

「菜花は、水無瀬さんとユリが一緒のところを、偶然大林が目撃して写真を撮ったと思ってると思うけど、俺は別の可能性もあると思ってる。惇さんは？」

金桝はグラスの中身を飲み干し、僅かに口角を上げた。ペロリと舌を出して唇を舐める仕草が、妙に色っぽい。

「これ、美味しいな。もう一杯頼もう」

「惇さん」

ムッとしている結翔を見て、金桝は肩を竦める。金桝は菜花をチラリと見遣り、結翔の問いに答えた。

「僕も、結翔君の意見に一票入れさせてもらうよ。高橋仁奈か、その妹か、どちらかはわからないけど、大林に写真を撮られたのは、おそらくわざとだろうね。撮られたのではなく、撮らせた。大林の性格を知っているのは高橋仁奈の方だし、あるいは……」

「だろうなぁ、やっぱ」

結翔はそう呟き、残っていたビールを一気に飲み干す。

美沙央もきっと、そう思っているだろう。金桝と菜花の話を聞いた後、一瞬だが複雑な表情を見せた。そして、すぐに菜花を構いだしたのだから。

菜花には気付かせたくない。その思いが、金桝や結翔にも強く伝わってきた。

「菜花君も、いずれこういったことに気付くようになるんだろうけど……今はまだいいよ」

「菜花は元々妹って立場だし、真っ直ぐすぎて危なっかしいから、守ってやらなきゃってい
うキャラではあるんだけどさ。それにしても、怜史の他にも菜花を世話しまくる人間が増え
るとは思わなかったなぁ。しかも、二人も」

結翔は空になったグラスを置き、金桝と美沙央を交互に眺めながら呟く。すると、金桝が
クックッと喉を鳴らした。肩も小刻みに震えている。

「なに笑ってんの？」

「だって、結翔君の言う二人って、僕と美沙央さんのことだろう？」

「当たり前じゃん」

金桝は結翔を指差し、ますます肩を激しく震わせた。

「なんで自分は数に入れてないんだか。自覚なさすぎ」

「はぁっ⁉」

「あははははは！」

ついには笑い出してしまう金桝に、盛り上がっていた菜花と美沙央も、思わず注目する。

「あら、惇君ご機嫌ね。結翔君と何を話していたの？」

「実はさ……」

「言わなくていいーーーっ！」

「ぐぇっ」

結翔が金桝のシャツの襟を引っ張ったせいで、首が締まった。

「きゃははは！　変な声ーっ！」

「みっ、美沙央さんっ！　笑ってる場合じゃないですっ！　結翔君、早く離してっ！」

「惇さん、言わない？」

「うぅっ……ぐるじぃ……」

「あはははははっ！」

「ちょっと、あの！」

そこから先は、ただの馬鹿騒ぎだ。ただ一人冷静な菜花だけが、涙目になりながら右往左往する羽目になり、最終的には打ち上げだかなんだかわからないことになった。

「もぉーーーっ！」

大声で叫んでみても、皆はゲラゲラと笑い続けている。金桝でさえもだ。

美男美女が座敷に転がり、笑い続けているシュールな状況。菜花はそれを眺めながら、冷静でいるのが馬鹿らしくなってきた。

「もういいや。これ、面白いから撮っとこ」

菜花はいそいそとスマートフォンを取り出し、笑い転げている三人の写真を撮り始めるのだった。

「菜花ーっ！」

友人たちの声に振り返る。

それぞれに講義を終えた彼女たちが、菜花に向かって手を振っていた。

「お疲れー」

「ほんと疲れたぁ！　佐伯教授の授業、めちゃくちゃハードなんだもん。失敗したぁ」

「イケメンだからって飛びついたのが運の尽きだね」

「ひどーいっ！」

皆と一緒に菜花も笑う。すると、その中の一人が菜花の腕をちょんちょんとつついてきた。

「菜花、セカンドチャンスで受けた会社、蹴ったんだって？」

彼女の言葉に、菜花は苦笑しながら頷く。

そうなのだ。

菜花のような人間は大勢いたので、今度も無理だろうと思っていた。しかし、何故か採用通知が届いたのだ。

その通知を見た時は、不思議な気持ちになった。あれほど欲しかった採用通知。目の当たりにしているというのに、全然嬉しくない。だがその理由を、菜花はすでに理解していた。

「アルバイトしている会社での仕事に、やりがいを感じてるんだ。だから、そこで正社員になれるよう、頑張ってみようと思って」

「えーっ、アルバイトでしょ？　正社員なんかにしてもらえないって」

「難しいと思うよ？」

「どんな仕事してるんだっけ？」

皆はいろいろ言ってくるけれど、気持ちはもう固まっている。

「難しいかもしれないけど、頑張ってみたいんだ。仮に、採用もらったところに勤めたとしても、後悔して続かないような気がするから」

いつもの菜花なら、ここで不安そうな顔になる。

しかし、いやにすっきりしている菜花を見て、皆はしょうがないという風に笑った。納得してくれたようだ。

「ほんとにもう。いつもフラフラしてるけど、菜花はこうと決めたら意外と頑固だもんね」

「そうそう」

「まぁ、頑張りな」

渋々ながらも応援してくれる友人たちに、菜花は満面の笑みを見せる。

自分は皆のように、はっきりとした進路は決まっていない。だが、道は見えている。だから、引け目に感じたり、仲間外れのように疎外感を感じたりすることはもうない。

「ありがとう、頑張る！」

菜花の言葉に、皆が明るく笑った。

＊

「惇さん、お話があります。聞いていただけますか？」

大学の授業が終わった後、菜花はその足でS.P.Y.の事務所に向かった。そしてすぐさま、金桝の前に立つ。金桝は驚いたように、目をパチパチと瞬かせた。

「え？　なに？　なんか怖い」

「お時間ありますか？」

「あるけど……」

菜花の迫力に、金桝がビクビクしている。そんな金桝を見て、菜花は初めてここへ来た日のことを思い出した。

ゆらゆらと視界が揺れている。

大通りにはたくさんの車が先を急ぐように走っていた。時折大きなクラクションが鳴る。

ぐらりと身体が傾き、倒れる、と思った。その直前、人の顔らしきものがぼんやりと目に映る。その顔は、恐ろしく整っていた。

一瞬だというのに、その美しさに見惚れてしまった。しかし、ハッとする。

このままだとぶつかる！

危ない、と叫ぼうとした。倒れる間際、他の人のことなど構っている余裕はない。それでも、他人様を巻き添えになどできない。申し訳なさすぎる。

「避けて……」

だが、その言葉は声にはならなかった。そして、意識はブラックアウトする。

軽い熱中症に倒れてしまった菜花は、金桝によって事務所内へと運ばれた。

気が付くとソファに寝かされていて、とんでもない美青年が、心配そうな顔で菜花を見つめていたことに死ぬほど驚き、大声で叫び……たかったが、肝心の声が出ずにそのまま力尽きた。

オロオロする金桝を結翔が落ち着かせ、美沙央が菜花を介抱してくれた。

あれは、今思い出しても笑ってしまう。

その後、今いる場所が、アルバイト先であるS.P.Y.株式会社であり、菜花を助けたのは、ここで社長を務める金桝惇であること、仕事内容は派遣業だが、かなり特殊であることなどが説明された。

最初は、絶対に無理だと思った。菜花には務まらないと。

しかし、金桝はどうしてだか菜花を熱心に説得し始め、それにつられるように結翔もフォローに回る。

二人の話を聞き、そして美沙央の「この二人に任せておけば間違いはないから」という言葉に後押しされ、菜花は働くことを決めた。面接に来たというのに、これでは立場が逆だ。

家に帰って落ち着いた後、思い出して笑いが止まらなくなった。

「菜花君！　菜花君ってば！　僕、何かした？」

「え？」

金桝の声に、ハッと我に返る。

「いや、僕に何か言いたいことがあるんだよね？　怖いけど、ちゃんと聞くよ。もしかして、辞めたいとか言っちゃう？　えっと、何が不満だろう？　できるだけ菜花君の希望に応えられるよう……」

金桝は勝手に誤解をし、慌てていた。両手をバタバタと上下に振りながら話す金桝に、菜花はプッと吹き出す。

「菜花君？」

「いえ、すみません。惇さんの慌てっぷりが面白くて」

「慌てるでしょ！　いきなり話があるなんて真剣な顔されたら、何言われるのかと思ってハラハラするよ。で、何？　怖いこと言わないでもらえるとありがたいんだけど」

怯える金桝に、菜花は笑って答えた。

「場合によっては怖いかもしれないです。あの……私、ここでの仕事にやりがいを感じています。もっともっと頑張って、戦力になりたいと思っています。だから、卒業後もここで働かせてください。アルバイトで構いません。でも、少しでも私を必要としてくれるなら、戦力だと思ってもらえるようになったら……いつか、正社員にしていただけると嬉しいです」

一気に言い切った。

金桝を見ると、ポカンと口を開けている。間抜け面（づら）だが、美形は何をしても美形だ。

無反応のままでいる金桝を見兼ねたのか、事務仕事をしていた美沙央がつかつかと歩いてきて、金桝の頭をペシリとはたく。

「痛っ！」

「惇君、何呆けてんのよ！　菜花ちゃんがここにいたいって言ってくれてるのよ？　ちゃんと返事をしてあげて」

金桝はぼんやりと美沙央を見つめ、その視線を菜花に移した。

「あの……それ、ほんとに？　社交辞令とかじゃなくて、本音？」

「本音です。というか、どうしてここで社交辞令言わなきゃいけないんですか……」

力が抜ける。しかし、その前に卒倒しそうなことが起こった。

「菜花君！」

「ひぃぃっ!!」

金桝が菜花を抱きしめたのだ。

「か、か、金桝さんっ！」

「違うでしょ？」

艶っぽい流し目を送られ、気を失いそうになる。そして、耳元で囁くのは勘弁してもらいたい。金桝は、菜花の言葉を待っていた。菜花はヘロヘロになりながらも、それに応える。

「惇さん」

「よくできました」

ニッコリと微笑む金桝の顔には、満足と大きく書かれてある。それにドッと疲れながらも、今度は菜花が金桝の言葉を待つ。

「あの……」

「採用」

「へ？」

素っ頓狂な声をあげる菜花を解放し、金桝は全てを魅了してしまうかのような微笑みで、もう一度言った。

「採用だよ。卒業までは試用期間としてアルバイトで、春からは本採用で正社員として働いてもらう。雇用条件は、その時に改めて説明するよ」

「えっと、あの……」

「これからもよろしく」

そう言われて、ようやく受け入れられたことを実感する。

「はい！　こちらこそ、よろしくお願いします！」

「きゃあ！　菜花ちゃんが正式にうちに入ってくれるなんて！　結翔君にも知らせなきゃ」

「美沙央さん！」

「結翔君、新しい仕事に着手するための下調べに出てるのよ。知らせたら喜ぶわ」

ウキウキしながら結翔に連絡を取る美沙央を見て、菜花は小さく笑う。

「これからは、もっと多くの仕事を受けられそうだ」

そう言う金桝に、菜花はおののきながらもグッと踏みとどまる。

ここで引いてはいけない。引くものか。恐れるものなど何もない。

「はい。どんどん受けてください」

「頼もしいね」

ポン、と一度だけ菜花の頭を撫で、金桝は仕事に戻る。菜花も自分のデスクに向かった。

菜花には味方がいる。何があっても助けてくれて、守ってくれる、心強い最強の味方が。

「菜花ちゃん、結翔君からヘルプがあったわ。ちょっと手伝ってもらえる？」

「はい！」

助けられるだけではなく、守られるだけではなく、菜花自身も成長していかなくては。それには、仕事で経験を重ねていくしかない。

今できることはほんの僅か。だが、継続は力なり。できることを、少しずつ増やしていくだけだ。

やる気に満ちた菜花の顔を眺めながら、金桝は花が咲きほころぶように微笑んだ。
S.P.Y.株式会社――弊社は、御社の社内監察に際しまして、特別丁寧に、且つ完璧な仕事を目指し、必ずやご満足いただくことをお約束いたします。必要とあらば、ぜひご一報を。

CASE 2 食い違う証言

1

季節は巡り、菜花は無事に大学を卒業し、S.P.Y.株式会社に入社した。

そして、短期の仕事で更に実績を積み、結翔とのコンビもかなり板についてきていた。

「お疲れ様です！」

「お疲れ〜っす」

短期潜入していた仕事が終わり、最終報告書を提出するためS.P.Y.の事務所に戻ってきた二人は、ぶんぶんと大きな身体を揺らしながら手を振る人物を見て、ギョッとする。しかし、結翔はすぐに我に返り「お久しぶりでーす！」なんて軽く挨拶をする。

「おぅ、ゆう君は相変わらず元気だなぁ」

「いえいえ、仕事終わりでヘロヘロっす」

「そうか。じゃあ、この後焼肉でも行くか？　あ、知り合いがジビエの店をやってるんだけど、そこはどうだ？」

「ジビエ？　貴久（たかひさ）さん、共食いになりませんか？」

「こんの〜〜っ！」

結翔が貴久と呼んだ男、彼は早乙女貴久といって、美沙央の夫であり、投資家だ。彼は金桝を非常に気に入っており、彼に投資をしている。いわば、S.P.Y.のオーナーともいえる人物だ。そして、特筆すべきはその容姿にあった。

190cm近くある筋肉質な体躯、真っ黒な毛は量が多く、まとめるのに苦労することが容易に想像できる。暗闇の中で突然彼が現れたら、誰もが悲鳴をあげて逃げ出すだろう。簡単に言うと、早乙女貴久は熊男だった。見目麗しい妻の美沙央と並ぶと、まさに美女と野獣である。

菜花は初めて貴久を見た時、その巨体にとにかく圧倒された。近づくと押し潰されそうな圧に、つい逃げ腰になってしまったものだ。

しかし、彼の顔をよく見ると、優しげで温和な雰囲気、話してみてもそのとおり。お茶目なところもあって、それがいい意味でギャップになっている。

最初は少し怖いと思った菜花も、あっという間にそんなものは消し飛んだ。今では、貴久を年の離れた兄のように慕っている。だが、突然その姿を目にすると、やはり驚いてしまう。なにせ迫力と圧迫感がすごい。それなりに広い事務所が狭く感じるほどなのだから。

「結翔君ったら、相変わらずうちの旦那が大好きねぇ」

美沙央は呆れている。

聞くと、結翔はいつもあんなことを言っては、貴久に追い回されているのだという。それを楽しんでいるらしい。そしてそれは、貴久も同じだった。口では「こらー」なんて言いな

がら も、ニコニコ笑いながら結翔を追いかけている。

菜花はそんな二人を横目に、報告書を金桝に提出する。

「か……惇さん、こちらが報告書になります。確認をお願いします」

「チッ、惜しい」

軽く舌打ちする金桝に、菜花は肩を竦める。

「貴久さんがいらしてるのって、美沙央さんのお迎えですか？」

菜花が尋ねると、金桝は首を横に振った。

愛妻家の貴久は、時折妻を迎えに来る。しかし、大抵は外で待ち合わせて帰るのだが、今日は事務所に顔を出している。

金桝は菜花の顔をじっと見つめる。何かあったのだろうか。菜花はウッと息を詰め、後退る。

「な、なんですかっ！」

金桝はニッと笑い、大きな声で言った。

「よし！　いよいよ菜花君も独り立ちだ！」

事務所の中で鬼ごっこをしていた結翔に貴久、自席で優雅にお茶を飲んでいた美沙央、なにより、金桝の目の前にいる菜花でさえも驚愕する。

「ひ、ひひひひ、独り立ち⁉」

金桝は一人納得したように、うんうんと頷いている。

「菜花君もうちでの仕事に慣れてきたし、そろそろ独り立ちしてみてもいいんじゃないかと思って。ちょうど、それに合う依頼が入ってきたしね」

金桝が貴久を見遣る。貴久は呆気に取られつつ、菜花の方を見た。そして、一言。

「あ、なっちゃんもいたんだね」

どうやら、菜花は貴久に認識されていなかったようだ。

菜花は金桝と貴久を交互に見て、へらりと力ない笑みを浮かべるのだった。

＊

「いやいや、なっちゃんはゆう君と違って、奥ゆかしいから」

「それ、もしかして言い訳かしら？」

「暗に、菜花の存在感が薄いって言ってない？」

「ちっ、違うからっ！　なっちゃん、違うからね！　そうだ、今日はなっちゃんの食べたいものをなんでも奢るよ！　豪華ディナーにご招待！　何食べたい？」

貴久は必死である。大きな身体を丸めている姿がなんだか可愛らしく見えてきて、菜花は思わず笑ってしまった。

「大丈夫ですよ、貴久さん。結翔君といると、よくあることなので」

実際そうなのだ。顔立ちの派手な結翔と一緒にいると、そちらに目がいくのか、菜花の存在は忘れ去られることがある。いや……友人たちと一緒の時でもそうかもしれない。

私、存在感薄い？　なんて若干落ち込みながらも、貴久に笑顔を向ける。

「ほんっと失礼しちゃうわよね！　今日は豪華ディナーをご馳走してもらいましょう！」

と美沙央が言うと、結翔が諸手を挙げて賛成する。

「やったー！」

「結翔君が喜んでどうするの」

「貴久さんは、当たり前のように名前で呼べるんだ。僕のことは呼び間違えるのに。菜花君、ひどい……」

皆がそれぞれ勝手なことを言っている。

話がどんどん逸れていっているのを感じ、菜花は慌てて話題を引き戻した。

「惇さん！　そ、それで、その依頼ってなんですか？」

「お、やる気だね。さすがは菜花君だ」

金桝は一転してご機嫌になり、手にしていた資料を菜花に渡す。

「今回の監察は、菜花君だけにお願いするよ。結翔君は外からのサポートになる」

「……はい」

緊張する。一人で潜入するのは初めてなのだ。上手くやれるだろうか。

ドキドキしている菜花に、更なる追い打ちがかかる。

「今回の派遣先は、デザイン製作会社だよ。監察内容はずばり！　社内不倫！」

「社内……不倫……？」

「うわー、それ、菜花に調査できんのかな？」

「そうよねぇ……」

結翔と美沙央が心配そうな顔でこちらを見ている。ついでに、貴久もだ。

「な、なっちゃん！　もし嫌だったら、ゆう君に任せちゃってもいいよ！」

「貴久さん、甘やかしすぎ」

「だって、純真ななっちゃんに不倫調査だなんて！」

「あの、私も一応成人している身なので、もう純真とは言いづらいんですが……」

皆は心配してくれている。しかし、金桝は菜花一人でもやれると判断した。

ここで受けねば、女が廃(すた)る！　菜花は意を決し、資料をぎゅっと抱きしめた。

「不倫調査、頑張ります！」

「そこは、社内監察って言ってほしかったなぁ」

カラカラと笑いながら金桝にそうつっこまれ、菜花は顔を真っ赤にした。

そんなこんなで、いよいよ菜花も独り立ちである。

2

「青柳(あおやぎ)社長と青井(あおい)副社長、貴久さんと雰囲気が全然違うよね」

現在の時刻は、十二時十五分を過ぎたところ。

デザイン部デザイン一課のエリアはガランとしていた。

株式会社ブルーグラフィックス、菜花がS.P.Y.からの派遣社員として派遣された会社だ。

様々なデザインを手掛ける会社で、メインのデザイン部は一課と二課に分かれている。一課は、リーフレットやチラシ、ポスターなど、主に紙媒体のデザインをする部署で、二課はＷＥＢデザインやＷＥＢ広告など、主にＩＴ関連のデザインを請け負っている。

菜花は、デザイン一課に配属されていた。

ブルーグラフィックスは、社長である青柳直樹と副社長の青井学の二人で立ち上げた会社だ。二人は同じ高校を卒業しており、その頃から仲のいい友人同士であった。そして、彼らと共通の友人というのが、貴久だったのだ。

今回の依頼は、貴久経由である。貴久がS.P.Y.の事務所に訪れていたのは、この件を金桝に依頼するためだった。

金桝から受け取った資料を確認すると、青柳と青井の写真も添付されてあった。

青柳は、がっちりとした筋肉質なタイプで、彫りの深い顔立ちをしていた。どこか日本人離れしたような雰囲気があり、それが彼の魅力になっている。そして青井は、色白で細身、顔つきも穏やかで優しげである。

二人の見た目は、とても洗練されていた。おしゃれで金持ち、しかも社会的地位もある。これでモテないわけがない。独身時代は、さぞや派手な私生活を送っていたに違いない。

貴久の場合は、身体つきは熊のようだし、顔だって気のいい素朴な兄貴といった感じで、金持ちといった雰囲気はない。着ているものはそれなりに洒落ているのだが、これは美沙央がコーディネートしているからだと思われる。

同じ高校出身だというけれど、貴久と彼らは、あまり接点がなかったのではないかと思われた。そのくらい印象が違うのだ。真逆と言っていい。といえど、男子の交友関係は女子とは違うので、なんとも言えないのだが。

「まぁ、私は貴久さんの雰囲気の方が、安心感があって好きだけど」

そんな独り言を呟きながら、弁当の卵焼きを口に入れる。

菜花は、日によって昼食を弁当と外食に分けている。他の皆は、ほとんど外食である。安くて美味しい社員食堂があるので、大抵はそちらで済ませているようだ。

菜花もずっと社員食堂にすればいいのだが、こうして一人でぼんやりしたい時もある。仕事をしている時も休憩している時も、もう一つの仕事に集中しなくてはいけないからだ。

もう一つの仕事、それは「監察」である。

貴久からの依頼は、とある男女の関係性を調査してほしい、ということだった。

3

デザイン一課と二課を統括するデザイン部部長、彼に不倫疑惑があるのだという。

彼の名は、木内雄太。不倫疑惑を訴えたのは、彼の妻である香織だ。

香織は、元ブルーグラフィックスの社員で、現在は専業主婦である。社の立ち上げ直後からのメンバーということで、現在も青柳や青井と交流がある。そんな彼女が、社長である青柳に相談したことが、事の発端だった。

相談する相手が社長ということに驚くが、立ち上げ当初からの付き合いであれば、役職抜きで親しいのだろう、と菜花は解釈している。

「相変わらず、お兄ちゃんは料理上手だなぁ」

卵焼きをもう一切れ口に入れる。

自分で作れたらいいのだが、いかんせん菜花は不器用で、料理はあまり得意ではない。その上、出勤までの短時間で弁当を作りあげるなど、逆立ちしたって無理だ。

菜花は、兄お手製の弁当を食べながら自分のスマートフォンを操作する。そこに、今回の仕事の資料が格納されているのだ。

香織は、夫の不倫に感づいてはいるが、相手までは特定できていないそうだ。今回の依頼は、相手の特定も兼ねている。

「デザイン一課だと思う、って……」

香織のその言葉で、菜花はデザイン一課に配属されることになった。相手は二課という可能性もあるが、とりあえずは一課にそれらしい相手がいないかを調査することになっている。

「あら、杉原さんはお弁当なの？」

ハッと顔を上げると、目鼻立ちのはっきりした勝気な美人が、菜花に近付いてくる。その後ろには、控えめに会釈するおとなしそうな女性が立っていた。

「大島(おおしま)さん、三浦(みうら)さん、お疲れ様です」

菜花は箸を置き、二人に挨拶をする。

菜花に声をかけてきた美人は、大島恵(おおしまめぐみ)といって、デザイン一課でもっとも活躍している女性だ。彼女はかつて、大きな仕事を並みいる競合を押しのけて勝ち取った実績があり、常に注目される存在だった。

そして、彼女に付き従うように立っているのは、大島のアシスタントである三浦真央(みうらまお)。彼女が入社してきた際に大島が教育係になり、気に入ってアシスタントにしたのだという。

三浦は口数が少なく、人付き合いも苦手なようで、いつも大島の背に隠れている。大島と三浦は、まるで太陽と月のように菜花の目には映っていた。

「あら、美味しそうね。杉原さんはお料理上手なんだ」

菜花はさりげなくスマートフォンの画面を裏返し、いえいえと手を振る。

「違うんです。これ、私が作ったんじゃなくて、兄が作ってくれたんです」

「え？　お兄さん？　すごいわね！」

「兄は器用で、家事も得意なんです。料理は特に好きみたいで、自分の分のついでといって、私の分も作ってくれて」

「素敵なお兄さんね。彼女持ち？　いないなら、私が立候補したいくらい！」

「いえいえ、大島さんみたいな綺麗な人に、うちの兄は釣り合わないですよ」

「そんなことないわよ」

そう言って、大島が形のよい唇をクイと上げる。その自信に満ちた笑みに、ドキリとしてしまう。同性の菜花でさえこうなのだから、異性などイチコロだろう。相手など、選り取り見取りに違いない。

怜史も一応イケメンの部類には入るが、大島ならもっと上でないと満足しない気がする。例えば、金桝のような――。

「大島さん、午後から部長と打ち合わせがあるって……」

「あぁ、そうだったわ。真央、資料は用意できているのよね？」

「はい」

「目を通さなきゃ。それじゃ、杉原さん、ごゆっくりね」

「はい、ありがとうございます」

部長との打ち合わせがあるから、早めに戻ってきたのだろう。

常に期待されるというのは、なかなかに大変だ。打ち合わせといえど、気は抜けない。

菜花は自席に戻っていく彼女たちを見送りながら、小さく肩を竦めた。

ブブッという小さな音に、菜花は目線をスマートフォンに戻す。見ると、結翔からだった。

『木内部長のアカウント発見』

結翔が知らせてきたURLをタップすると、SNSアプリに遷移する。短いつぶやきを書き込むタイプのSNSだ。

「お酒好きなんだ」

木内のアカウントのアイコン画像は、ハイボールの写真だった。アカウント名は本名とは全く違うものになっていて、よく特定できたなぁと感心する。

内容を確認していくと、なるほど、ところどころで木内だとわかるようなことが書かれてあった。例えば、出張に行った日付と出張先が一致していたり、仕事の内容が進めている案件を示唆させるものだったり。

一応は書き込む内容に注意を払っているようだが、見る人が見ればわかる。意外と脇が甘いのだな、と菜花は吐息した。

すると、再び結翔から連絡が入る。今度は、大島のアカウントを発見したらしい。

「んーっと……わぁ、おしゃれだぁ」

大島の方は、画像がメインのSNSだった。カラフルでおしゃれな画像が並んでおり、見ているだけで楽しい。フォロワー数も万単位である。

「さすがデザイナーさんというか。写真の撮り方も上手いなぁ」

顔となる一枚目にインパクトのある画像があるものだから、次から次へと誘導されてしまう。フォロワーが多いのも大いに頷けた。

書き込んでいる内容は、おすすめの店だったり、化粧品の使用感だったり、買った洋服や雑貨のことだったりと、よくあるものだ。

あと、男女問わず友人が多いようで、仲間たちと写っている写真もたくさんある。キャンプや旅行、ショッピング、ちょっとしたホームパーティーで、大島は楽しそうに笑っていた。

「特に怪しいものは見当たらないなぁ」

注意深く写真を見るが、不倫を思わせるような怪しいものは見つからない。

この仕事に入る前に美沙央からいろいろ教わったのだが、何もないように思える。

『二人の裏アカも探る』

結翔からのメッセージは、そこで終わっていた。

「裏アカかぁ」

ほんの少し興味はそそられるが、怖いという気持ちもある。

「それにしても……美沙央さんは、大島さんが怪しいと睨んでるんだよね。女の勘って言ってたけど」

木内の妻は、不倫相手はデザイン一課の人間だとあたりはつけているようだが、美沙央は更にその中から大島に絞り込んだ。

菜花は、美沙央の言葉を思い出す。

『その奥さん、相手は大体わかってると思うわよ。調査でそれをはっきりさせたいだけね』

女の勘、恐るべし。幸か不幸か、菜花にはまだ備わっていないようだが。

とりあえず、木内と大島に注意を向けつつ、他の女性たちも観察しなくてはいけない。

先入観はよくないが、美沙央にあたりをつけてもらってよかったと思う。あっちもこっちもそっちもなんて、そんな器用なことは菜花には難しい。

「でも……」

午後からの打ち合わせのために資料を確認する大島を盗み見て、思う。

「その気になればどんな人だって落とせるだろうし、そんな人が不倫なんてするのかな？」

木内は現在四十六歳だが、そこらの四十代の男性よりは若々しいし、見た目も悪くない。しかし、恋人として彼を選ぶだろうか？

大島は自分が美しいことを自覚しているし、プライドが高い。そんな彼女なら、年相応のもっと見栄えのいい男を選びそうなものだ。

ならば、仕事が絡む関係なのか。いや、それもないと思われる。彼女は自身の力で大きな仕事を取ってきた実績があるのだ。それに、彼女の名前で仕事が依頼されることもある。

「打算とか何もなくて、純粋に恋に落ちちゃったとか？」

小さく呟いた後、すぐに首を振る。

「先入観は禁物」

自分にそう言い聞かせる。金桝にもそう教わった。木内の相手は、まだ大島と決まったわけではない。

「まずは、相手を確定させなくちゃ」

菜花は弁当の残りを平らげ、午後の始業までの時間を、二人のＳＮＳを確認することに費やした。

4

「あー、また大島さんにいい仕事を持っていかれちゃった」

「旅行会社のパンフレットでしょ？　ほぼテンプレでOKってとこなのに、どうして？　能力の無駄遣いじゃないの？」

「わかんない。おまけに、取材にも行くらしいよ？　石垣島だって！　私が行きたかった！」

「うわ、なんて美味しい仕事！」

「有無を言わさず、部長が大島さんに割り振ったのよ。さすが部長のお気に入り」

「贔屓されてる人はいいよね」

定時もかなり過ぎた時間、オフィス内には人もまばらだった。休憩所にも誰もいない。

だからこそ、話している二人は油断したのだろう。自動販売機のちょうど真後ろに、菜花がいることにも気付かず、二人は愚痴を言い合っている。

どうして菜花がこんな時間に社内にいるのか？

実は、一度退勤していた。しかし、忘れ物を取りに来たという体で、再び会社に戻ってきたのだ。そして、しばらく休憩所に潜んでいた。

そう、これは隠密の情報収集、つまり「盗み聞き」である。

面と向かって話をしても、なかなか本音を引き出せない。それとなく誘導はしてみるのだが、菜花が派遣に入ってまだ日も浅いこともあり、上手くいかない。

というわけで、この方法を取った。

「ちょっと良心は痛むけどね……」

こっそりと呟く。ボイスレコーダーを仕込んでいるので、自分の声が録音されないようにだ。隠し撮り、盗み聞き、こっそり録音、その他諸々、最初は若干の抵抗があったものの、いまやそれが当たり前になっている。

いや、やはり咎めるものはあるのだ。だが、社内監察を行う上で必要なものだと割り切れるようになった、ということである。

彼女たちの話によると、木内が大島にいい仕事を優先的に回しているようだ。お気に入りという言葉も、いい意味ではない。彼女たちの羨み、妬みが仄かに感じられる。

「美味しい仕事はいつも大島さん。確かに、大きな仕事を取ってきたこともあるし、実力はあるのかもしれないけど、その前からも結構贔屓されてたよね」

「そうそう。ねぇ、知ってる？」

これまでより声のボリュームを落とし、一人が言う。もう一人が興味津々といった様子で「なになに？」と前のめりになる。菜花も息を殺し、耳をすませた。

「木内部長と大島さん、付き合ってるんじゃないかって噂があるの。入社してきた大島さんを、木内部長が見初めたって」

「えー、嘘！　だって、木内部長って結婚してるじゃない！　え？　もしかして……」

「不倫、してるんじゃないかって」

「うわぁ……。部長の奥さんって、元うちの社員でしょ？　あんまりよく知らないんだけど」

「そうよ。ここの立ち上げからすぐに入ったメンバーで、青柳社長や青井副社長とも仲が良かったわ。幹部じゃないけど、幹部みたいな扱いだった」

「へぇ、そうなんだ。木内部長って面食いだし、綺麗な人でしょ？」

「ええ。美人だし、華やかって感じ。まぁ、大島さんもそんな感じだけど」

「確かに。しかも、男好きする系」

「言えてる！」

　菜花の心臓は、ドキドキと脈打っていた。

　彼女たちの話が本当だとすると、木内と大島は付き合っている可能性が高い。

「美沙央さん、すごすぎ」

　美沙央が大島に目をつけた時、その理由を尋ねた。すると、美沙央はこう答えた。

『一番は、仕事の実績よ。見るからに派手で、華やかなものばかり。それは、彼女が入社してからずっとだわ。そんなの、いくらなんでもおかしいでしょ？』

　彼女たちも話していたが、大島は注目される以前からそういった仕事をメインとしていた。

　金桝から受け取った資料は、綿密に事前調査されたもので、仕事履歴も徹底的に細かく記載されていた。他の社員たちの履歴には、全く表に出ないような小さな仕事の方が多いが、大島の履歴にはそういった仕事は圧倒的に少なかった。優遇されていることは明白である。

　資料を最初に見た時点では、菜花はそこまで気付かなかった。さすが美沙央である。

『まぁ、綺麗だからっていうのも理由の一つよ？　色気もあるしね』

　と言って、悪戯っぽく肩を竦める美沙央も負けてはいなかった。

菜花は、電源を切ったボイスレコーダーを、慎重にポケットに入れる。

「もう一度、ちゃんとSNSを確認した方がいいかも」

改めて確認すれば、匂わせ写真などが見つかるかもしれない。木内は、付き合っている男としては上等の部類に入るだろう。一応、自慢にはなる。だが――

「部長の方が、自慢したいかも」

自分は、こんな極上の女と付き合っているのだ、と。

「大島さんより、むしろ部長の裏アカを見てみたい」

ない可能性もあるが、あるような気がする。これは、菜花の勘だ。

「結翔君、頑張って見つけて！」

目にも止まらぬスピードでキーボードをぶっ叩いている結翔を思い浮かべながら、菜花はそう祈るのだった。

5

仕事帰り、菜花はS.P.Y.の事務所に寄る。いつもは週に一度なのだが、二度は顔を見せること、進捗（しんちょく）を報告することを、金桝に厳命されているからだ。初めて菜花を単独で潜入させるということで、彼も心配なのだろう。

「お疲れ様です」

ドアを開けると、金桝と結翔がいた。美沙央もまだ残っている。

「美沙央さん、時間は大丈夫なんですか？」

「全然平気。菜花ちゃんの様子を教えてって言われてるし」

「……貴久さんにも心配されてる」

「うちの旦那からの依頼だしねー。彼、『なっちゃんは大丈夫かなぁ』って、しょっちゅう言ってるわよ」

「皆から愛されてるね。さすがは菜花君だ」

金桝がニコニコ笑いながら、ミーティングスペースにやって来た。結翔は人数分のコーヒーをトレイに乗せ、給湯室から出てくる。

「あ、結翔君、ありがとう」

最近の結翔は内勤が多いようで、こういったお茶出しをする機会が増えたらしい。

「どういたしまして。一人はどう？ 順調？」

「順調かはわかんないけど、とりあえずは大丈夫」

「ならいいけど」

結翔も、大概過保護で心配性である。

結翔はデスクにコーヒーを並べ、いつもの席につく。それを合図に、金桝、菜花、美沙央も席についた。

「菜花君、進捗報告を」

「はい」

金桝に促され、菜花はこれまでの情報を皆に共有する。

木内と大島の関係を周りは怪しんでいること、資料が示すとおり、大島は新人の頃から優遇されていたこと、現在知り得た二人のＳＮＳからは、関係を示唆するような内容は見つからなかったこと、などなど。

「表アカウントでは、怪しい部分は何もない、と」

現時点での報告書に目を通しながら、金桝が確認してくる。

「そうなんです。木内部長は自分の予定なども明かしていますが、出張とか、奥様と食事に出かけたとかそういうもので、不倫に結び付くような内容は見つかりません」

「大島さんの方も、友だちと遊んだりしている写真はたくさんあるけど、それだけね。後はデザイン関連ばかり」

菜花だけでは心許（こころもと）ない部分があり、美沙央にもチェックをお願いしている。だが、彼女も不倫に繋がる内容は見つけられなかったようだ。

「ですよね。美沙央さんチェックでも同じ結果でよかった……」

後半は呟きだが、それを聞いて他の皆が苦笑している。

仕方ないではないか。自分はどうやら、そういう方面に疎いようなのだから。

笑っている面々に視線でそう訴えていると、おもむろに結翔がメモを差し出してきた。

「これは？」

「デザイン一課全員のＳＮＳアカウント。一応渡しておく。チェックしてみたけど、今回の依頼に繋がるような書き込みやら写真やらは、特に見つからなかった。あと、木内と大島の裏アカはもうちょっと待ってて。今探ってるから」

「ありがとう、結翔君。よろしく」

　菜花はメモを受け取り、後で彼らのＳＮＳを確認することを、頭の中のＴＯＤＯリストに書き込む。

「菜花君、ちなみに、他の女性社員と木内部長はどんな感じ？」

　金桝の問いに、菜花はしばらく逡巡した後、こう答えた。

「ありと言えばありで、なしと言えばなし、という感じですか……」

「なんだそれ！」

　結翔から即座にツッコミが入る。だが、本当にそうなのだ。

「だって、木内部長って女の人と仲がいいんだよ！　というか、モテるの！　大島さんだけじゃなく、他の人も部長に近付こうと虎視眈々と狙ってるっていうか……」

「あら、楽しそう」

「楽しくないです！」

　瞳を輝かせる美沙央に、菜花はとんでもないと拳を握りしめ、何度も首を横に振った。

　隙あらば、大島の位置を奪い取ってやるという気概のある女性社員も一定数存在している。

皆、美味しい仕事が欲しいし、評価も欲しい。中には、純粋に木内を想っている者もいた。

「いろいろ話を聞いたり、見たりしているうちにわかったんですけど、デザイン一課って、女の戦いが熾烈な部署みたいです」

「菜花、巻き込まれないようにね」

「気を付ける」

　とばっちりを受けないよう、菜花なりに気を付けてはいる。ただ、菜花は派遣社員だし、直接木内と接する機会もあまりなく、あえて近づこうともしないので、たぶん彼女たちの眼中には入っていないだろう。

「その中で、怪しそうな人はいる？」

「……それが、わからないんです」

　木内は、誰か一人を特別扱いはしていないようで、皆にいい顔をしていた。相談にかこつけて食事に誘われたとしても、それぞれに付き合っているらしい。

「尾行した方がいいですか？」

　菜花が尋ねると、金桝は首を横に振る。

「いや、あまり意味はなさそうだし、いいよ。それに、尾行なんて危険だし、やるなら結翔君に頼むから大丈夫」

　結翔の方を見ると、うんうんと頷いている。それを見て、菜花は内心ホッとした。言ってはみたけれど、尾行なんてとてもできるとは思えない。

「木内部長は、大島さんとの仲をカムフラージュする意味でも、他の女性社員たちに付き合っているのかもね」

「男の浅知恵。そんなこととしても、誤魔化せるわけないわよ」

美沙央の言葉に、金桝は苦笑いしながら頭を掻く。結翔は「こわっ」と言って両手で身体を抱えたが、菜花だけは尊敬の眼差しを向ける。

「さすが美沙央さん！　美沙央さんのその鋭さが私にもあればなぁ……」

そう言うと、美沙央はガバッと菜花に抱きつき、よしよしと頭を撫でる。

「菜花ちゃんは本当に可愛いわねぇ。いいの、菜花ちゃんはこのままでいて！」

それだと、今後の仕事にも支障が出るのでは？　と思いつつも、菜花は美沙央のされるがままになっていた。

6

結翔が木内と大島の裏アカウントを突きとめるまでは、注意深く社内を細かく観察するしかない。菜花は頼まれ仕事をこなしながら、視線をあちらこちらに彷徨(さまよ)わせていた。だから、気付いたと言っていい。

「あれ……？」

大島が背を向けた瞬間だった。アシスタントの三浦が苦しげに眉を顰めたのだ。

しかし、それはほんの一瞬のことで、すぐにいつもの表情になる。三浦はあまり感情を表に出さないので、その表情が妙に気にかかった。

これまでは三浦のことはあまり気にしていなかった。彼女は木内にも一定の距離を保っているし、特に親しい雰囲気もない。上司と部下という関係以上のものがあるとは思えなかったので、除外していたのだ。

「今回の仕事に関係はない……とは思うけど」

それでも気になる。

それ以降、菜花は三浦の動きも観察することにした。すると、これまで知らなかったことが、次々と明らかになっていく。

三浦は、いつも大島より帰りが遅い。それに比べ、大島は早めにあがることが多く、遅くなったとしても二十時以降に会社にいることはない。その時間なら、まだ仕事をしている人間はたくさんいるというのに。

「抱えている仕事は多いはずなんだけど……」

なにせ、彼女は期待の星。大切な仕事ほど任される存在である。

「家で仕事してるのかな」

その可能性もある。しかし、大島には資料を持ち帰ったりする様子は見られない。一方の三浦は、毎日遅くまで会社で仕事をしている。

菜花はわざと残業したり、退勤した後にこっそり戻ってきたりして、その事実を確かめた。

そして、三浦の姿を眺めながら首を傾げるのだ。

「三浦さんがこんなに遅いなら、大島さんだってそうなると思うんだけど……」

不可解だと思った。

「あ……」

デザイン部で仕事をしていた三浦以外の最後の一人が出て行った。三浦は、その人物と挨拶がてら、自席を離れる。

「ちょっとだけ失礼しまーす……」

菜花は、デザイン部からちょうど死角になっている場所に潜んでいた。そこは総務部で、すでに誰もいない。そこからこっそりと様子を窺っていたのだ。

菜花は急いで三浦の席まで移動し、彼女のデスクを見る。パソコン画面はロックされており、画面は真っ黒だ。当然、モニターにも何も映っていない。

がっかりする菜花だが、デスクの右端に寄せられた雑誌に気付く。ページが開かれており、そこには有名ホテルの広告が掲載されていた。

「へぇ……可愛い」

格式の高いことで有名なインペリアルリッチホテルと、子どもに大人気のカードバトルゲームがコラボするらしい。そういえば、ニュースで見たような気がする。

ゲームの世界を再現した部屋をいくつか作り、ファミリー向けに提供するようだ。子どもが喜ぶ工夫がいくつも施されており、見ている菜花も思わず泊まりたくなってしまう。

壁紙に可愛らしいキャラクターが描かれていたり、アメニティーがゲームアイテムの形になっていたり、棚にはキャラクターのぬいぐるみも置かれている。この広告には、そういった情報も余すところなく提示されている。

「情報量がある割りに、すっきりまとまっていて見やすいなぁ」

この会社で働くようになってデザインに触れる機会が増え、菜花もいろいろとわかるようになってきた。そして、その難しさも。

「杉原さん？」

その声に、飛び上がりそうになる。恐る恐る振り返ると、三浦が訝しげな顔で菜花を見つめていた。

「あ、えっと、その……」

「帰ったんじゃなかったの？」

「いえっ、わ、忘れ物を取りにきたんです！　そしたら、三浦さんの席にまだ荷物があったので、いらっしゃるのかなって……」

咄嗟にしては、いい言い訳だと思った。S.P.Y.に入る前の菜花なら、きっと何も言えなかっただろう。そして、彼女に警戒されていたかもしれない。

三浦は納得したらしく、表情を和らげた。そして、菜花の見ていたものに気付く。

「この広告、どう思う？」

突然そう尋ねられ、菜花は不思議に思いながらも、感じたことを答えた。

「わかりやすいし、可愛いし、少々高くても頑張って泊まってみたいなって思います。情報量が多いのに、見やすくてわかりやすいし、すごいですよね」

この答えに、三浦も大きく頷く。

「そうよね。私もそう思った。……やっぱり、今井さんはすごい」

「今井さん？」

「今井七海さん。知らない？」

「はい」

初めて聞く名前だ。ブルーグラフィックスに在籍していただろうか？

「この会社の方ですか？」

三浦は違うと言ってパソコンを操作し、「今井七海」と入力する。検索結果から、彼女の経歴について書かれたページを表示させた。

「フリーの方なんですね。あ、あの遊園地のポスターも、この人がデザインしたんだ。あれ？　九州でやってた食イベントもだ。うわぁ……大きな仕事、いっぱいやってる！」

「どれも印象に残るデザインだわ。今井さんは、元は広告代理店に勤務していたんだけど、今はフリーで活躍しているの。彼女は専門の頃から高い評価をされていた、すごい人なのよ」

三浦を見ると、彼女の顔は恍惚としており、どこか誇らしげだ。尊敬、いや、強い憧れを抱いていることがよくわかる。

「専門？　専門学校ですか？」

「そう。私は今井さんのデザインに憧れて、同じ専門学校を選んだの」

「そうだったんですね……」

「今井さんのデザインならすぐにわかる。この広告を見た時も、絶対今井さんだと思った」

ここまでくると、かなり熱心なファンと言えるだろう。

これまで三浦にはクールなイメージしかなかっただけに、彼女の意外な一面に驚いた。だが、これをきっかけに、距離を詰めることができるのではないかと密かに目論む。

「今井さんを目標にされているんですね。だから、三浦さんはいつもこんなに遅くまで頑張っている……すごいです！」

その瞬間、三浦の口元が歪んだ。菜花はそれを見て、身を強張らせる。そうだという返事を期待してそう言ったのだが、気に障ったのだろうか。

言葉を失う菜花に、三浦はとりなすように作り笑いを浮かべる。

「それならいいんだけどね。さ、もう遅い時間だし、早く帰った方がいいわ。お疲れ様」

三浦は菜花から背を向ける。もう話すことはない、という意思表示だ。

「すみません、お疲れ様でした」

菜花は一礼し、その場を去る。やってしまった、という悔しさを、胸の内に滲ませながら。

しかし、何が良くなかったのか。この時の菜花には、まだ理解することができなかった。

7

「菜花、お待たせ！」

結翔から連絡が来たので、菜花は週末の仕事帰り、結翔と実家の最寄り駅にあるファミレスで待ち合わせていた。

「お疲れ様、結翔君」

「そうだね。じゃ、おばあちゃんとお兄ちゃんに連絡する」

「お疲れ。あー、腹へった～。どうせなら、飯食べていこうか」

「おぅ」

帰りが遅くなる時は、必ず祖母と兄に連絡を入れる。祖母は夕飯を準備しているからだが、兄は心配性のためだ。

菜花はスマートフォンを操作し、二人に結翔と一緒に夕飯を食べて帰ると連絡した。その間、結翔はメニュー表を開いて、何を食べようかと思案している。

「決まった？」

「どうしようかなぁ……。菜花はどうせ、チーズドリアでしょ？」

「どうせって何よ！」

「合ってるくせに」

「合ってるよ！」

菜花の答えに結翔は「合ってるんじゃん」と笑いながら、メニュー表をめくっていく。

この店に来た時、菜花はいつもチーズドリアを注文する。お気に入りなのだ。長い付き合いの結翔は、さすがにわかっている。

「毎度毎度よく飽きないなと感心するわ。俺は……ヒレカツにしよっと」

ボタンを押して店員を呼び、オーダーを済ませた後、結翔は菜花にメモを渡した。

「これは……もしかして？」

「もしかする」

メモを見ると、そこにはアカウントが書かれてある。

「あれ？　一つだけ？」

「大島は、裏アカウントを持っていないみたいなんだ」

「ということは、これは木内部長の」

「そう。なかなか面白かったよ」

ニヤニヤ笑う結翔の表情を見て、目当ての情報が得られたのだろうと予想した。

「見てみ！　見てみ！」

「はいはい」

結翔に急かされ、菜花はSNSアプリを開き、メモのアカウントを検索する。すると――

「うわぁ……」

たくさん並んだ写真を順番に見ていくうちに、菜花はげっそりとしてくる。

「女誑し……」

いろんな女性と一緒の写真が、わんさかアップされている。顔がはっきり写っているものはないが、見る人が見ればわかる。

「これは一課の人でしょ、こっちは二課だ。うわ、総務部の人もいるし、経理部の人も！　あ、こっちは営業の人じゃん！」

「あらゆる部署の女性に手出してんだ。すげぇ」

この女性たちは知っているのだろうか？　木内が自分以外の女性とも関係を持っていることを。

「裏アカウントだし、ただのお友だちじゃないよね……」

「異性のお友だちとホテルは行かないんじゃね？」

結翔が数枚の写真を指差して言う。大きなベッドがあり、ムーディーな照明であることから、明らかにそういったことを目的とするホテルの一室に違いない。

木内は、社内の様々な部署の女性と関係を持っているようだ。しかし、ある一人の女性との写真が最も多い。ホテルでの写真は、その女性に限定されていた。

「これって……大島さん、だよね……」

顔ははっきりと写っていない。しかし、後ろ姿とか、ほぼ髪に隠れてはいるがその横顔は、大島のものだとわかる。それに、手足の一部分には、普段大島が身につけているアクセサリーが写りこんでいた。

「惇さんや美沙央さんにも見てもらったけど、彼女に間違いないって言ってたよ」

「だよねーっ」

　写真でしか見たことがないにもかかわらず、金桝と美沙央が大島だと断定するくらいだ。毎日顔を合わせている菜花も、そうだと認めざるをえない。

　しかし、不思議に思う。

「普通、こんな匂わせ写真をアップするのって、女性側じゃない？」

「そうなんだよなぁ。でも、大島の裏アカウントはどうしても見つけられなかったんだよ」

「ふぅーん……。なんか意外」

「だな。これは美沙央さんが言ってたんだけど、もしかすると、大島の方は割り切っているのかもって」

　よく聞くのは、男性の方が女性をいいように利用しているケースだ。しかし、大島たちのケースは逆なのだろうか。菜花は大島を思い浮かべ、考え込む。

　ありえなくもない、と思う。大島はかなりの美人だし、既婚者の木内をわざわざ選ぶ必要がない。それでも木内と付き合っているのは、やはり仕事絡みか……？

「美味しい仕事が欲しいだけで、不倫までする？」

　バレた時のリスクが大きすぎる。大きな仕事をとった実績があるのだから、そんなリスクを冒すメリットがないような気がする。

　結翔は肩を竦め「とりあえず、別れさせられるだろうな」と言った。

「木内部長と大島さんが不倫しているとして、これが会社にバレたらどうなるんだろう？」

「解雇まではされないと思うけど、どっちかが転勤になったり異動になったりして、物理的に離される。男の方は奥さんと揉めるだろうし、女の方は慰謝料を請求されるかも。あとはまぁ……社内で噂になるだろうし、相当居づらくなるよね」

「そうだよね……」

事実は公表されないとしても、こういったことはすぐに広がってしまうものだ。本社に残っても、違う場所に異動させられても、その噂はずっと二人につきまとうだろう。

「でもまぁ、これで不倫の証拠は挙がったんだし、菜花の仕事も終了でいいんじゃない？」

「うん……」

大島が優先的にいい仕事を回してもらっていた事実はすでにあったわけだし、証拠は、結翔が木内の裏アカウントを突きとめたことで揃った。菜花がブルーグラフィックスに潜入して得た情報はあまり役に立たなかったが、とりあえず依頼は完了したことになる。

なんとなく腑に落ちないが、これらを報告すれば、菜花の監察業務は終了となるだろう。

「ありがとう、結翔君。あとは報告書にまとめて、金桝さんに提出するよ」

「金桝さん？」

「あ！　いや、えっと……結翔君、内緒にして！」

金桝にバラされると、今度こそペナルティーを科されるかもしれない。内容がわからないだけに怖すぎる。両手を合わせてお願いする菜花に、結翔はニヤリと口角（こうかく）を上げた。

「それじゃ、今日は菜花のごちになろうかな～っ」

「うっ……！」

「たまにはね！」

「……わかった」

「やったー！　じゃ、デザートも……」

「うぐぅ……」

菜花は苦虫を噛み潰したような顔になりながら、がっくりと肩を落とす。

しかし、結翔にはいつも面倒を見てもらっているし、ご飯やお茶を奢ってもらったことも数知れず。ちょうど給料も出たばかりなので、まぁいいか、と苦笑いを浮かべた。

8

「こちらが今回の報告書になります」

「ありがとう。確認させてもらうよ」

菜花の目の前で、金桝は受け取った報告書を読み込んでいく。俯き加減になる瞳を長い睫毛が覆う。こうして黙っていれば、国宝級の美青年。もはや鑑賞に値する。

菜花は金桝の様子を窺いながらも、頭では別のことを考えていた。

木内と大島が不倫していることは、もう確定だ。他の女性とも付き合いのある木内だが、大島が特別であることは明らかだった。

また、社内でもより注意して二人を観察していくと、打ち合わせと称して二人きりになることが多いことがわかった。しかも、いちいち会議室にこもるのだ。

後をつけて、会議室のドアにこっそりと耳をそばだてたこともあるが、二人がいつも使っている会議室はドアが厚く、中の音はまったく聞こえない。他にも会議室はあり、中の音が僅かに漏れ聞こえる部屋もある。そこを使用する場合は二人きりではない。偶然にしてはできすぎていると思った。

それから、二人の終業後についても結翔に探ってもらったところ、木内が取引先に直帰する日には、高確率で大島と会っていた。会社や、互いの自宅から離れた場所でだ。

木内と大島は、仲睦まじい様子で食事をしたり、その後は——。

男女の営みが行われる、まさにその建物へ入っていくところ、数時間後に出てきた二人の姿は、バッチリと押さえられていた。

二人の関係は、大島がブルーグラフィックスに入社して間もない頃から続いていた。

木内は、新人である大島に大きな仕事を与え、本来ならばその仕事を受けるべき人物に補佐をやらせたりしていた。その補佐は、後輩である大島を献身的に支えていたようだが、大島の転機となる大きなプレゼンを勝ち取ったその後に会社を退職している。彼女の心が折れたのか、補佐でいることに我慢ならなくなったのか……おそらく両方だろう。

「うん、よくまとまっているね。この報告書をそのまま依頼人に提出しよう」

金桝の声にハッと我に返り、菜花は頭を下げる。そして顔を上げ、ギョッとした。

「かっ……惇さん！」

「惜しい！」

「いや、なんですか、惜しいって！」

「だって、せっかく罰ゲームを考えたのに」

「そんなの、考えなくてもいいですからっ！」

金桝と距離を取り、ゼーゼーと息を吐く。

「惇さんって……距離が近いですよね」

「いやぁ、それほどでも！」

「褒めてません！」

「お、菜花も惇さんにつっこむようになったんだ。かなり慣れてきたんじゃない？」

「つっこみが二人か……。これは、もっと気合を入れてボケないといけないね！」

結翔もニュッと顔を出し、二人の会話に参戦する。

「惇さん、惇さん、それいらない。俺らお笑い芸人じゃないし」

「そうかな？　でも、職場に笑いは必要だと思うよ？」

「笑顔は必要だろうけど、笑いはそれほど必要じゃないでしょ」

「うーん……」

考え込む金桝に、菜花は眉を下げ苦笑いする。まったく、どこまでが本気なのやら……。

「で、菜花君」

「ぴゃっ！」

再び距離を詰める金桝に、菜花は奇声をあげて飛び退いた。心臓に悪すぎる。

「だ、だから！　近いですってば！」

「それはいいから。でね、この報告書をもって、今回の監察は完了ってことになるんだけど……もしかして、菜花君は納得いってない？」

その言葉に、菜花の目が見開く。

そんな顔をしたつもりは毛頭ないのに、まるで菜花の心の中を覗いたようなことを言う。

「いえ、そんなことは……」

「消化不良はよくないよ？」

「そうだそうだ！　いまさらなんだし、気になることがあれば言うべし！」

金桝と結翔に煽(あお)られ、菜花は少しの間逡巡しつつも、引っかかる事柄について二人に話した。それは、大島のアシスタントである、三浦の存在だ。

「大島さんが新人の時に補佐についてた人って、結局辞めちゃったじゃないですか。先輩なのに後輩にいいとこ取られて、自分は影って感じで、やってられないって気持ちはすごくよくわかるんです。それで……今の三浦さんって、その補佐の人と同じ立場なんじゃないかと思って。自分のやりたいことができないみたいで、大島さんに対して不満を持っているんじゃないかって思うんですが……」

「うんうん」

「なるほど」

　全て言わずとも、二人はすでに菜花の言いたいことがわかったようだ。だが、菜花はそのまま続ける。

「三浦さんは、大島さんに一番近い人です。なら、絶対に木内部長と彼女の不倫に気付いていたと思うんです」

　菜花自身が彼女の立場であれば、気付いたかどうか怪しい。そういった、男女の機微に疎いことには自信がある。……悲しいけれど。だが、三浦は気付いていたはずだ。

「そのことを大島さんに言えば、仕事の押し付けとか……そういった彼女の横暴を、少しでも抑えられたんじゃないかと思って」

　しかし、話しながら段々と心許なくなってくる。

　もし、三浦が大島からいじめられているとしたら？　この職場で不利な立場に追いやるなどと言われ、脅されていたら？　不倫の事実を知っていても、それを盾に逃れることは難しいかもしれない。大島には味方が多いのだ。

　そう思った矢先、金桝がそれを指摘した。

「大島さんからパワハラを受けていたとしたら、彼女は何も言えないんじゃないかな」

「女のパワハラもエグそうだね。男みたいに怒鳴ったりしなくて、陰でネチネチやりそう」

「そう……かもしれませんね」

　だとすれば、これも立派な社内不正なのでは？　一瞬そう思うが、すぐに思い直す。

　仮にパワハラが行われていたとしても、これは依頼案件ではない。依頼されてもいないのに、勝手に監察を行うことはできない。

その時、頭の上がほんのりと温かくなった。見上げると、金桝の大きな手が乗っている。

「菜花君としては、その三浦さんという女性を救いたいと思っているんだね。でも、それを安易に口にしない思慮深さは、菜花君の長所だと思うよ」

「惇さん……」

金桝は、菜花の頭をポンポンと軽く撫でた後、報告書を茶封筒に収めた。そして、自席に戻ってノートパソコンを立ち上げる。

「とりあえず、青柳社長に会って今回の件を報告してくるよ。で、その後の対応についても聞いてくる。貴久さんが教えてくれるだろうけど、今ちょっと忙しいみたいだから」

「はい。ありがとうございます。よろしくお願いします」

金桝は菜花の顔を見て、ニッと笑った。

「まぁ、僕の手腕をとくとご覧あれ」

「え？」

「惇さんが悪い顔してるー！」

結翔がケラケラと笑っている。彼はきっと、金桝のこの笑顔の意味がわかっているのだ。

二人を交互に見遣り、菜花は首を傾げる。

「よくわかりませんが……その後の報告を待ってます」

「おっけ～」

両腕で大きな輪を作る金桝に、菜花は額に手をやった。

なんだろう……うちの社長、ちょっと軽すぎやしないだろうか。

心の中でそう呟くが、もちろん答えなど返ってくるはずもない。

9

金桝の動きは早く、あれから一週間後に再び事務所に招集された菜花は、報告を聞きながらポカンと口を開けていた。

「青柳社長の対応は早かったよ。報告書を確認するやいなや、すぐに当人たちに聞き取りをした。で、結論から言うと、木内さんは不倫を認めた。でも、大島さんは認めなかった」

「え？　認めなかった？　どういうことですか？」

あれだけ証拠があがっているのに、認めないとはどういうことなのか。

「菜花、口開いてる」

「え？　あぁ……」

結翔に指摘され、菜花は慌てて口を閉じる。しかし、後に続く金桝の言葉に、再びあんぐりと口を開けた。

「木内さんの誘いを断れなかった、と。自分はむしろセクハラ被害者なのだと主張した。あれだけ仲睦まじそうにしていたのに、面の皮が厚いよねぇ。で、結局それがまかり通った」

「ありえない！」

口を挟む結翔に、菜花もコクコクと頷く。こんな馬鹿げた主張が通ることなど、考えられない。結翔が撮影した写真では、まさに恋人同士といったように二人は腕を絡め、微笑み合っていたのだから。

「それがさー、第三者の証言があって」

「第三者？」

第三者とは、いったい誰なのだろう？

「菜花君の気になっている女性だよ。……三浦真央さんだ」

「えええええっ⁉」

三浦がここで出てくるとは思わず、菜花は大声で叫んでしまった。

訳がわからない。彼女は、どんな証言をしたというのだろうか。

「どうして三浦さんが……」

「彼女は、大島の主張を支持した。大島が悩んでいるのも知っていたし、相談にも乗っていたと言ったんだ」

「嘘……」

「本人がそう言うのだから仕方ない。三浦さんが木内さんを貶めたいとなれば話は別だけど、普通の上司と部下の関係でそれはないだろうということで、彼女の証言は採用された」

「そんな」

三浦は大島のことをよく思っていない、と菜花は思っていた。

三浦はいつも大島の影に徹していて、いいように使われているようにしか見えない。また、彼女が今の立場に満足していたとも到底思えないのに。

ならば、何故大島を庇（かば）う証言をしたのか？

「それで、結局処分はどうなるわけ？」

動揺する菜花をよそに、結翔が尋ねると、金桝は溜息まじりにこう言った。

「木内さんは降格して総務部へ異動、大島さんはお咎めなしでそのまま」

「大島って女、怖すぎる」

「菜花君の話もあるし、裏があるような気もするけどね」

二人が眉を顰めながら話しているのを聞きながら、菜花は考え込んでしまう。

三浦はもしかすると、大島に有利な証言をすることを強要されたのではないか。

「これって、パワハラじゃないのかな……」

その小さな呟きを聞き逃さなかった金桝が、右の眉をクイと上げる。

「大島さんが、自分に逆らえないよう三浦さんを意のままにしているってこと？」

菜花は金桝を見上げ、切実な目で訴える。

見て見ぬ振りはしたくない。菜花の力ではどうしようもないかもしれないが、それでも、何もしないでこの仕事を終わりにはしたくなかった。

「そうかもしれません。だったら私、なんとか三浦さんの力になりたい！」

「何もできないかもしれないよ」

「それでも、このまま知らない振りはできない……というか、したくないんです。やれるだけやってみたい、足掻いてみたいです」

金桝が探るような視線を寄越す。

「どう足掻く？」

菜花は言葉に詰まりながらも、これまで以上に大島と三浦を注視し、三浦との距離を縮めて彼女の本心を聞き出す、と伝えた。

すると、金桝が表情を緩め、ゆっくりと頷く。

「わかった。菜花君がそこまで言うなら、もう少し探ってみよう」

「え？　いいんですか⁉」

依頼された仕事は終わった。本来なら、いつものように派遣は終了となり、会社を去らなくてはいけない。

自分で願い出ておきながら、これ以上深追いができるのか、半信半疑で尋ねる。

金桝は笑顔でもう一度頷く。結翔がニヤニヤしながら、金桝の肩に軽くぶつかった。

「惇さーん、早速手腕を発揮したんだ？」

「ふふふ、まぁね！」

仰々しく胸を張る金桝に、結翔はふざけて金桝の腕を何度も指でつつく。くすぐったいのか、金桝はゲラゲラと笑い、ついには逃げ出す始末。そして始まる追いかけっこ。

……子どもか。

菜花は二人に呆れながらも、じわじわと喜びが溢れてくる。菜花の懸念を理解し、拾い上げてくれる金桝に、感謝の気持ちでいっぱいになった。

「ありがとうございます、惇さん！」

「結翔君、もうやめて～っ！　お礼はいいから助けてくれ、菜花君！」

結翔の攻撃を躱しつつ、事務所を走り回っている金桝が叫ぶ。

ここに美沙央がいたら、埃が舞うからやめろと一喝されていただろう。いなくてよかったのか、悪かったのか。

菜花は目の前に結翔が来た瞬間を狙い、服の裾を掴む。当然のことながら、走る結翔の服は大きく伸びる。

「げっ！　菜花、離せっ！」

結翔は瞬時に立ち止まり、伸びた裾を整える。

結翔は服が大好きなのだ。服装にはいつも気を遣っている。それがわかっているからこその技だ。結翔には少し気の毒だが、一瞬のことなのでたいした影響はないだろう。

「はい、助けました」

「でかした、菜花君！」

「菜花、ひどいっ！」

「ごめんごめん。だって、結翔君を止めるにはこれが一番手っ取り早いと思って」

「ううう……」

唇を尖らせる結翔に苦笑しながら、菜花は改めて金桝に頭を下げる。

「本当にありがとうございます、惇さん。私、タダ働きでも頑張ります！」

菜花がそう言うと、金桝と結翔が同時に「は？」と素っ頓狂な声をあげた。そんな二人を見て、菜花は首を傾げる。依頼外の仕事なのだから、報酬は発生しないのでは？

菜花の気持ちを正確に理解した金桝は、大袈裟に溜息をつく。

「タダ働きなんてありえないからね！　手腕を発揮したって言ったでしょ？　この件は、監察案件として従事してもらう。当然！」

菜花の目が真ん丸になった。まさか、仕事としてやれるとは思っていなかったのだ。

「依頼として、仕事を取ってきたってことですか？」

「もちろん」

「これが惇さんの手腕。頼まれてなくても依頼にしちゃうんだよね～。口八丁手八丁で」

「結翔君、その言い方じゃ、まるで僕が詐欺師みたいじゃないか」

「一歩間違えれば？　みたいな」

この二人の会話は、毎度のことながら上司と部下のものとは思えない。しかも、上司は社長だ。普通の会社ならありえないことだろうが、ここではこれが通常運転。

「ありがとうございます。私、精一杯頑張ります！」

決意を込めて伝えると、二人からは「無茶はダメ。報・連・相は必ずね」「おぉ、頑張れ！」と、それぞれ言葉が返ってきた。

というわけで、菜花の監察は、引き続き継続されることとなった。

CASE 3 光と影

1

三浦に近づいて、少しでも心を許してもらうこと。まずは、これを目標にした。

三浦はおとなしく、いつも大島の後ろに控えており、仕事中に近づくのは難しい。ならば、昼食時が狙い目か。いや、それよりも——

「終業後、だよね」

定時を過ぎれば、大島は会社を出る。この頃にはまだたくさん人がいるが、遅い時間ともなるとその数は減る。この時が一番近づきやすいし、周りを気にせず話ができそうだ。

問題は、その時間に菜花が居合わせるにはどうすればいいか。

忘れ物を取りに来たという理由は、そう何度も使えない。ならば、前のようにどこかに潜んでいるか。

そんなことをブツブツと考えながら、菜花は社員食堂へ向かっていた。昼食を取るためというのはもちろんだが、もう一つ目的があるのだ。

「今日のAランチ、ローストビーフがついてる！　私、これにしようっと」

「和定食のご飯、まぐろ丼だって！　うわー、迷う～」

　この会社の社員食堂のメニューは豪華である。最初にメニューを見た時は驚いてしまった。そして金額を見て、更に驚いた。どのメニューも千円はいかない。最も安くて五百円、ワンコインで食事ができるのだ。

「ローストビーフがついてて七百五十円だし、まぐろ丼の和定食も七百円だもんねぇ。他のメニューも安いし、しかも美味しい」

　騒いでいる女性社員たちの後ろで、菜花もどちらにしようかと迷う。そうこうしているうちに彼女たちはメニューを決定し、それぞれのメニューを持って、空いている席へと移動した。菜花も慌ててそれに続く。

　彼女たちの所属部署は、総務部である。総務部は各部署の人間と関わるし、社内事情にも精通している。その中でも、パパラッチ並みに嗅覚が敏感で噂話が大好きという女性がいた。その女性が、先ほど騒いでいた女性社員たちの中にいる。

　菜花は彼女たちの席に近いカウンター席を陣取る。テーブル席だと誰かと相席する可能性があるので、それは避けた。菜花の目的はずばり「盗み聞き」である。

　菜花は和定食についている味噌汁をすすりながら、耳をそばだてていた。

「それにしても、急な異動だったよね、木内さん。しかも、うちの部長の補佐でしょ？　花形部署の部長だったのになんで？　もしかして降格？」

「ここだけの話、そうらしいわよ」

「わー、何をやらかしたんだか！」

こそこそと小声で話してはいるが、こういった内緒話はかえってよく聞こえるものだ。おそらく周りで食事をしている他の社員たちの耳にも入っているだろう。

彼女たちの話から、木内が不倫……いや、大島にセクハラをして降格、総務部へ異動になったという事実は、公表されていないと思われる。これは、木内に対しての温情というより、大島を庇ってのことかもしれない。大島は被害者にあたるので、変な噂や誹謗中傷(ひぼうちゅうしょう)から守ろうということなのだろう。

しかし、こういうことはどこかしらで漏れるものだ。現に、総務部のパパラッチにはバレてしまっているようだ。

「なんかさー、前はキラキラ感？ ってのがあったじゃない？ でもうちに来てから、なんか暗いよね。目が死んでるし」

「だよねーっ。総務部(うち)で働くのは不本意なんじゃない？ 本人は左遷って感覚だろうし」

「うちの部署、左遷場所なの⁉ うわ、それはなんか嫌だわ」

「失礼よね」

「うんうん。でもさ、うちは大体定時であがれるし、デザイン部より楽だと思うんだけど。木内さんって愛妻家らしいし、早く帰れていいじゃんね」

「それがさ……」

パパラッチが、もう一段階声を落とす。皆はそれが秘密の内容であるのを察し、ワクワクしながら身を乗り出した。

ここからが本番、どんな情報が飛び出すことやら。

菜花も集中して聞き耳を立てる。すると、パパラッチは得意げにネタを披露し始めた。

「これは絶対内緒ね。実はさ……木内さん、不倫してたらしいよ」

「えー！」

「嘘でしょ？」

「うわぁ、最低……」

内緒と言いながらこんなところで話すなんて、と呆れる。そっと周りに目を向けると、周りの人間も興味津々（しんしん）といったように聞き耳を立てていた。

これでは、昼休みが終わった時点で、噂は社内を駆け巡るだろう。

この人、どこでこの話を仕入れたのかな？　などと思いつつも、続きを聞こうと、菜花も若干身を乗り出す。

「しかも、デザイン部の人だって。でも実際はセクハラだったらしくて、降格処分の上、うちに左遷ってこと。急に総務の仕事なんてできないし、振れる仕事もないから、今は部長の補佐をしてるらしいわよ。今は暫定って感じ？　何ヶ月かしたら、役職がつくみたい」

「えー、嫌かも。上司になってほしくない」

「それにしても、木内さんってすごく人気あったよね？　なんでセクハラなんか……」

「ねぇねぇ、デザイン部の女性にセクハラって、相手は誰？　やっぱり、大島さん？」

「あー、木内さんって大島さんを贔屓してたもんねぇ。しょっちゅう一緒にいたし」

「あれがセクハラだったってこと?」

「でもさ、大島さんは優遇されていたって話じゃない。それってセクハラになるの?」

「さぁ?」

彼女たちの話は尽きない。この後も様々な噂話をするだけして、場所を変えるためだろうか、まだ時間はあるのに席を立った。

彼女たちがテーブルを離れた瞬間、菜花は大きく息を吐く。

「それにしても、公表されていない話をどこからどうやって仕入れてくるんだか……」

菜花はぶるりと身を震わせ、食べ終わった食器を持って移動する。味噌汁も付け合わせもメインのまぐろ丼も、全て美味しかったはずなのに、なんだか食べた気がしなかった。

＊

午後の仕事をこなしながら、昼に聞いた噂話を思い出す。

やはり、木内と大島の関係は多くの人間に知られているようだ。大島は木内に贔屓されていた。実際そうなのだが、デザイン部だけではなく、総務部の人間まで知っているとは。

「それにしては、悪口っぽくなかったような……」

それは、彼女たちが総務部で、自分たちが被害を被っているわけではないからだろうか。

デザイン部の女性たちの噂話も耳にしたことはあるが、こちらには多少僻(ひが)みが入る。しかしそれでも、悪意というほどのものは感じられなかった。

「大島さんって、人との付き合いが上手なのかも」

大島は美人だし、上の覚えもめでたく、大きな仕事を取ってきた実績もある。回してもらった仕事は確実にこなし、結果を出している。クライアントからの評判もいいようだ。

そして、プライベートも充実している。会社はほぼ定時に退社し、様々な友人と会っているらしい。デザイン関連の友人が多く、互いに情報交換し合っているのだという。その模様はSNSで公開されている。フォロワーも多く、インフルエンサーとまではいかなくても、それに近いものはある。

こんな大島だから、憧れる人間も多いだろうが、妬む人間も多そうである。キラキラしている人間は、やっかみも受けやすい。

それなのに、会社であからさまな大島の悪口は聞いたことがない。いい仕事はいつも取られる、といったぼやきは聞かれても、実力も伴わないくせに、とか、木内に取り入っている、というような言葉は聞いたことがないのだ。そんな声の一つや二つ、聞こえてきてもよさそうなものだが。それが、菜花には不思議だった。

「杉原さん」

「え……あ、大島さん！」

ぼんやりと考えを巡らせている中、その本人に声をかけられて、菜花は思わず起立してしまった。大島は目を丸くしている。

「驚かせちゃった？　ごめんね。わざわざ立つことなかったのに」

クスクスと笑う大島は、同性から見ても綺麗だし、可愛らしい。

「ちょっと考え事をしてたもので、びっくりしちゃいました。……あの、何か？」

菜花が尋ねると、大島が蓋の開いた箱を見せてくる。そこには、美味しそうな菓子が詰まっていた。

「週末に、友だちと一泊旅行に行っていたの。そのお土産なんだけど、おひとつどうぞ。好きなのを選んで」

「わぁ！」

菓子も美味しそうだが、個々の包装も可愛い。おまけに箱も洒落ていた。捨てずに取っておきたいほどだ。

「お菓子も可愛いですけど、箱も可愛いですね！」

「でしょう？　私、こういうのに目がないの」

さすが大島、お土産までセンスがいい。

菜花はこの中から、黄緑と緑が渦巻状になっているラスクを選んだ。見た目から、これはおそらく抹茶味だろう。

「これをいただきます。ありがとうございます！」

「いえいえ。あ、柳川さん！」

席に戻ってきた他の社員に声をかけに行く大島の後ろ姿を眺めながら、菜花はさっきまで考えていたことの答えがわかった気がした。

「気遣いが細やかなんだよね……」

週末の旅行など、言わなければわからない。なのに、大島はいつも皆にお土産を買ってくる。それに仕事の上でも、デザイン部の全体会議の準備を進んで行ったり、片付けをする後輩を手伝ったりしている。大島の立場なら、気にせず他に任せてもおかしくないのに。大島はいつもにこやかに話を聞いて、いろいろとアドバイスしているようだ。

また、デザイン部の人間が大島に相談している場面もちょくちょく見かける。大島はいつも大きな仕事をいくつもこなしているのに偉ぶらないのが、一番のポイントなのかもしれない。

他の人は、そんな大島だけを見ているから気付かない。

大島は、一番身近な三浦の扱いは雑である。そしてそれを、他の社員には気取らせない。それは、三浦自身もわかっていると思うのだが、彼女は何も言わず、黙って大島の後ろに控えている。

「そうしなきゃいけない理由がある……？」

三浦は、何か弱みを握られているのだろうか。

「やっぱり、三浦さんと仲良くなって、本音を聞き出す必要がある」

菜花はそう結論づけ、与えられた仕事を黙々とこなし始めた。

実は、結翔に調査してもらっていることがあり、資料がまとまったと連絡が入ったのだ。今日は報告日ではないが、帰りにS.P.Y.の事務所に行くことになっている。

「さすが結翔君、仕事が早い」

結翔の用意している資料を楽しみに、菜花はひたすら手を動かしていた。

2

「お疲れ様です」

ドアを開けると、いつものメンバーが勢揃いしていた。金桝、結翔、美沙央である。

「お疲れ様、菜花君」

金桝がにこやかに菜花を出迎え、美沙央は手を振っている。結翔は奥にいるようだ。

「あれ？　美沙央さん、今日も貴久さんとデートですか？」

美沙央が十七時以降に事務所にいる時は、大抵旦那である貴久と待ち合わせなのである。

成人した息子を持つ夫婦だが、いまだにラブラブ。こういう夫婦を見ると、結婚というものにも憧れを感じる。

「ううん、今日はたまたまやることがあって、この時間になったの。だから、ついでに参加しようと思って」

「そうなんですね。と言っても、報告とかじゃないんですけど……」

「知ってるわよ。結翔君がいろいろ準備してたから」

「お、菜花、お疲れ」

結翔が結構な量の用紙と、空ファイルを抱えてやってくる。床にばらまきやしないかとハラハラするが、無事にテーブルまで運びきった。

「これ、もしかして」

「そ。菜花に頼まれてたやつ」

結翔が持ってきた紙には、雑誌広告やらポスターなどが印刷されている。ざっと目を通すが、どれもこれも見たことがあるものばかりだ。

「これ、全部今井さんのデザインだよね？」

「そうだよ。調べてピックアップした。こんなにあると思わなかったから、びっくりしたよ」

結翔がそう言うのもわかる。今井はまだ二十代だというし、いくら売れっ子といえど、ここまでとは菜花も思っていなかったのだ。

結翔に頼んでいたのは、今井七海が手掛けたデザインを調べること。

三浦に近づく一番の近道は、今井の話題で繋がることだと思った。というのも、普段は寡黙とも言える三浦だが、今井の話をする時だけ饒舌（じょうぜつ）になるからだ。

仲良くなるには共通の話題が一番。それが推しの話ならなおいい。ということで、今井のことを詳しく知るために、結翔に協力してもらっていた。

「今井さんは、学生の頃から優秀だったみたいよ」

「学生対象のデザインアワードで最優秀賞も受賞している。就職の時も、大手がこぞって手を挙げたらしい」

どうやら、美沙央も金桝も協力したらしい。各々（おのおの）で調べた内容を資料にして、菜花に渡してくれた。菜花はそれらに目を通し、しきりに感心する。

「わー、これいいなぁ！　色使いはド派手なのに、チャラチャラした感じに見えない。そして、やっぱり情報がわかりやすい！」

「こっちもいいわよね。シックで高級感があるわ。この店に行ってみたいと思うもの」

今井は卒業後、大手の広告代理店に入社し、様々な仕事に携わった。どれも一流企業や有名店ばかりだ。

「どの仕事も評判がいい。当然だけど、彼女は社内での評価が高かった。だから、退職する時はかなり惜しまれたみたいだね」

「ですよね。ちなみに、その広告代理店で働いてる人から話を聞いたりしました？」

恐る恐る尋ねてみると、金桝はもちろんだとばかりに大きく頷く。それを見て、菜花は苦笑いになった。

話のネタ程度に調査をお願いしただけなのに、わざわざ彼女の仕事ぶりを知る社員に話を聞きに行くことまでするなんて。

「う〜……お手数をおかけしてすみません。か、惇さんもお忙しいでしょうに」

「くそ、惜しいっ」

「あの……ペナルティーやめません？」

「やめたら、安心して苗字呼びするでしょ？　だから却下」

「相変わらず自分の苗字が嫌いなのね、惇君は」

「まぁ、惇さんだから」

「そうね」

何がそうなのかわからないが、ここまで自分の苗字を嫌うのも珍しい。「金桝」という苗字はあまり聞かないが、揶揄（からか）われるようなものではないのに。

そんな他愛のない話を間に挟みながら、菜花は皆が集めてくれた情報に目を通しきった。

これで、菜花も立派な今井ファンだ。……にわかだが。

「これで三浦さんの話にもついていけそうです。本当にありがとうございました！」

菜花が頭を下げると、皆が笑顔を返してくれた。

短時間でここまで集めてくれたのだから、これらの情報をとことん活用しなければ。

菜花は印刷された用紙を集め、結翔が一緒に持ってきてくれたファイルに綴じていく。

それにしても、素人の菜花が見ても素敵だと思うデザインばかりだ。今井七海とは、どんな女性なのだろうか。三浦に聞けば、きっといろいろと教えてくれるだろう。

菜花はワクワクした気持ちで、ファイリングし終えた資料を、大切に鞄の中に入れた。

3

次の日、菜花は早速行動に出る。

終業後に一旦会社を出て時間を潰し、皆がいなくなった頃を見計らってもう一度戻ってきた。わざとスマートフォンを忘れて、嘘が白々しくならないように準備をしておいたのだ。

「お疲れ様です……」

静まり返るオフィスに小声で挨拶しながら入っていくと、案の定、三浦が一人で仕事をしている。彼女は菜花を見て、目を丸くしていた。

「杉原さん、どうしたの？」

「あはは……実は、スマホを忘れちゃいまして……」

「そうなんだ。意外とうっかりさんなのね」

「そうなんです」

苦笑いをしながら自席の引き出しの中に入れておいたスマートフォンを取り出し、鞄の中に入れる。そして、三浦に近づいていった。

「三浦さんは、毎日こんなに遅くまでお仕事されているんですか？」

三浦はほんの少し眉を下げ、溜息をつく。彼女のデスクの上には資料が山積みで、多くの仕事を抱えていることがわかる。一方、大島のデスクは綺麗に整頓されていた。

「プレゼン用の参考資料を確認したりしていたら、どうしても就業時間内に終わらなくて。もっと要領よくやれたらいいんだけど」

三浦の言葉を聞いて、ピンときた。そういえば、近々大きなプレゼンが社内で行われるらしい。内容は確か、来年にリニューアルオープンする予定のアミューズメントパークのポスターのデザイン。

「三浦さんもプレゼンに参加されるんですね！」

「えぇ……。といっても、最有力は大島さんなんだけど」

「でも、実際に蓋を開けてみないとわからないじゃないですか！　それに、この楽しくなるような明るい色使い、私はすごく好きです」

モニター画面に映し出されたデザインを見て、菜花は思ったことを口にする。

文字のフォントを変えたもの、大きさが違うもの、いくつもの案があることから、これは三浦がデザインしたのだろうと思ったのだ。

すると、三浦は顔を俯け、消え入るような声で「ありがとう」と言った。ほんのりと耳が赤くなっている。

褒められて嬉しい、でもどう反応したらいいのかわからない、そんな三浦の気持ちが伝ってきて、菜花は微笑ましくなった。表情があまり変わらず、クールだと思っていた三浦は、実は可愛らしい人なのかもしれない。

その時、デスクの隅に立てかけられた黒いファイルに目が留まる。大きさからすると、ポートフォリオのファイルだと思った。ここに、これまで三浦の手掛けたデザインがファイリングされているのだろう。

三浦と距離を詰めるためには、もっと三浦のことを知る必要がある。それに、菜花自身も彼女に興味があった。

「三浦さん、もしよければ、このファイルを見せてもらうことってできますか？　これ、三浦さんのポートフォリオですよね？」

「え、えぇ、そうだけど……」

「私、三浦さんがどんなデザインをされるのか、見てみたいです」

「でも……」

「もちろん、嫌だったらいいです。ごめんなさい」

躊躇(ちゅうちょ)している三浦を見て、菜花は慌てて引く。彼女の嫌がることはしたくない。

しかしそういう訳ではないらしく、三浦は予想外のことを聞いてきた。

「あの……杉原さんって、サポート事務をやってくれているのよね？」

はて、と首を傾げつつ、菜花は肯定する。すると、三浦は安堵の表情を浮かべ、ファイルを菜花に差し出した。

「え？　いいんですか？」

「ええ。杉原さんがデザインをする人じゃないなら、ぜひ見てもらいたいわ」

全くの素人が見るよりも、デザインに携わっている者が見る方がいいのでは？

三浦の言葉を聞いてそう疑問に思いつつも、せっかく見せてくれるのだからと、菜花は嬉々としてファイルの一ページ目をめくる。

「わぁ……」

思わず感嘆の声が漏れた。

ページをめくる度に、テイストの違うデザインが次々と現れる。明るくポップなもの、大人っぽくシックなもの、爽やかでキラキラしているもの、本当に同じ人間がデザインしたのかと驚いてしまう。

「このデザイン、去年公開されて大ヒットした『残された時間をキミと』の雰囲気にピッタリです！」

菜花は、美しい海に佇む二人の男女のポスターのデザインを見て、そう言った。

「残された時間をキミと」は、難病を患い余命宣告されている男子高生と、親の入院で見舞いに来た女子大生が病院内で出会い、次第に惹かれ合っていくというストーリーで、大人気アイドルが難病の男子高生を見事に演じきったことで話題となった映画だ。

菜花は見ていないが、しょっちゅうニュースやCMなどで目にしていたのでよく覚えている。

明るい陽射しの中、幸せそうに笑っている恋人同士の二人。しかし、どことなく切ない雰囲気が伝わってくるのも、二人の未来を暗示するかのような切ないキャッチコピーが、この雰囲気にもっとも相応しいフォントで、絶妙な位置に配置されており、目を引くからだろう。

菜花は、実際に採用されていたポスターも見ている。それとは似ていないのだが、このデザインを見た時、あの映画がふと頭に浮かんだのだ。

「う……」

「三浦さん？」

「嬉しい！」

「え？」

気付くと、三浦に手をしっかり握りしめられていた。三浦はくしゃりと表情を崩し、僅かに瞳を潤ませている。

「私ね、原作が大好きで、映画になることを知った時に、ポスターを自分でデザインしてみたの。これを見た他の人は、架空の映画ポスターをデザインしたんだろうとしか思わなかったみたいだけど、杉原さんだけはわかってくれた。それが……すごく嬉しい」

菜花が抱いたイメージはピンポイントで正解だったようで、とても嬉しくなってくる。

「よかったぁ。見当違いのことを言っていたら、どうしようかと思いました」

「ううん、全然そんなことない。でも、もし見当違いだったとしても、それが杉原さんの感じたことなんだから、間違いじゃないわ。デザインした側の意図とは違った捉え方をされるのはよくあることだし、そこは私がまだ未熟だってこと。私なんてまだまだだし、もっと勉強しなきゃって思うわ」

菜花は、他のデザインを眺めながら三浦の言葉を聞き、彼女の謙虚さをひしひしと感じる。

菜花からすると、三浦は才能あふれるデザイナーだ。しかし、これが仕事に繋がらなければ、プロのデザイナーとは言えない。彼女のデザインは世の人々の目には留まらず、誰にも認められることはない。

「プレゼン……取れるといいですね。私、三浦さんを応援しています。といっても、陰ながらですけど」

そう言うと、三浦がまた嬉しそうに笑った。

「ううん、陰ながらでも嬉しい。ありがとう」

そして、いよいよ最終ページになる。が、その場所には白い用紙が入っていた。いや、違う。これは――

「これで終わり」

菜花が確認しようとすると、それを遮るように三浦がファイルを取り上げた。

「え……でも」

「あれはただの台紙よ。気にしないで」

「はい……」

あれは台紙などではない。何故なら、その裏に何かが印刷されていたからだ。おそらくは、三浦のデザインのはず。

どうして最終ページのものは裏返しにしてあったのか。しかも、何枚かまとめてあった気がした。他は、一枚一枚別々に入れられていたのに。

三浦が元の位置にファイルを戻すのを、菜花は後ろ髪を引かれるような気持ちで見つめる。失敗作だから見られたくないのか。それとも、他に理由があるのか。裏返しされたデザインを見れば、その理由がわかるのだろうか。

「さ、もう遅いわ。杉原さん、家は遠いの？　気をつけて帰ってね」

三浦は強引に話を切り上げようとする。だが、菜花はまだ話を終わらせたくない。しかし、ここからどう話を繋げればいいのかわからない。

菜花がまごついていると、突然メロディーが鳴り響いた。

「あ、電話だわ。それじゃ杉原さん、お疲れ様」

音は三浦のスマートフォンから鳴っていたらしく、彼女はそれを持って席を離れた。

「はぁ……ここは引くしかないか」

そう思った瞬間、菜花の頭の中で悪魔が囁いた。

今のうちに、さっきのデザインを見ればいいじゃん！

しかしすぐに、天使の声がそれを遮る。

ダメダメ。許可なくそんなことをするなんて、人としてどうなの？

少しの間逡巡（しゅんじゅん）するが、菜花は決心する。迷っている時間はない。いつ三浦が戻って来るかわからないのだから。

つまり、菜花は悪魔の声に従うことにしたのである。

菜花は三浦が出て行った先を気にしながら、先ほどのファイルを手に取り、最終ページを開ける。思ったとおり、数枚が一緒にファイリングされていた。

「ごめんなさい、三浦さん」

小声で呟き、菜花はその数枚を取り出して確認する。

「え……これ……」

しばらくして、遠くからカツカツという靴音が聞こえてきた。

菜花は大急ぎで自分のスマートフォンを鞄から取り出して、隠されていた数枚のデザインを写真に収める。多少雑になるが仕方がない。

写真を撮り終えた後、元どおりにファイルに入れ、元の位置に戻し三浦の席から離れる。

「三浦さん、お疲れ様でした。プレゼン、頑張ってください」

菜花が急ぎ足で部署を出る時に、戻ってきた三浦と遭遇した。間一髪だったと内心冷や汗をかきながらも、菜花は平静を装い彼女に挨拶をする。三浦は僅かに微笑んで、自席に戻って行った。

「少しは仲良くなれたかな……？」

これからも頻繁に三浦と話をして距離を詰めていこうと思いながら、菜花は自分の鞄を胸に抱きしめる。

「裏返しされたデザイン……あれはいったいどういうことなんだろう」

ファイルの最後にあった数枚のデザイン。それは、すでに菜花も目にしたことがあるものだった。

4

それから、菜花は意識的に三浦と話すようにした。

就業中は大島が一緒にいることも多く、とても話しかけられる雰囲気ではないので、もっぱら終業後になる。終業後は大島がいなくなって、三浦にも少し余裕ができる。その頃を狙い、三浦の席に通った。

そんな努力が実ったのか、三浦は少しずつ心を開き、いろいろなことを菜花に話してくれるようになった。

本当は今井と同じ会社に就職したかったのだが、競争率が高すぎてダメだったこと。ブルーグラフィックスはまだ新しい会社で社員数も少ない、だから、頑張ればすぐに仕事をもらえるのではないかと期待して入社したが、それほど甘くはなかったこと。大島のアシスタントに選ばれた時は、勉強になると思って嬉しかったが、そろそろ独り立ちをしたいと思っていること。そして、将来の夢。

三浦は、今井のようにフリーランスで仕事ができるようになることが夢なのだという。そうなるためには、大きな仕事をいくつも取ってこれる実力と実績が必要だ。

「だから、次のプレゼンは絶対取りたいの」

以前は、自信なさげに俯いているばかりだったのに、今ははっきりとこう言い切れるまでになっている。

三浦もそんな思いは内に秘めていたのだろうが、菜花の前ではそれを表に出すようになった。それが彼女からの信頼の証のような気がして、菜花も嬉しくなる。

「私は三浦さんのデザイン、すごく好きです。絶対に取ってほしいです！」

「ありがとう」

「あ、そうだ！　三浦さんなら知っていると思うんですけど、東京デザインインプレス専門学校で、今井さんのデザイン展が……」

「もちろん知ってるわよ！　週末に行く予定だし」

食い気味に答える三浦に、菜花はタジタジになる。

今井を尊敬する三浦なら、絶対に行くと思っていた。だからあえて持ち出したのだが、やはり食いつきがいい。今井の情報をマメにチェックしておいてよかった。

「どうして杉原さんが知っているの？」

「今井さんのデザインはやっぱり素敵だなぁと思って、いろいろ調べていたんです。そうしたら、デザイン展の情報が出てきて」

「じゃあ、一緒に行く？」

菜花の目がキラリと光る。

「いいんですか？」

「いいわよ。ついでに、校内も案内するわ」

「わぁ！　専門学校ってどんなところか興味があるので、楽しみです！」

「今井さんが来校するみたいだから、少しでもお話できたらいいなぁって……」

そう言って遠くを見つめる三浦は、まるで恋する乙女のようだ。

三浦をこれほど虜にする今井を実際に目にすることができるのは、なかなか興味深い。

「真央！」

突然の大声に、菜花は飛び上がりそうになった。不機嫌なんてものではない、まさしく怒鳴り声である。

「来週提出するデザインの資料、数が足りないわよ！　今度のプレゼンに参加したいっていうから許可したのに、こんなことじゃ困るんだけど！」

三浦は席から立ち上がり、慌てて走り出す。フロアの入口にいたのは、大島だった。

デスクに立てかけてある資料の隙間から様子を窺うと、三浦が何度も頭を下げている。大島は腕を組み、苛々としながら何かを言っている。

こんな大島は初めて見る。彼女はおそらく、菜花の存在に気付いていない。周りのデスクには資料が山積みされていて、あちらからはちょうど見えないのだろう。

「明日の会議の資料もできてるの？　大事な仕事なんだから、ちゃんとやってよ！」

「すみま……」

「ああもう！　あんたは私のアシスタントなんだからね！　こっちの仕事が優先！　プレゼンなんて、後回しにしなさい！」

それなら、自分でやればいいのでは？　他人事ながら、ついそう思ってしまう。

三浦は、今度のプレゼンに賭けている。なのに、応援するどころか、いつもより多く仕事を回しているようなのだ。これでは、三浦の邪魔をしているとしか思えない。

「大島さんは、三浦さんがプレゼンに参加するのが嫌なのかな」

菜花が独り言ちていると、バン！　と大きな音がして、ヒールの音が遠ざかっていった。

「うわぁ、こわーい……」

大島があれほどヒステリックだとは思わなかった。三浦の他には誰もいないと思ったからだろうが、あれが大島の本性か、とがっかりする。

三浦は表情を強張らせ、自席まで戻ってきた。顔色が悪い。

「三浦さ……」

「ごめんなさい、杉原さん。週末なんだけど、仕事が終わりそうにないから行けないわ」

菜花は絶句する。今でも大概の量だというのに、更に仕事を押し付けられたのだろうか。

「でも、今井さんが来校されるんですよね？　ちょっとだけでも顔を出すとかは？」

三浦は、力なく首を横に振る。

「そうしたいのは山々だけど、どれくらいで目途がつくかわからないの。行けそうなら行くけど、その場合は一人でこっそり行くことにするわ。約束して、結局行けなかったら申し訳ないから。校内の案内はできないけど、杉原さんはぜひ行ってきて。今井さんのデザイン、本当にすごいから」

三浦はそう言って、仕事を始めてしまった。それを邪魔するわけにもいかないので、菜花は挨拶をして、会社を後にする。

「あれは、ちょっと酷いよね」

駅までの道のりを歩きながら、先ほどの二人を思い出し、眉を顰めた。

大島は、三浦をいいようにこき使っている。自分の仕事を三浦に押し付け、三浦が勉強する時間や、プレゼンに挑戦する機会を奪っている。おそらく、意図的に。

「三浦さんは、大島さんには逆らわないよう、コントロールされている感じがする……」

長期間に渡ってパワハラを受けていると、理不尽なことに対して抵抗する気力がなくなり、それがおかしなことだと認識することもできなくなるという。

誰かに相談できればいいのだが、そういった相手は彼女の側にはいない。結果、一人で抱え込んでしまう。

これもまた、大島が意図してそうしているのだとしたら。……これも一種の洗脳だろう。

「三浦さんに切り込んでみる？」

素直に話してくれるだろうか。

かなり仲良くなってはきているけれど、向こうが菜花を信用するに値すると思ってくれているかまではわからない。タイミングを間違えれば、三浦はまた心を閉ざしてしまうだろう。

「うーん、難しい！」

菜花は、頭を抱えてしまった。

5

東京デザインインプレス専門学校——ここでは、将来様々な分野で活躍するデザイナーを育成している。

この週末の金、土、日の三日間は、一番大きな展示室で、今井七海のデザイン展が開催されていた。今井はここの卒業生なのだ。

「思ったより人が多いですね」

「そうだね。さすが売れっ子。皆、とても熱心に彼女のデザインを見ているし、同じような仕事をしているんだろうね」

今日は土曜日で、イベント中日である。しかし、この土日は今井七海が来校するとのことで、中日でもかなり人が集まっていた。

本当は三浦と来る予定だったが、この土日、彼女はずっと仕事三昧だと思われる。

というわけで、菜花は一人でここへ来ようと思っていた。

しかし、何故か彼がくっついてきたのだ。

そこにいるだけで周りの視線を集めてしまうような、見目麗しい男。先ほどから、チラチラとこちらを気にする多くの視線が、若干鬱陶しい。

「このキラキラ感、なんとか抑えられないのかな……」

「ん？　何か言った？」

「いえ」

口元をヒクヒクさせる菜花を不思議そうに見つめる金桝は、すぐに気を取り直し、楽しそうに口角を上げる。

「学校になんて滅多に入れないし、楽しいよねぇ」

「はぁ……」

「あぁ、菜花君はこの間まで大学生だったし、そんなことないか」

「いえ、大学と専門学校って違いますし、いろいろ新鮮ですけど」

「だよねぇ！」

ここへ来るまで、様々な学科の教室を見ることができた。

この学校は「デザイン」に関する学科がいろいろとあって、服飾や建築、インテリアなどの教室には、生徒たちがデザインした洋服がトルソーに飾られていたり、住宅模型があったり、おしゃれなインテリアに囲まれた部屋の一室が再現されていたりと、見るだけで楽しめるようになっていた。デザイン展に訪れる人々に向けてのパフォーマンスなのだろう。

金桝が浮かれるのもわかる。菜花だって、何気に浮かれているのだ。

そして、目当てのデザイン展。展示室には、今井が学生だった頃の作品から、つい最近手掛けたものまで、多くのデザインが展示されてあった。思ったよりも見応えがある。

来ている人たちはというと、金桝が言ったとおり、同じ業界で働く人が大半のようだった。

今井はいまや、手掛けた広告がことごとくヒットする売れっ子だ。彼女のデザインを見て参考にしたり、技を盗もうと勉強しに来る人間は多いだろう。

「やっぱり、すごいなぁ」

ベストセラーとなった書籍の広告デザインを見て、菜花が感嘆の声を漏らす。

「うん。僕はこの小説はまだ読んでいないんだけど、どんな内容なんだろうって想像が膨らむよ。帰りに本屋に寄りたくなるね」

「はい。私もそう思いました」

「じゃ、帰りに寄ろうか」

「ありがとうございます」

「え？」

第三者の声がして振り返ると、一人の女性がにこやかな笑顔で立っていた。

身長が高く、菜花は彼女を見上げる。切れ長の瞳が印象的で、黒髪ショートカットということもあいまって、中性的な雰囲気を醸（かも）し出している。

「突然お声がけしてしまってごめんなさい。通りがかった時に、ちょうど嬉しい感想が聞こえてしまったものだから。私、これをデザインした本人で、今井七海といいます」

菜花の目が、カッと大きく見開かれる。まさか、本人に声をかけられるとは思わなかった。

あまりの驚きにあわあわする菜花だが、金桝は落ち着いたもので、「お会いできて光栄です」なんて爽やか笑顔で握手まで交わしている。

「失礼ですが、俳優さん、ですか？」

「いえいえ、とんでもない。普通の会社員ですよ」

普通……？　会社員……？

思わずジト目になる菜花だが、金桝はどこ吹く風である。

「そうなんですか？　てっきり芸能人の方かと思いました」

「あははは。お褒めいただき、ありがとうございます」

「いえ、失礼しました。でも……あの、今度ブライダルサロンのパンフレットを制作するんですけど、そのイメージにピッタリなんです！　もし俳優さんとかモデルさんだったら、事務所にお声がけしたかったんですが……」

「すみません」

金桝はすまなそうな顔をしているが、やろうと思えばできる立場である。まぁ、やる気はないだろうが。そんなことを考えていると、今井がハッと気付いたように菜花を見た。

「あ、ごめんなさい！　お連れの方がいらっしゃったんですね！」

彼女の様子からすると、今ようやく菜花の存在を認識したらしい。元々目立つ方ではないが、目立つ金桝と一緒にいると、影の薄さが際立つような気がする。

少々複雑な気持ちになりながら、菜花は小さく頭を下げた。

「私、杉原菜花といいます。ブルーグラフィックスという会社で働いていまして、三浦真央さんから今井さんのお話をいつも聞かせていただいているんです」

「真央ちゃん？　真央ちゃんと同じ会社なんですね！　彼女、元気にしていますか？」

今井は三浦をよく知っているようで、菜花は驚く。憧れの存在というから、名前呼びされるほど親しい間柄とは思っていなかったのだ。それに、三浦もそんな話はしていなかった。

「お元気ですよ。あ、でも……今お仕事が忙しいみたいです。実は、今日も三浦さんと行こうって話をしていたんですけど……」

「そうなんですね。真央ちゃん、来てくれるといいな……」

「三浦さんは先輩のアシスタントをしていて、その仕事に追われているみたいなんです。でも、なんとか時間を作って行きたいって話はしていたので、来ると思います！」

残念そうにする今井を見て、菜花は思わずそう言ってしまった。あの時の感触としては行けなそうな雰囲気だったのだが、つい自分の願望を入れてしまった。

しかし、三浦は本気で今井を尊敬し、彼女の後に続きたいと思っているのだ。だから、彼女のデザインを存分に堪能できるこのデザイン展には、何がなんでも来るような気がした。いや、来てもらいたい。行くつもりだと、あんなに瞳を輝かせていたのだから。

するると、今井は少し考える素振りを見せ、菜花に尋ねてきた。

「先輩って……もしかして、大島恵さん？」

「！」

「あぁ、やっぱり恵かぁ。彼女も確か、ブルーグラフィックスに勤めてるって聞いたことがあったし」

独り言のように呟く今井に、菜花は動揺しながら確認する。

「あの、今井さんは、大島さんとお知り合いなんですか？」

菜花の問いに、今井はきょとんとした顔をして頷いた。

「私と恵は同期なんです。それほど親しくはなかったんですけど」

その時、遠くの方から今井を呼ぶ声がした。呼んだ相手はこちらに駆けてきている。

「七海ー！　久しぶり！」

「きゃあ！」

その人物は今井に抱きつき、はしゃいでいた。菜花がそれに呆気に取られていると、今井が申し訳なさそうに説明をする。

「ごめんなさい、彼女も同期で。ちょっと、綾香！　他にお客様もいらっしゃるんだから！」

「あ、ごめん！　あまりにも久しぶりすぎて、つい嬉しくなっちゃった！」

綾香と呼ばれた彼女は、照れ笑いをしながら今井から離れる。そして、菜花と金桝に頭を下げた。顔を上げて金桝を見た途端、顔を真っ赤にする。

「わ、わ、うわっ！　す、すみません！」

彼女は、大慌てで今井の後ろに隠れてしまった。

「わー、どうしよう。ものすごいイケメンに変なとこ見られたっ」

その小さな囁きは、聞こえずともわかる。菜花は、なんとなく申し訳ない気持ちになってしまった。

当の金桝は、笑みを向けながら「久しぶりに会えたのだから、嬉しいですよね」などと言っている。彼女の顔はますます赤くなり、ゆでだこのようになっていた。

「今井さんと同期ということは、大島恵さんとも同期なんですね」

「え？　恵……？」

金桝の言葉に、彼女は訝しげな顔をする。急に大島の名前が出てきたので、訳がわからないのだろう。今井は、これまでの経緯を簡単に彼女に説明した。すると、彼女はあからさまに表情を歪める。

もしかして、彼女は大島をよく思っていない……？

菜花がそう思っていると、彼女はまさしくそのとおりの答えを返してきた。

「私は、野口綾香といいます。今井七海と大島恵の同期です。そして、真央ちゃん……三浦真央さんのこともよく知っています」

「杉原菜花です。大島さんと三浦さんと同じ会社で働いています」

菜花が自己紹介すると、野口は菜花に尋ねてくる。

「真央ちゃんが恵のアシスタントって、本当ですか？」

「は、はい……」

「そうなんですね……。真央ちゃん、もしかして、こき使われてるんじゃないですか？」

「え？」

菜花の反応に、野口はやはり、といったように溜息をつく。そして、言った。

「恵って、立場の弱い人間に雑用を押し付けるんですよね。学生の頃からそうでした。あと、七海のことをものすごく意識していて、そんな七海を慕っている真央ちゃんのことも、あまりよくは思っていなかったみたいです。なのに、真央ちゃんをアシスタントにするなんて……。絶対、嫌がらせのように自分の仕事を押し付けてるに決まってます」

意外な場所で、意外な人物から、思わぬ事実がもたらされた。

今井七海と大島恵、三浦真央は、同じ専門学校出身であり、大島は今井を意識していた。

そして、三浦のこともよく思っていなかった――

今井と大島に接点があったとは、盲点だった。

菜花は呆然としてしまい、その日どうやって家に帰り着いたのか、よく覚えていなかった。

6

週明け、菜花は出社して驚いた。三浦の顔色が大変なことになっていたのだ。

「三浦さん、大丈夫ですか？」

「大丈夫……」

見るからにげっそりしていて、目は半分虚ろである。

今にも倒れてしまいそうなその様子に、菜花は家で休んだ方がいいと言った。しかし、三浦は首を横に振る。

「大島さんの会議が終わってから、いろいろ修正が入ると思うから」

「でも……」

「ありがとう、杉原さん」

三浦は力なく微笑み、仕事を始める。まだ始業前だというのに。

先週、大島がすごい剣幕で怒っていたことを思い出す。会議に間に合わせるため、三浦は必死に資料を作成していたのだろう。

「おはよう、杉原さん。どうしたの？」

声がして顔を上げると、三浦の席の向かいに座っている女性社員が、不思議そうにこちらを見ていた。

同じ部署ではあるが、あまり話したことのない人だ。菜花は少し緊張しながら挨拶をする。

「おはようございます。えっと……三浦さんとお話をしていたんですが……」

「あぁ、三浦さんもおはよう。土日はみっちり大島さんに仕事を見てもらっていたんでしょ？　お疲れ様。でも、勉強になったんじゃない？」

「え？」

土日はみっちり？　大島に仕事を見てもらっていた？

菜花は、パチパチと何度もまばたきをする。

三浦は大島のやるべき仕事を肩代わりしているのだが、彼女は知らないのだろうか。……知らないのだろう。その辺り、大島は周りを上手く欺いている。

「おはようございます。はい、勉強になりました」

三浦の返事は淡々としたものだった。そこにはなんの感情も込められていない。しかし、向かいの彼女は気にせずしゃべり続ける。主に、菜花に向かって。

「土曜日に、ちょっとだけ溜まってた仕事を片付けに会社に来たら、三浦さんと大島さんも仕事してたね。三浦さんの仕事をフォローするために、大島さんも来たっていうじゃない？

大島さんの面倒見の良さには、本当に頭が下がるわ」

待て待て待て！　そうじゃない！

菜花は心の中で思い切りそうつっこんだ。

大島が彼女にそう言ったのだろうか。そして、彼女はそれをまるっと信じたのだろうか。

三浦は……反論など、とてもできなかっただろう。

その時の三浦の気持ちを思い、菜花の気持ちは沈んだ。

「で、仕事はちゃんと終わったの？」

「はい、とりあえずは。後でいろいろ修正は入ると思いますが」

「それはしょうがないわよね。でも、無事に終わって良かったわね」

「はい」

三浦の顔色が、ますます悪くなった気がした。

向かいの席の彼女に罪はないが、彼女の言葉の一つ一つが三浦を傷つけているように感じられ、菜花の胸が痛む。

このままではいけない。これ以上、三浦の時間を大島に搾取させてはならない。

それに、菜花にははっきりさせておきたい事柄があった。それは、三浦のポートフォリオの最終ページにまとめて入れられてあった、複数のデザインについてだ。この件は、すでに金桝や結翔にも共有し、三浦に確かめる許可ももらっている。

「おはようございます！」

その時、フロアの入口から明るい声がした。そこには、朝から爽やかな笑顔を振りまく大島の姿。部署にいる皆が、大島に挨拶していく。

大島は颯爽と自席までやって来ると、向かいの彼女と菜花にも朝の挨拶をする。そして、三浦を見るなり肩を竦めた。

「真央、内勤とはいえ、身だしなみはきちんとしなきゃダメよ。顔色も悪いし、化粧はちゃんとしてきた？　それに、服もヨレヨレじゃない。そのうちクライアントにも顔を会わせるようになるんだから、今のうちから気を遣いなさいね」

優しく諭す大島に、周りが感心したようにうんうんと頷く。三浦は、恥じ入るように身体を小さくした。

こうなったのは、いったい誰のせいなのか。温厚な菜花も、さすがに腹が立ってくる。しかし、今はどうしようもない。

菜花はなんとか気を取り直し、会釈をしてこの場を去った。

——早く三浦を救い出したい。そんな気持ちでいっぱいだった。

＊

就業中は、三浦に声をかけるチャンスがあまりない。あまり接点がないと思われている菜花が三浦だけを呼び出すと、大島に不自然に思われる可能性があった。

「仕事終わりまで待っていられないし、こっちで連絡しちゃおう」

菜花は、自分のスマートフォンを取り出す。

「連絡先を交換しておいてよかった」

今井七海のデザイン展に一緒に行こうとなった時、メッセージアプリでアカウントを交換していたのだ。その後すぐに大島がやって来たタイミングを考えると、ギリギリだった。

「気付くのは、家に着いてからかもしれないけど」

三浦を観察していたが、仕事中に彼女が自分のスマートフォンを確認することはほぼない。一方の大島は、しょっちゅうである。この差も、なんだかなぁ、と溜息をつきたくなる。

ちなみに、菜花は現在休憩中である。合間合間に適度な休憩を入れることが推奨されているので、仕事を手伝っている人の許可を取り、休憩に入っている。

「会社で推奨されているのに、取ってない人も多いよね」

皆、仕事が忙しいのか、休憩場所は大抵ガランとしている。混んでいるのは昼時くらいだ。

菜花は独り言を呟きながら、三浦にメッセージを打ち込んでいた。

『お疲れ様です、杉原です。近いうちにお昼とかお茶をご一緒しませんか？　今井七海さんのデザイン展に行ったお話もしたいですし、三浦さんのお話もたくさん聞きたいです』

「よし、送信」

送信後、スマートフォンをポケットに入れ、天井を見上げる。

「できるだけ早く、二人で話ができるといいんだけど」

二人で話をする、それは割と簡単に叶うだろう。しかし、その先が少々心配になってくる。

三浦は、本音で話をしてくれるだろうか。菜花を信頼してくれるだろうか。

　これればかりは自信がない。だが、そうであるなしにかかわらず、菜花はある事実を三浦に突きつけなければならなかった。

「あのデザインが三浦さんのものだとすると、どれも仕事として成立していたものだった。裏返しされていたデザインは、絶対におかしい」

　ならば、隠す必要はない。しかし、そうする必要があったのだ。それは、何故か。

　菜花はスマートフォンを操作し、いくつかの商品を検索する。すると、その商品の広告が表示される。

「この仕事、全部大島さんが担当したんだよね……」

　菜花は、地の底まで届くのではないかと思われるほどの、深い深い溜息をついた。

7

　その日の夜に三浦から連絡が入り、その週の土曜日に会えることになった。

　場所は、会社からも大島の自宅からも離れており、菜花と三浦の家の中間地点……そこは偶然、S.P.Y.の事務所の最寄り駅だった。駅から少し離れた場所にある、落ち着いたカフェが選ばれる。そのカフェは、金桝の行きつけらしい。

　当日、菜花と三浦は駅で待ち合わせ、そのカフェへと向かった。

　中に入る時は、ついつい店内を見回してしまった。もしかしたら、金桝がいるのではないかと思ったのだ。だが、彼はいなかった。いたらすぐにわかる。なにせ彼は目立つのだから。

店の一番奥の席に座り、二人はコーヒーをオーダーする。コーヒーがテーブルに置かれ、互いにそれを口にして少し経った後、話は始まった。

「今日は、ありがとうございました」

「ううん、こちらこそ。気を遣わせてしまったみたいで、ごめんなさいね」

三浦は、菜花が気を遣ったのだと思っている。大島に怒鳴られる姿を見ていたからだ。

それもあるが、今回の本筋ではない。菜花は、一気に切り込むことにしていた。あれこれ誤魔化せば、話がよくわからなくなってしまうし、きっと三浦を不安にさせてしまう。

呼吸を整え、菜花は三浦を真っ直ぐに見据えた。

「三浦さん、単刀直入にお尋ねします。大島さんからパワハラを受けていませんか？」

「え？」

三浦の眉が下がり、訝しげな顔になる。突然のことに動揺しているようだ。

菜花はそのまま畳みかけていく。

「この間、大島さんが三浦さんを怒鳴っていたこともそうなんですけど、その前から気になっていたんです。三浦さん、大島さんのやるべき仕事もされていますよね？」

「……」

三浦は黙り込んでしまった。俯き加減になったせいで、表情が窺えない。

「悪い言い方になってしまいますが、『いいように使われている』という印象を受けました。

でも、それは間違ってはいないと、今井さんのデザイン展へ行った時わかりました」

「え⁉」

三浦が思わず顔を上げた。今井効果は抜群である。

「どういうこと？」

「今井さんとお話することができたんです。あと、お友だちの野口さんとも」

「野口さんも……」

「お二人とも、三浦さんのことを気にかけていらっしゃいました。特に野口さんは、三浦さんが大島さんのアシスタントをしていると知って、自分のやるべき仕事まで三浦さんに押し付けているんじゃないかと、とても心配されていました」

「そう……。野口さんも大島さんとはいろいろあったみたいだし、だから私のことも心配してくれたのね」

ポツリと呟く三浦に、菜花は身を乗り出しながらもう一度尋ねる。

「大島さんから仕事を押し付けられていますよね。今回なんて、プレゼンに挑戦しようとするのを、まるで邪魔するみたいに」

「……」

三浦が唇を噛みしめる。彼女の悔しさが伝わってきて、菜花も辛くなる。しかし、一緒に辛くなっている場合ではない。ここで、トドメだ。

「私、実は見てしまったんです。三浦さんのポートフォリオの最終ページ、まとめて裏返しされていたデザインを、全部」

その言葉を聞いた途端、三浦が激しく動揺し、項垂れた。肩が微かに震えている。しばらく、二人の間に沈黙が訪れる。

菜花は辛抱強く待っていた。ここまで言えば、三浦はどうすべきか決めざるをえない。

正直に全てを打ち明けるのか。もしくは、事実を隠して現状に甘んじるのか。

菜花を信頼していいのかどうか、三浦は考えている。どうすることが自分にとって最良なのかを逡巡している。

菜花は祈るだけだ。彼女が菜花を信じ、本音を話してくれることを。

菜花にとって、息を呑むような時間が過ぎていく。そして、十数分が過ぎた頃、ようやく三浦が顔を上げ、菜花の方を見た。

「あのデザインを見て、杉原さんはどう思ったの？」

菜花は、正直に答える。

「あのデザインは全て、すでにクライアントに納品されているものですよね。そして、担当者は三浦さんじゃありません。大島さんです。このことから、私は大島さんが三浦さんのデザインを盗用したのではないかと考えています」

三浦の表情が強張る。しかし、彼女は気を取り直すように頭を振り、大きく息を吐き出した。そして、再度菜花を見つめる。その表情は、何かを吹っ切ったかのような、落ち着いたものになっていた。

三浦は、ゆっくりと頷く。そして、核心に触れた。

「杉原さんの考えは、正しいわ」

その言葉を聞いて、三浦の本心を引き出せて嬉しい反面、彼女のこれまでの苦悩を思い、菜花はなんとも複雑な気持ちになるのだった。

＊

「一つ、聞いてもいいかしら？」

三浦に問われ、菜花は神妙に頷く。三浦は様子を窺うように、おずおずと尋ねてきた。

「杉原さんは私の話を聞いて、どうするつもりなの？　ただの興味？　それとも……人事かどこかに報告するつもり？」

ただの興味などではない。菜花はすぐさま首を横に振る。

「私は、三浦さんの助けになりたいと思っています。報告については、一緒に考えましょう。だから、三浦さんには正直にお話してもらいたいんです。……大島さんは才能溢れる人かもしれませんが、三浦さんに押し付けている仕事込みで、彼女は評価されている……そんなの、理不尽です。それに、デザインの盗用など、絶対に許されることではありません」

菜花がそう言い切った瞬間、三浦の瞳から涙が零れた。

「三浦さん……」

「ご、ごめんなさい。嬉しくて、つい。だって、今まで私のことを気にかけてくれる人なんていなかったから。会社は大島さんを高く評価しているし、その大島さんのアシスタントになれただけでラッキーだ、なんて他の人には言われていて……。誰にも相談できなかった。相談したら、私が悪者みたいになりそうだったから」

泣き笑いの顔になる三浦に、菜花は何度も大きく頷く。自分は味方なのだと、三浦にわかってもらいたかった。

三浦はしばらく嗚咽していたが、やがて落ち着いたのか、ゆっくりと事情を話し始める。

「入社した当時、デザイン一課に配属された新人を対象に、コンテストみたいなことをやったの。先輩方が新人の力量を見たいと言ってね。これは毎年恒例のことで、その年に一課に配属されたのは、私を入れて三人。皆、懸命に取り組んだわ」

デザインの題材として与えられたテーマは、名刺だった。

ブルーグラフィックスの名刺は、表は全員共通のものだが、裏は自分で自由にデザインすることができる。要は、自分たちの名刺の裏面をデザインしなさい、ということだった。

期限は一週間。一週間後、三人はデザインを完成させ、印刷したデータを一課の人間全員に見てもらう。審査員となった彼らは、一番良いと思ったデザインにポイントを入れていく。一番高いポイントの者が優勝となるのだ。

結果、三浦のデザインが優勝した。一課の半数が三浦にポイントを入れた。

「とても嬉しかったわ。入って早々、皆に認めてもらえたと思った」

しかし、そんなに甘くはなかった。

新人は、まずはベテランのアシスタントをしながら仕事を学ぶ。最初から仕事を任せてもらえるなど、とんでもない話だった。試用期間は半年だが、アシスタント期間は一年以上。その間に辞めてしまう人間も多いらしい。

アシスタントとして三浦を欲したのは、大島恵だった。彼女は、新人をアシスタントにつける先輩としては、もっとも若かった。彼女のアシスタントに決まった時、三浦は密かに喜んだ。大島の本性を、ある程度知った上で、だ。

「他の二人がついた先輩は、とにかく厳しくてね……。担当する仕事も多くて、いつも苛々していたし、八つ当たりされることもあって」

ちなみに、その先輩たちも、同期二人も、すでに退職して今はいないそうだ。

「大島さんは同じ専門学校を出ているし、私も彼女を知っていたこともあって、他の二人よりは気楽だなって思っていたの。そして実際、そうだったわ。……最初の頃だけだけど」

大島が本性を現したのは、同期二人と、彼らがついていた先輩たちがいなくなった後だ。

徐々に渡す仕事が多くなった。その中には、本来大島がやるべき仕事も含まれている。しかし、アシスタントから何か言うことなどできなかった。

それに、大島はいつも「真央の力を認めているからこそお願いしたいの」などと言ってくる。こんな風に言われてしまうと、とても断れない。頼りにされているのだと、つい引き受けてしまう。

それが大島の策略だと気付いた頃には、彼女に従うことが当然のようになってしまっていた。断ろうとすると、氷のように冷たい視線を向けられ、「三浦は仕事ができず使えない」

と上に伝える、と脅される。もしくは、大声で怒鳴られる。当然、誰もいないところでだ。

三浦以外、大島の本性を知る者はいない。

「野口さんから、大島さんの話を聞いたことがあったの。周りにはいい顔をするけれど、弱い者と見れば、いいようにこき使うって。いくらその人が訴えようとも、普段いい顔をしているせいで誰も信じないって。その時は『ふーん、そうなんだ』くらいにしか思わなかったんだけど、まさか自分がそうなるとはね……。もっと警戒すべきだった」

三浦は大島の影となり、彼女の雑用をこなしていた。その仕事で、大島はまた評価を上げていく。評価が上がったことによって、大きな仕事を任される。そして、また更に評価が上がる。それの繰り返しだ。いまや、大島は一課で一番力を持つ存在となっている。

「私だって、デザインの仕事をしたかった。ちゃんと自分の名前で仕事がしたかったの。だから、遅くまで残ってデザインの勉強をしたり、実際に仕事を請け負った体でデザインをしてみたりして、ポートフォリオの作品を増やしていたの」

あのファイルは、三浦の努力の結晶だったのだ。だが――

「でも、それが最悪なことを引き起こした」

ある日、大島の仕事がクライアントから大きな評価を受け、部長が皆の前で彼女の仕事ぶりを褒めたことがあった。その仕事には、何故か三浦は関わっていなかった。いつもなら、なんだかんだと手伝わせるくせに。しかし、彼女のデザインを見て、その理由を知った。

「私がデザインしたものと、酷似していたの」

それは、清涼飲料水の広告だった。

もちろん、まるきり同じではない。しかし、レイアウトといい、色使いといい、似ている部分が多すぎた。偶然とは考えられない。そしてそれは、この件だけで終わらなかった。

「続けてじゃなかったけど、思い出したようなタイミングで、私のデザインと酷似したものを大島さんがデザインするようになって……」

それが、三浦のポートフォリオの最終ページにまとめて入れられてあったものだ。

本当なら、他のものを同じように表向きにファイリングしたかった。しかし、それを見る度に辛くなり、また、誰かに見つかりでもしたら、面倒なことになると思った。これを見た人物は、三浦が大島のデザインを真似していると思うだろう。それは悔しすぎた。だから、裏返しにして、最終ページにまとめてファイルしたのだった。

そう話し終えた三浦は、疲れたように重い溜息をつく。それにつられるように、菜花もはぁ、と大きく息を吐き出したのだった。

＊

菜花はここで、一つの疑問に突き当たる。

大島は、三浦のデザインをいつ、どうやって見たのだろうか。

それを尋ねると、三浦はわからないと首を振る。

「大島さんにポートフォリオを見せたことは一度もないの。私のいない隙に見ることもできなかったはず。だってあれは、普段は鍵付きの引き出しに入れてあるから」

ならば、大島が無断でそれを見ることは不可能だろう。だが、実際にデザインは盗まれている。何かしらの方法があるはずなのだが……。

「私も不思議に思って、いろいろ考えてみたの。でも、どうしてもわからなかった」

「大島さんは、三浦さんがポートフォリオを作っていることをご存じだったんですか？」

三浦がしばし考え込む。おそらく彼女は、そういった話を大島にしたことはないのだろう。

しかし大島は常に三浦の側にいた。知る機会はあったはずだ、と菜花は考える。

「知っていたかもしれない」

自信なさそうにしているが、三浦もそう思ったのだろう。彼女も思い浮かべていた菜花の考えを肯定した。

「でも、知っていたからといって、そのデザインを見られなければどうしようもないわ」

そうなのだ。実際にデザインを見ていなければ、それを盗めるはずもない。

菜花と三浦は、二人揃って、うーん、と考え込んでしまった。

しばらくの間そうしていたが、いくら考えてもわからない。三浦がこれまでずっと考えてきたことなのだ。それでもわからないのだから、菜花にわかるはずもなかった。

二人はふと顔を見合わせて、同時に吹き出す。

「二人してうんうん唸ってて、なんだかおかしいわね」

「そうですね」

ようやく三浦の顔に笑顔が戻り、菜花は胸を撫で下ろす。曇りのない笑顔とは言い難いが、それでも、笑えるようになっただけでもホッとする。

菜花はカップを手に取り、コーヒーを口にする。が、途端に顔を歪めた。

「うわ、冷めてる」

「まぁそうなるわよね。もう一杯頼む？」

「はい、そうしましょう」

二人はニッコリと笑い、手を上げて店員を呼んだ。

8

カフェを出たところで三浦と別れた菜花は、このままS.P.Y.の事務所に行こうかと考える。休日なので誰もいない可能性の方が高いのだが、何故だか金桝がいるような気がした。

「どうせすぐそこだし、行ってみよう」

電話をして確認すれば、無駄足にならないのはわかっているが、その必要はないと思った。

事務所が入っている雑居ビルに到着し、五階まで階段で上がる。エレベーターもあるのだが、運動不足解消のために、上り下りは階段を使うようにしているのだ。

事務所の前に来て、自分の勘が当たっていることに気付く。明かりがついており、人の気配がする。

「お疲れ様です」

声をかけて中に入ると、金桝と結翔がきょとんとした顔で菜花を見つめていた。

「あれ？　電話した？」

そう言って、結翔が自分のスマートフォンを確認している。だが、金桝は菜花の顔を見て、悪戯が見つかった子どものような顔で笑った。

「なんだ、僕らがいるってわかっていたんだね」

「はい。あ、でも、結翔君もいるとは思わなかったです」

「なんでだよ！」

結翔が即座につっこんでくる。

菜花が今日三浦と話をすることは、皆が知っていた。金桝は事務所の近くに自宅があるということもあり、なんとなくいるのではないかと思ったのだが、結翔もいるとは。

だが、よくよく考えてみれば、それは簡単に予想できたのだ。何故なら――

「あははは！　結翔君の過保護も大概だからねぇ！」

「そんなことないしっ！　それに、菜花のことは怜史にも頼まれてるんだよ！」

「え？　お兄ちゃんに？」

「まぁ、怜史だからな」

たった四年しか離れていないというのに、兄の怜史は菜花をいまだに子ども扱いするところがある。子どもの頃からしっかり者だったので、両親も菜花の世話は怜史に任せていたくらいだ。両親が亡くなってからは、当然のように親代わりになった。心配性も、親並みだ。

「とか言いながら、結翔君だって気になってたくせに〜」

「だぁーーーっ！」

金桝に茶髪のふわふわくせ毛を弄られ、結翔が悲鳴をあげる。相変わらずこの二人は仲がいい。クスクスと笑っていると、金桝がミーティングスペースの椅子を引いて、菜花に座るよう促す。そこは、いつも菜花が座っている席。そのまま腰を掛けようとすると、同時に軽く椅子が押し込まれる。

「ウエイターさんみたい」

「結翔君」

「はーい。菜花、ちょっと待ってて」

結翔がそう言って、給湯室へ向かう。どうやら、お茶を準備してくれるらしい。

「なんだか、至れり尽くせりですね」

「頑張った菜花君を労おうと思ってね」

何も言わずとも、大体の結果はわかっているようだ。ここまでくると、鋭いを通り越して、もはや超能力なのでは？　と思ってしまう。

「おまたせ」

結翔が持ってきたのは、紅茶だった。いつもはコーヒーだというのに、珍しい。

「コーヒーはもう飲んできてるでしょ？」

「あぁ、なるほど！　ありがとう、結翔君」

結翔のこういった細かい気配りがありがたい。そして、見習うべき点だとしみじみ感じる。

菜花はありがたく結翔の淹れた紅茶を口にし、一息ついた。二人は菜花を見つめている。

菜花の話を待っているのだ。

「三浦さんから、話を聞くことができました。彼女は大島さんから雑用を押し付けられ、日々の仕事とその雑用で手一杯になってしまっています。それに、誰もいないところでは、怒鳴られていました。周りにわからないようにやっているところが狡猾だと思います。あと……これが一番の問題なんですが、大島さんは、三浦さんのデザインを盗用しています」

二人の表情が、厳しいものに変化した。

9

数日後、誰もいなくなったオフィスに菜花はいた。

今日は珍しく、三浦も早めに退社していた。というのも、三浦は今井と会う約束をしていたからだ。ちなみに、それを画策したのは金桝である。

「ああでもしないと、三浦さんは帰らないからなぁ」

菜花は独り言ちながら、機械の前に辿り着く。それは、一台の複合機。デザイン一課が主に使っているものだ。

「えーっと……ここを押すんだっけ？」

菜花はスマートフォンのメモ機能を呼び出し、そこにメモしたとおりに複合機を操作する。

菜花が今やっているのは、ジョブ履歴の検索だ。

ブルーグラフィックスで複合機を使用する場合、使用前に自分のＩＤカードを認識させるか、社員ＩＤを入力する必要があった。使用状況を管理するためである。

というわけで、この複合機には、社員が使用した履歴が残されているのだ。誰が、いつ、何を印刷したのかがわかるようになっている。画面を呼び出せば、ユーザー名や文書名、日付が出てくる仕組みだ。

デザインの盗用方法がわからないと金桝と結翔に相談したところ、間もなく金桝がその答えを出した。それが、「ジョブ履歴」という機能である。

「かね……惇さんって、何でも知ってるよね」

いい加減名前呼びにも慣れていい頃だろうが、どうしてだか慣れない。目上の人は苗字にさん付けというのが染みついているのだろうか。しかしその割に、早乙女夫妻については名前の方で呼べている。……謎である。

「あー、ここでこれが必要になるのか」

菜花はメモ画面を確認し、履歴を確認していく。

菜花が確認したのは、社員ＩＤだ。ジョブ履歴のユーザー名の欄は、全て社員ＩＤになっているのだ。三浦と大島のものは、事前に金桝に問い合わせてもらっていた。

「んーっと……あぁ、これだ。えっと、次は……っと、あった！」

菜花が探しているのは、三浦が印刷した履歴である。文書名には、デザインした内容が設定されてあったのでわかりやすい。日付などが名前になっていると内容がわからないので困ったが、そうでなくて助かった。

「Reiwa飲料のポスターデザイン、裏返しになってたやつ。最初に印刷されてから一週間後にまた印刷されてる。最初に印刷したのが三浦さん、一週間後のは……大島さんだ！」

大島は、三浦が仕事とは別にポートフォリオを作っていることを知っていた。それは会社の複合機で印刷されており、そのことも知っていたのだろう。個人的なものとはいえ、ポートフォリオ作成のためのデータ作成や印刷は、会社も許可しているのだから。

大島は、興味本位か、あるいはデザインに困ったのか、三浦のデザインを見たいと思った。しかし、それを三浦に打ち明けることはしなかった。プライドが許さなかったのだろうか？

大島は、複合機のジョブ履歴から再度印刷できることを知っていた。それを利用し、三浦のデザインを見た。そして――大島の中で、悪魔がこう囁いたのだろう。

先に発表した方が勝ちだ。それに、相手が三浦ならば黙らせておけばいい。誰にも知られず眠らせておくのは勿体ない。これは盗むのではない、生かすのだ、と。

二度目に印刷をした社員IDは大島のものなので、デザインは自分のものであり、最初の印刷は三浦に頼んだと言い逃れされる可能性はあるが、なによりそのデザインデータは三浦自身が持っている。それが証拠となるだろう。

「仮に、大島さんがデザインデータは三浦さんに預けているんだと主張しても、三浦さんは否定する。それに、盗用したいくつかだけを三浦さんに預けていたっていうのは、言い訳として苦しい。三浦さんは……もう大島さんの言いなりにはならない」

あの日、カフェで全てを菜花に打ち明け、三浦は泣いた。その涙で、大島の呪縛から解き放たれたと信じたい。

菜花は、裏返しされていたデザインを印刷した日付と再印刷された日付、それぞれの社員IDを全てをメモし、ジョブ履歴の画面も写真に収めた。

「大島さんには気の毒だけど、木内部長……じゃなくて、今はただの木内さん、の不倫も、蒸し返されることになるだろうな」

この件も確認すると、案の定、三浦は大島から証言を強要されたと言った。まったくもって、酷い話である。

「木内さんは、結局総務部に馴染めなくて退職するらしいし……。大島さんだけ何のペナルティーもないのは、ずるい」

好んで人を罰したいわけではない。しかし、大島は、三浦を使って木内との不倫をセクハラとして会社に訴えた。罪を全て木内一人になすりつけたことになる。それは、あまりにも理不尽だと思った。

「なにより、木内さんの奥様が一番気の毒だよね」

彼女は、社長に相談するほど悩んでいたのだ。そして、不倫ではなく一方的なセクハラということにされた。妻としては、踏んだり蹴ったりである。それでもまだ離婚していないのは、妻の香織が寛容だからなのか。

「よし、これで最終報告書を仕上げよう」

菜花は再度メモと写真を確認し、オフィスを後にしたのだった。

10

「杉原さん！」

その声に振り返ると、三浦が息を切らしながらこちらに向かって駆けてくる。彼女は菜花に追いつき、しばらくの間背中を折り、大きく肩で息をしていた。

「だ、大丈夫ですか？」

全力疾走をしてきたであろう三浦に、オロオロとしながら声をかけると、彼女は肩を揺らしながらも顔を上げ、おもむろに手を差し出してくる。

「三浦さん？」

「ありがとう。……杉原さんが助けてくれたんでしょう？」

「……」

その言葉に、菜花は何も返せない。表面上、菜花はただの派遣社員であり、契約を終えて会社を去る身だ。三浦には何も話していない。菜花がなんのためにここへやって来たのか、そして、何をやったのか。

それでも、三浦は何かを察し、ここまで菜花を追いかけてきたのだろう。挨拶などはすでに済ませ、菜花はもう駅へ向かおうとしていたのだから。

菜花は差し出された手を取り、柔く三浦の手を握りしめる。

「三浦さん、プレゼンの成功おめでとうございます。今回のお仕事は、三浦さんが勝ち取ったんですよね。これまでの努力が実を結んで、本当に良かったです！」

何も答えられないから、あえて話題を変えた。三浦は一瞬言葉に詰まるが、菜花の気持ちを汲み取ったのだろう、小さく頷き、はにかむような笑みを見せた。

「ありがとう。杉原さんが親身になって話を聞いてくれて、励ましてくれたから。だから、頑張れたんだと思う」

「そんなことないですよ。でも、そう思ってもらえて、私も嬉しいです」

菜花が屈託のない笑みを見せると、三浦が眉を下げ、泣きそうな顔になる。そして、声を震わせながらこう言った。

「私……もし後輩のアシスタントができたら、自分がやってもらいたかったことをするわ。相談に乗ったり、アドバイスしたり……頑張ろうとする気持ちを応援してあげたい。すごく才能のある子なら、嫉妬するだろうし妬ましく思ったりもするだろうけど、でもその時は、自分自身がされてきたことを思い出す。そうしたら、とても同じことなんてできないわ」

菜花はゆっくりと頷く。そしてもう一度、三浦の手をきゅっと握った。三浦もそれに応える。二人で顔を見合わせ、互いの手を握りしめ、そして笑顔で別れる。

「三浦さんのこれからの活躍に期待しています！」

「ありがとう。私……杉原さんのこと忘れないわ。ずっと、感謝してる」

笑顔でそう言い、会社に戻って行く三浦を見送りながら、菜花は安堵の息を漏らした。

まさか追いかけてくるとは思わなかった。そして、あれほど真っ直ぐに感謝の気持ちを伝えてくれるとも。驚いたが、嬉しかった。

菜花は踵を返す。そして、晴々とした気持ちで駅に向かって歩き出した。

＊

菜花は最終報告書をまとめ、金桝に提出した。金桝はそれを、ブルーグラフィックスの社長、副社長両名に渡した。

すぐに社内で証拠の確認と聞き取り調査が行われ、大島の三浦へのパワハラが認められる結果となった。特に、デザインの盗用は重く見られ、彼女はデザイン部から別の部署へ異動となる。だが、大島はそれを拒否し、ブルーグラフィックスを去ることとなった。

例の木内との不倫についても、最終的に大島も認めた。

木内と関係を持っていたのは、優先的にいい仕事を回してもらうため、ただそれだけであった。だから、セクハラされていたと嘘をつき、三浦に嘘の証言をさせたのだった。

大島は、そんなことをしなくても仕事を取れる力は持っていた。なのに、どうしてそこまでする必要があったのか。それも、聞き取り調査で明らかとなっていた。

大島には、絶対に負けたくない相手がいた。いまや引く手あまたの売れっ子デザイナーになっている、今井七海である。

大島と今井は、同じ専門学校の同期だった。入学当初は、大島の力が評価されており、皆の注目を集めていた。今井はその時、どちらかというと目立たない生徒だったという。大島も、その頃は今井のことを歯牙にもかけていなかった。

しかし、外部の業界人を審査員に迎えた学内の広告コンテストで、今井七海が最優秀賞を手にする。このコンテストでは、大島は入選もしなかったらしい。これ以降、大島は今井を目の敵のようにライバル視するようになる。

今井はどんどん力を伸ばしていき、様々なコンテストで賞をとるようになった。そして、業界最大手の広告代理店への就職を早くに決めた。そこは、大島の第一志望でもあった。

大島もそれなりの成績を残していたようだが、今井ほどではない。それでも、他の生徒たちより優れた実績を持っていた。第一志望の会社には残念ながら縁はなかったが、大きく業績を伸ばしているブルーグラフィックスに採用されたのだから、それは十分に誇れることであった。大島は心機一転、ここで頑張ろうと決めた。

大島は、学生の頃からの実績も評価され、仕事を任される時期も普通の新人より早かった。彼女は周りからも大切に育てられ、プロのデザイナーとして着実に力をつけていく。

そうして、転機が訪れた。社内でも切望されていた、とある大きな仕事のプレゼンを勝ち取ってきたのである。

それからの大島は、飛ぶ鳥を落とす勢いで仕事を取ってくるようになった。大島のデザインは高く評価され、社内外の多くの人間が彼女を重用するようになった。

この世の春とは、まさにこのことだろう。だがそんな大島に、厄介なものが襲いかかってきた。それは——スランプである。

これまで湯水のように湧いて出たアイディアが一切出てこなくなった。考えつくものは、どこかで見たような凡庸なものばかり。大島は、あらゆる方法でスランプから脱出しようと試みるが、焦れば焦るほど沼に嵌っていく。

相談できる相手はいなかった。周りは皆、ライバルで敵である。気を許すと仕事を取られてしまう。弱みを見せるわけにはいかなかった。

しかし、今の自分では大きな仕事を受けるのは難しいことも自覚していた。だから利用したのだ、デザイン部部長、木内の権限を。

木内は女好きで有名だった。社内恋愛で結ばれた美しい妻がいるというのに、様々な女性と浮名を流していた。妻には隠していたようだが、社内の一部の女性たちは皆知っていた。何故なら、彼女たちも木内と付き合ったことがあったからだ。

木内は見目の良い女性が好みで、当然、大島も何度も声をかけられていた。仕事が乗っていた時はさりげなく躱していたのだが、行き詰まったからには手段を選んでいられない。

大島は木内の誘いに乗る。そうして、大島は木内を篭絡することに成功した。彼女は木内を意のままに動かし、望む仕事を全て手中に収めてきたのだった。

それでも、なかなかスランプは脱出できなかった。しかし仕事は待ってくれない。

刻々と迫る締め切り、当たり前のように求められる高い要求。これらに応えるため、大島は禁断の方法をとった。――他人のデザインを盗むことである。

その相手は、最初から決めていた。自分がアシスタントに抜擢した三浦は、普段から丁寧で確実に仕事をこなす。デザイン能力も高い。三浦が独り立ちすれば、今の自分など簡単に超えてしまうだろう。だから、彼女のデザインを拝借することにした。

そう、一番最初は盗むつもりなどなかったのだ。参考程度と考えていた。しかし、三浦のデザインを目にした時、その考えは変わった。

大島が見た三浦のデザインは、どれもこれも目を見張るものだった。どんな企業に出しても通用するだろうと思われた。

三浦は天才ではない。しかし、努力を重ねてここまで来たのだろうとすぐにわかった。積み重ねてきたその力を、大島はこの時、何よりも欲したのだ。

これまで大島は、ずっとスポットライトの下にいた。煌(きら)びやかな光が、彼女を輝かせていた。ようやく、今井七海と対等になれたのだ。今の地位を失いたくない。

光に照らされた場所には、影ができる。大島は今、その影に飲み込まれていた。そこから抜け出すには、新たな光が必要であり、大島の代わりに影になってくれる存在が必要だった。それが、三浦真央だったのである。

「お疲れ様、菜花ちゃん」

「ありがとうございます、美沙央さん」

ハーブティーの爽やかな香りが、ふんわりと立ちのぼる。菜花はカップを手に取り、大きく息を吸い込んだ。

「ふはぁ、すごく落ち着きます」

「それはよかったわ」

美沙央がニッコリと微笑む。女神のようだと思わず手を合わせたくなるほどの美しさ。菜花の頬がほんのりと赤く染まるのは、温かい湯気のせいだけではない。

「あー、美沙央さんが菜花を誘惑してる！　浮気だ、浮気！　貴久さんに言いつけよー」

「あら、菜花ちゃんとなら本望だわ！　別に構わないわよ？」

「えええ〜〜っ！　開き直っちゃう？」

「だって、菜花ちゃんは娘みたいなものだもの。私、娘も欲しかったのよねぇ」

そう言って、美沙央は菜花をぎゅうと抱きしめる。菜花は座っており、美沙央は立っている。

この状態で抱きしめられると、美沙央のボンッ、キュッ、ボンッの一番上にあるボンッが、ちょうど菜花の顔に当たる。

「美沙央さん……あの、これはちょっと……」

「菜花が男のロマンを堪能してる」

「あら、それじゃ、結翔君もどう？」

「貴久さんに殺されるから遠慮しまっす！」

結翔はそう叫び、そそくさと姿を消した。

ここでの仕事は、人間の本質や欲望が浮き彫りとなり、目を背けたくなるような感情に向き合わねばならないことが多い。監察業務の最中は、常に気を張っている。だからこそ、事務所ではこの「のほほん」とした空気がありがたい。

ここでは、誰かが誰かを陥れたりはしない。怒鳴ったり怒鳴られたりもない。嫌なことをされたりなど論外だ。

皆が己の個性を存分に発揮し、認め合い、それぞれほんの少しの気遣いを持って、この場所を居心地のいいものにしている。だから、どこにいるよりも落ち着く。そして、楽しい。

「こんな職場、他にはないです。私、S.P.Y.に就職できて、本当によかった」

「それ、惇君に言ってあげたら？　踊り出すくらい喜ぶわよ」

「惇さんの場合、本当に踊り出しそうだから怖いです。……それより、そろそろ離してもらえますか？　なんかイケナイ気分になりそうです」

「ふふふ～。可愛いこと言っちゃって！　菜花ちゃんがいると、ほんと癒されるわぁ」

ようやく美沙央から解放され、菜花は一息つく。そして辺りを見渡し、ふと気付いた。

「あれ？　惇さんがいない……お出かけですか？」

「いつものカフェにいるわよ。うちの旦那と一緒に」

「貴久さんと？」

「あ！ それ、今回菜花がやった仕事の最終報告なんじゃない？ 俺も聞きたかったのに！」

給湯室から結翔がひょっこり顔を出す。どうやら、自分の分のお茶を淹れていたようだ。

「最終報告？ それ、私が出したやつじゃないの？」

「んー、それ以外にも、なんか裏がありそう」

「え⁉ なに、それ！」

「わかんないから聞きたいんだよ！」

そんなものがあるなら、菜花だって聞きたい。

「それじゃ、行ってきたら？ 無理やり押しかけちゃえば、話してくれるでしょ」

「うっし！ 菜花、行くよ！」

「い、いいのかな……」

結翔は迷っている菜花の手を取り、早足でドアに向かう。

「美沙央さん、後はよろしく！」

「はーい」

美沙央が笑顔で手を振っている。その顔を見て、菜花もよし、と思った。美沙央が笑顔なら、二人に怒られることはないだろう。

菜花も結翔に次いで「いってきます」と、美沙央に手を振った。

美沙央は菜花と結翔を見送り、悪戯っぽく肩を竦める。

「あの二人が出て行ってから、もう小一時間。話はきっと終わってるわね。今から行っても、きっとはぐらかされるだけ……お気の毒様」

美沙央にはわかっていた。何故二人が事務所ではなく、別の場所で話しているのかを。

「裏の顚末は、あんまり聞かせたいものじゃないわよねぇ」

美沙央の読みどおり、この監察案件には、後日談があったのだ。

＊

金桝は、事務所にほど近い、行きつけのカフェにいた。店の入口から一番奥の席、ここは、金桝の指定席のようなものだ。

一人でゆっくりする時もあれば、気分転換に結翔や美沙央とコーヒータイムを楽しむこともある。菜花とはまだ来たことがなかったが、この間、彼女にはこの場所を紹介した。ここで、とてもいい仕事をしたようだ。

「ご褒美をあげないとね」

「ん？　なっちゃんにかい？　確かにね。今回は、なっちゃんにしかできない仕事をしてくれた」

今、向かいにいるのは貴久だ。二人は、今回の顚末について話をしていた。

菜花の最終報告の後、どうなったのか。

木内が会社を去り、大島もいなくなった。その後、もう一人いなくなった人物がいる。それは、ブルーグラフィックスの社長である、青柳直樹だ。

貴久は別件で金桝に調査を依頼していた。それは、青柳と木内の妻、香織との関係である。

青柳から木内の不倫について相談された時、貴久の中で強い違和感が残った。

香織は会社の設立メンバーともいえる立ち位置で、青柳とも親しかったというのはわかる。

だが、夫の不倫を相談する相手としてはどうだろう？　青柳は、社長という立場である。いくら親しくても、普通の上司部下の関係ならば、むしろ相談しづらい相手だろう。なのに、どうして香織は青柳に夫の不倫を相談したのか。

金桝が二人を調査した結果、驚くべきことが判明した。それは——青柳と香織も、不倫をしていたのだ。

自分もしているくせに、香織は夫の不倫を調査させた。彼女は、自分のことは棚上げし、若い女と浮気をする夫を許せなかったのだ。随分と身勝手な話である。

しかし、不倫ではなく、木内の一方的なセクハラと認定された。そんなはずはないと思いながらも、そう判断されてしまったものは仕方がない。

香織は、木内との離婚も考えた。だが、結局は別れず、このことを彼の弱みにした。これを盾に、香織はこれまで以上に青柳にのめり込んでいったのである。

妻の不倫を疑いながらも、木内には強く出ることができなくなっていた。大島へのセクハラの件で、妻にしっかりと頭を押さえつけられてしまったからだ。

「木内香織……いや、今は旧姓に戻っているのか。……浅ましい女性だね」

「まったく」

貴久の溜息まじりの一言に、金桝も同意する。

結局、金桝の調査で、青柳と香織の不倫も暴かれた。直接二人と対峙したのは貴久である。

この世の誰よりも妻を大切にする愛妻家の貴久は、青柳がどうしても許せなかった。夫としても不誠実であり、会社のトップとしてもありえない。

貴久は、二人を論理的にとことん追い詰めた。その結果――

「青柳さんは、社長の座を副社長の青井さんに譲り、ブルーグラフィックスを去った。で、愛妻とも離婚、と。奥さんを愛しているなら、なんで不倫なんかするんでしょうねぇ」

金桝が外の景色を眺めながら、そう呟く。貴久は、項垂れるように頷いた。

青柳は、妻のことを愛していた。だが、毎日の生活に飽いてもいた。そんな時、同じように刺激を求めていた香織と再会し、意気投合して関係を持ってしまった。

青柳は、香織のことは、あくまで浮気相手と割り切っていた。しかし、香織の方は次第に青柳に惹かれていったらしい。木内と離婚することになった際、彼女は青柳と結ばれることを望んが、それが叶えられることはなく、散々醜い言い争いの末に別れていったという。

「実に美しくないね」

「ですね。でも、こういった男女を見ることが多いだけに、愛だの恋だのなんて結局は幻、もしくは、空想の産物なんだって思いますよ」

うんざりしたように言う金桝に、貴久は笑う。そして、自分の方をちょいちょいと指差す。

心なしか、貴久は自慢するように胸を張っている。金桝は、つい吹き出してしまった。

「あははは！　そうですね。美沙央さんべったりの貴久さんを見ていると、愛は存在するのかもしれない、とも思えます」

「だろう？」

ニッと笑って不器用にウインクをする貴久に、金桝はまた笑ってしまう。

昔からそうだ。斜に構える自分に前を向かせてくれるのは、いつもこの人だった。

そんな風に昔を思い出しながら貴久を眺めていると、カラン、という鈴の音がした。同時に、賑やかな声が聞こえてくる。

「こんにちは！　マスター、うちの社長いますよね？」

「はい、いらっしゃいますよ。いつものお席です」

「ありがとー！」

この声は、間違いなく結翔のものである。金桝と貴久は顔を見合わせ、苦笑した。

「やれやれ、賑やかなのが来た」

「お疲れーっす！」

結翔の登場だ。その後ろには、菜花もいる。

「あ、なっちゃんもいる！　お疲れ様！　ささ、座って座って！」

貴久は菜花を見た途端、ぱぁっと顔を輝かせ、自分の隣の席をトントンと叩く。まるで、娘にデレる父親のようである。

「菜花だけ贔屓だ！」

「菜花君、貴久さんの隣は窮屈だから、こっちにおいで」

「ひどいっ！」

大の男二人に隣の席を勧められ、菜花はオロオロするばかりだ。この場合、どちらの席を選ぶのが正しいのか。

「菜花、どっちにすんの？　早く決めて」

結翔が無茶ぶりをする。菜花は焦りまくりながら、頭の中でシミュレーションをした。

貴久の隣を選んだら、金桝がウザいほど拗ねる気がする。そして金桝の隣を選べば、貴久は目に見えて落ち込むだろう。

「あああああ！　どっちも選べません！　帰ります！」

と言って帰りたいところだが、それは三人がかりで阻止されそうな気がする。

菜花は金桝と貴久、二人を交互に眺め、決めた。

「……惇さんの隣で」

「よしよし、菜花君はイイコだね」

「わーっ！　なっちゃんに振られたーっ！」

「ほら、貴久さん、もっと端に寄ってよ。俺、座れないじゃん」

「ゆう君の意地悪ーっ！」

「ひどっ！　八つ当たりかよ！」

向かいで騒ぐ二人をまぁまぁと宥めながら、ふと横を見る。金桝は上機嫌である。

それにしても、こんなに騒いでいいものだろうか。……いいはずがない。幸い、店にはあまり客がいないので助かってはいるものの、はっきり言って迷惑である。

「結翔君、静かに！　せっかくいい雰囲気のカフェなのに、申し訳ないじゃん」

「なっちゃん、ほんとにイイコだ」

「で！　二人とも、何を話してたの？」

結翔は、菜花の言葉など丸無視である。だが、ハッとする。そうだ、それを聞きにきたのだった。菜花も二人の顔を食い入るように見つめる。しかし、金桝も貴久も曖昧に微笑むだけで、何も語ろうとしない。

「ちょっと！　二人で内緒話なんてずるい！」

「今回の監察の件なら、私にも聞く権利があると思います」

真剣な顔でそう訴える菜花だが、食えない大人二人に敵うはずもない。

「マスター、この二人にケーキセットを」

「かしこまりました」

手を上げてオーダーする金桝に、店のマスターが恭しく頭を下げる。結翔は金桝に、誤魔化すなと食ってかかっているが、菜花はついメニュー表に目がいってしまった。

「わぁ、美味しそう」

「なっちゃん、なっちゃん！　ここのチーズケーキは絶品だよ！」

「いや、僕はガトーショコラ推しだな」

「二人とも、おやつで誤魔化そうとしてるしっ！　でも、ここのケーキはどれも美味い！　菜花、俺はミルフィーユがオススメだから！」

　結局、結翔も食べ物に釣られている。それに苦笑しながら、菜花は無意識に呟く。

「あっちでもこっちでも、甘やかされっぱなしだなぁ」

「そりゃそうだよ」

　菜花は飛び上がりそうになる。すぐ側で、金桝の艶やかな声が響いたからだ。

　金桝の向かいに座ると目の保養を通り越して潰れてしまいそうなので隣にしたのだが、今度は耳の安全が脅かされている。

　恐る恐る金桝の方を向くと、キラキラした笑顔を向けられた。

「菜花君を見ると、甘やかしたくなるんだよ」

「それは……頼りないからですか？」

　他の皆と比べ、菜花にはまだまだ経験が足りず、頼りない存在であろう。だからこそ、甘やかしてほしくないのだが。しかし、金桝の答えは違った。

「いつも一生懸命で、自分にやれることを探して、実行する。そんな姿についつい絆されてしまうんだ。僕らの中では稀有な存在なんだよ、菜花君は」

「稀有……ですか？」

金桝が大きく頷く。

「菜花君は、僕らからすれば不思議な存在なんだよ。側にいるだけでつい気を許してしまうというか、安心するというか。饒舌でもないし、器用でもない。だけど、菜花君の言葉は、心に直接訴えかけてくる。それは、誰にも真似できない」

「私が……？」

「うん。菜花君は、S.P.Y.の貴重な戦力だよ。隠し玉みたいな？　いや、最終兵器かな」

「それは物騒です」

「あははは！　それくらい、僕たちにとっては必要だってことだよ」

いつの間にか向かいが静かになっており、ふと見てみると、貴久も結翔も菜花を見つめている。その表情は穏やかで、優しい。

「惇君の言うとおりだよ、なっちゃん」

「惇さんは、上手いこと言うよね」

二人の言葉に、金桝に言われたことがじわじわと心に沁み込んでくる。

嬉しい。こんなことを言われたのは生まれて初めてで、何の変哲もない自分が誇らしく、大切に思えてくる。

菜花が喜びを噛みしめていると、金桝がメニュー表を指差した。

「というわけで、菜花君はガトーショコラにしようか。そして、僕に一口ちょうだい」

「うわっ！　惇さん、それセクハラ！」

「惇君、やらしいなぁ」

「うるさいよ！」

静かになったと思ったら、またしても騒がしくなってしまう。菜花はマスターにペコペコ頭を下げながら、こっそりとガトーショコラのセットを注文した。結翔の分はチーズケーキだ。こっちは貴久と食べればいい。

ワイワイと騒ぐ彼らをものともせず、マスターは笑顔で厨房へと去っていった。数人だけいる客も、常連なのだろうか、彼らを見ても我関せずである。

「こういう店も、なかなか珍しいよね」

少々古いが、いい店である。出されるものはどれもこれも美味しいらしいのだが、大勢の人で賑わっていないのが不思議だ。常連だけの隠れ家的存在、といったところか。……その割に、うるさいこともあるのが玉に瑕だが。

騒ぐ三人と、他のメニューを眺めながら、菜花は小さく微笑んだ。

宝島社
文庫

S.P.Y.株式会社　社内の不正、お調べします
(えすぴーわいかぶしきがいしゃ　しゃないのふせい、おしらべします)

2024年3月13日　第1刷発行

著　者　九条睦月
発行人　関川 誠
発行所　株式会社 宝島社
〒102-8388　東京都千代田区一番町25番地
電話:営業 03(3234)4621 ／編集 03(3239)0599
https://tkj.jp

印刷・製本　株式会社広済堂ネクスト

ISBN978-4-299-05199-8